宮崎滔天（前列左から３人目）と小室友次郎（後列左から４人目）

日野熊蔵像

犬養　毅

孫文

黄興

宋 教仁

刀 安仁

毛呂山の志士　剣禅・小室友次郎

黎明の炎《れいめいのほのお》

金井未来男

さきたま出版会

装幀・本文デザイン　ＡＬＯ・横山 典子

黎明の炎　目次

主要登場人物

日本人の部

小室友次郎　主人公、明治六（一八七三）年九月二一日生れ、昭和二六（一九五一）年一一月二日没、七九歳。
小室清五郎　友次郎の父、農業の他に土木請負業を営む。
小室健次郎　友次郎の兄、明治元（一八六八）年生れ。
小室とく　友次郎の母。
小室しづ　友次郎の妹。
清水勝次郎　友次郎の縁戚、清五郎の土木請負業に携わる。
宮崎寅蔵（滔天）　友次郎の盟友、自由民権家、ジャーナリスト、孫文の辛亥革命を支援する（一八七一～一九二二）。
宮崎ツチ（槌）　滔天の妻。前田案山子の娘。
岩本千綱　陸軍大尉、東南アジア探検家（一九五八～一九二〇）。
犬養毅（木堂）　政治家、首相、五・一五事件で暗殺される。
鈴木力（天眼）　ジャーナリスト、「二六新報」主筆（一八六七～一九二六）。

内田良平　玄洋社々主、柔道家（一八七四〜一九三七）。
日野熊蔵　陸軍大尉、飛行家で日本初の飛行に成功、発明家（一八七八〜一九四六）。
梅屋庄吉　写真店主、孫文の支援者（一八六九〜一九三四）。
桃中軒雲右エ門　浪曲師、滔天の師匠（一八七三〜不詳）。
宗方小太郎　海軍嘱託、ジャーナリスト、「漢報」発行者（一八六四〜一九二三）。
熊田定次又は定治（毒水）　友次郎の子分。

中国人の部

孫文（逸仙）　辛亥革命の盟主（一八六六〜一九二五）。
唐才常　変法派の行動的知識人、康有為の同志。
黄興（克強）　孫文の股肱、武人、書家（一八七二〜一九一六）。
宋教仁　辛亥革命を推進した秀才、農林総長（一八八二〜一九一三）。
刀安仁　雲南省干崖の土司（一八七二〜一九一三）。
陳天華　日本留学生の秀才、大森海岸で入水自殺（一八七五〜一九〇五）。
康有為　変法派の運動主唱者（一八五八〜一九二七）。
袁世凱　中華民国の初代大総統（一八六〇〜一九一六）
光緒帝　清国最後の皇帝（一八七一〜一九〇八）。

序章　夢茫々

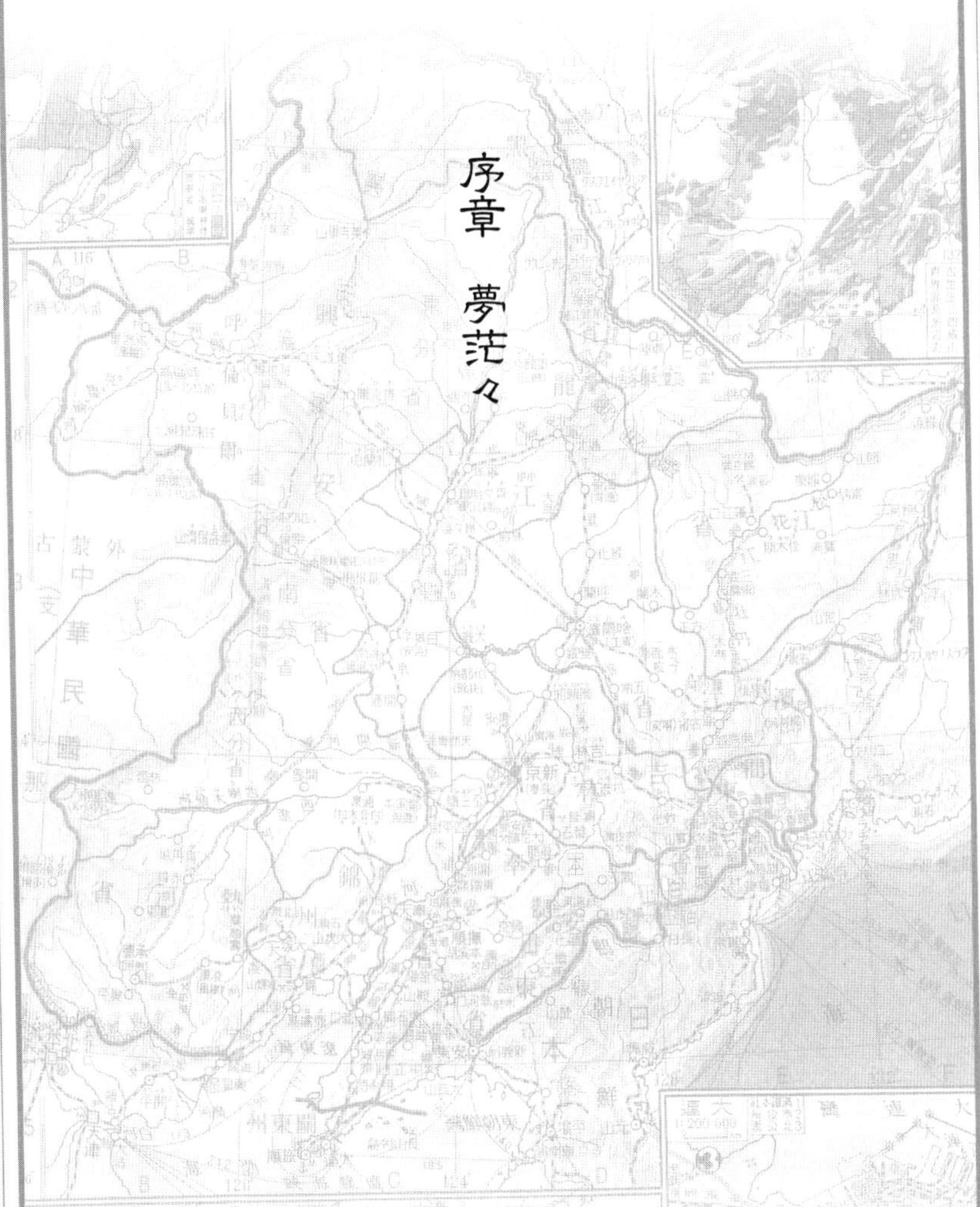

満州国地図

障子越しに射す陽が、日増しに温かさを運んでくる。

「おい、梅の実は大きくなったか？」

友次郎は、誰にともなく話しかける。自分では話しかけているつもりでも、くぐもった声は誰にも聞えない。

「おい！」

もう一度呼んで、彼は静かに目を閉じる。

――そうだ、この温かさと、この静けささえあればなにもいらないんだ……。

どのくらいの時間が経ったのだろうか、咽喉の渇きで友次郎は目を開けた。陽は中天にかかったのだろう、枕元はかげっている。

「おじいちゃん、お水……」

思いがけない孫の声だった。親に言いつかったのかも知れないが、病床に臥す祖父の咽喉のかわきを察してくれた孫に、友次郎は目をうるませた。

「おお、由香か、ありがとよ」

由香に助けられて半身を起こした友次郎は、由香がわたしてくれたコップの水を一息に飲み干した。

「おじいちゃんな、いま夢をみていたんだ」

「どんなユメ？」

「どんな？　そうだな、昔々の夢さ」

友次郎の瞼の裏に、かつて駆けめぐった中国大陸の雄大な風景が次々と展開する。

おれも、あの頃は元気いっぱいで、ずいぶん無茶やったもんだなぁ……。

血気さかんな三十代だった。友次郎は、ふとしたことから孫文の辛亥革命に関わったのである。


辛亥革命――それは、三百七十五年に及ぶ清朝を滅ぼした中国の民主革命であった。

末期清朝の政治は、腐敗にまみれていた。中国を植民地化しようとして、西欧列強が侵攻してくる。清朝政府はそんな列強のゆさぶりになす術もなかった。買弁官僚は、列強の鉄道敷設、鉱山開発などの利権に関わる資本攻勢のまえに、おのれの利を貪るばかりで、民衆の困苦には目もくれなかった。これに反発した華北の農民を中心とする反帝闘争が各地に起こった。

一九〇〇（明治三三）年六月、北京の外国公館区域が、それらの反帝農民によって襲撃された。いわゆる『義和団事件』である。それに呼応して上海と華中で孫文らの興中会が蜂起した。が、それらはいずれもあっけなく鎮圧された。

そして、それから十一年のちの一九一一年一〇月一〇日、武昌で中国革命同盟会の組織した革命軍が清軍を破り、翌一九一二年一月一日、ここに「中華民国」が成立し、孫文が臨時大総統に選出された。

清朝政府は、この革命軍を討伐しようとして袁世凱を討伐軍総帥に任命した。が、袁世凱は清朝を裏切り、革命軍と取引きした。その取引というのは、自分を大総統にするという約束だった。その約が成るや、彼は中華民国を認めた。そのため清国の宣統帝は退位を余儀なくされ、ここに清朝は滅びた。そして彼は、民国大総統に就任した。


「おじいちゃん、眠くなったんじゃない？」

由香の声が、やさしく友次郎の耳朶をなでる。

「うん」

ふたたび閉じた眼裏に、滔天の髭面が浮かんだ。そして、内に秘めた情熱を燃え立たせながら茫々とした表情を崩さなかった孫文、日本人と見紛う顔に、革命戦士の力を発揮した黄興、若き天才とも言っていい宋教仁、そしてまた、雲南に君臨した若き土司刀安仁の面影が次々と浮かんだ。

明治、大正、昭和の激動を生きてきた七十九年である。辛亥革命に関わり、満州事変から日中戦争、そして第二次世界大戦で日本の敗戦を目のあたりにした。あれはなんだったのか、というそんなこんなの断片が頭のなかをかけめぐる。

友次郎は、ゆっくり身を横たえた。さっきのラジオのニュースでは、朝鮮動乱をめぐって
マッカーサー元帥が罷免されたという。

——マッカーサーも馘首《くび》ンなったか
——孫文さんよ、おまえさんも袁（世凱）さんにやられたっけなぁ。

友次郎は、ぴくぴくと唇を動かした。

どこからか、子供たちの甲高い声が聞こえてくる。遊びに夢中になっている子供たちの歓声だった。

陽が西に傾き、雀の群れが餌を探しにやってきた。子雀もまじっているかも知れない、賑やかな囀りの声に友次郎はじっと耳を傾けた。

第一章　川角村残照

越辺川

一　生立ち

「兄さん、まってくれよ」

竹刀を肩に道を急ぐ兄健次郎を、友次郎は必死に追った。だが、兄は歩をゆるめようとはしない。

畑道から往還へ出た。そこは鎌倉へ通ずる道で、八王子街道とも大山街道とも呼ばれていた。南へ下れば鎌倉へ、北へ上れば日光へ通じる。

健次郎はその街道を北へと向かう。甘酒屋の四辻を過ぎて、右にお大尽、粉屋を見て油屋の先の小道を右へ曲がった。曲がるとすぐ一面の畑となり、その畑の先に大薬寺という寺があった。

健次郎は、その寺を目指して足を早めているのである。

「やっ、とうッ」

裂帛の気合が響く。大薬寺の境内では、いましも武芸大会が開かれていた。寺の門をくぐろうとして、健次郎はうしろを振り返った。もしや、友次郎がここまでついてきているのではないかと気遣ったのである。しかし、友次郎の姿はなかった。

健次郎は常々、父の清五郎から、友次郎は商人にするんだから生兵法は教えるなよ、と釘をさされていた。清五郎にしてみれば、健次郎が武芸にうつつを抜かしているのを苦々しく思っているのだが、総領とあっては大目に見るより仕方なかった。

しかしそんな兄を、友次郎は羨望の目で眺めていた。いつか、兄さんをまかしてやるとまで意気込んでいるのだが、往還へ出たとたんに友次郎は兄を追う意欲を失った。

往還には、いままで見たこともないほどたくさんの人が行き交っていた。北へ上る人、南へ下る人、男も女も田舎では見馴れない風体の人ばかりである。そんな旅人を、往還筋の商人は大声で呼び込んでいた。

牛車や馬車がぶつかりそうになってすれ違う。牛が首を左右に振ると、口から垂れる涎がとんでくる。

「こら！　なにをする」

と涎を浴びそうになった旅人が叱っても、牛は悠然として歩をゆるめない。牛飼いも知らんぷりである。

芸人でもあるのだろうか、派手な着物を着た一団が大八車に幟をおしたてて賑やかに通りすぎる。

友次郎は、目をうばわれた。兄を追っていたことなどすっかり忘れて、馬車を追ったり旅人が茶店で休んでいるのを眺めたりした。

「あら、小室の坊ちゃまじゃないですか、こんなところでなにしてるんです?」

知らないおばさんに声をかけられて、友次郎は急におそろしくなった。自分のいる場所が、とんでもなく遠いところに思えたからだった。

知らないおばさんとはいえ、自分に声をかけてくれたそのおばさんを身近に感じて、友次郎はおばさんの袂にすがった。

「坊ちゃま、油断すると馬にふんづけられちゃいますよ。さ、怪我などしないうちにお邸に帰りましょう。おっか様もしんぺいしてますよ」

「おらの家、どっちだっけ?」

友次郎は、半ば泣きながらおばさんにきいた。

「坊ちゃま、心配しなくていいんですよ、おばさんが送ってやりますから……」

友次郎は、おばさんに連れられて街道を下った。途中でおばさんは、慰みにと水飴を買ってくれた。

おばさんは道々、田の草取りをしている人に声をかけたり、桑を摘んだ籠を背負って行き違う人とあいさつをかわしたりした。

どのくらい歩いただろうか、見馴れた神社の杜が見えてきた。

「坊ちゃま、あれが坊ちゃまのお家ですよ」

おばさんは、指さして教えてくれた。

「お、ば、さ、ま……」

友次郎は声をつまらせてそれだけ言うと、ワッと泣き出した。

その泣き声が聞こえたのかどうか、屋敷門から若い女が裾をからげて駈け出してきた。

「友次郎さま！」

女は、友次郎をかたく抱きしめると、いっしょになって泣き出した。

「坊ちゃまは、宿場で迷子になっていたんです」

「そうでしたか、あたしがちょっと目をはなしたばっかりに……。ありがとうございました」

「なにいうんですか、こっちはいつも奥方様にお世話になっているんですよ。さ、坊ちゃま、おゆきなさい」

おばさんに背を押され、下女に手を引かれるままに友次郎は屋敷門をくぐった。門を入って振りかえると、おばさんはまだ立っていて、友次郎になにかいいたいことがあるらしい表情を見せていたが、すぐ手を振って頭を下げた。

門から母屋までは、半丁（五〇メートル）ほどある。そのあいだに自家用の野菜畑があり、使用人小屋、農具小屋、馬小屋などが並んでいる。

友次郎はさすが、母屋の敷居をまたぐのは気が重かった。

「坊ちゃま、さ……」

うろうろしている友次郎を、下女は抱き上げて敷居を越えさせると、上り框に腰掛けさせた。

囲炉裏では火が爆ぜている。自在鉤にかかった大鍋からは、湯気がたちのぼっている。

友次郎がおそれていた父や母はいないらしい、彼は元気をとりもどすと、ひょいと土間に下りて裸足のまま外へとびだした。馬小屋まで走ってくると、勝手にダンと名付けた馬の名を呼んだ。

「ダン！」

今日はもう仕事を終えたのか、ダンは小屋で身をゆすっている。友次郎に呼ばれて、ダンは仕切棒越しに首をのばすと、ヒンと鳴いた。前脚を掻いて、なにかをねだっているようである。友次郎は、なにも持っていない右手をのばした。ダンは、そんな彼の指を舌でなめまわした。

「あら坊ちゃま、また馬っこ遊びですか」

手桶に水を汲んできた下女が、あきれ顔でいう。その下女に、また手を引かれて友次郎は母屋へ帰った。

足を洗ってもらって、座敷へあがる。やがて母親『とく』が奥の座敷から出てきた。繕いものでもしていたらしい、両手に何枚もの着物を抱えていた。

「レイさん」

「はい、奥さま」

「これ、しまっておくれな」

レイはとくから着物を受けとると、納戸の戸を開けた。納戸には、箪笥がおさまっている。

レイは、丁寧に着物を箪笥にしまった。

そんな一部始終を眺めながら、友次郎は大人のやりとりを不思議に思った。

「友次郎、今日はどこへいったんです?」

母親にそうきかれて、友次郎はぷいっと横を向いた。レイのように、はいと素直に答えられない。誰にもことわらず、兄のあとを追ったやましさがあったからである。

「学校に上がったんでしょ、しっかり勉強しなければいけないじゃないですか、それをなんです、遊び歩いてばかりいて……」

とくは、友次郎が兄健次郎のあとを追って武術大会へ行ったことを知っているらしかった。たぶん、友次郎を見かけた村の者がいちはやく注進したのであろう。

友次郎にしてみれば、兄の雄姿を見たいばかりに兄を追ったのに、それを遊び歩いているといわれたのに腹をたてていた。

「遊んでなんかいません、兄さんの応援にいったんです」

「そんな言いわけはだめです。これからは、ことわりなしに出歩いてはいけません、学校にあがったんですからね」

この年、友次郎は川角下等小学校一年に入学していた。六歳である。

ここで余談であるが、明治初めの学校制度に触れておきたい。

日本の近代教育は、明治五年八月三日太政官令として出された「文部省布達第一三号」に始まる。

その冒頭には『人々自らその身を立てその産を治めその業を盛んにし、もってその生をとぐるゆえんのものは他でもなし身を修め智を開き才芸を長ずるによるなり』とある。布達はさらに続く。『それを修めるは学にあらざれば能はずこれ学校の設《もうけ》あるゆえんなり』。

その学校で『日用常行言語書算をはじめ士官農商工技芸及び法律政治天文医療等に至るまでおよそ凡人の営むところの学問あらざるはなし』と述べている。

そしてその布達第二一章は、『小学校ハ教育ノ初級ニシテ人民一般必ズ学バズンバアルベカラズ』といい、第二七章で、『尋常小学ヲ分ケ上下二等トスコノ二等ハ男女共必ズ卒業スベキモノトス』として、教科がずらりと並んでいる。そして『下等小学ハ六歳ヨリ九歳マテ上等小学ハ十歳ヨリ十三歳マデニ卒業セシムルヲ法則トス』と定められた。

友次郎は、その下等小学一年生になったのである。


明治十六（一八八三）年、友次郎は十歳になった。下等小学を卒えて、上等小学生となる。【因みに、この年「川角学校」は「静修学校」と改称する。】

上等小学になると、読み書き算術の上に、歴史、幾何、博物、化学などといった学科が増える。

「友次郎、上等生になったんですから、もう一人でかよいなさい」

母に言われるまでもなく、友次郎はそうしたかった。松造やレイに付き添われては、好きな道草もくえないし、仲間と遊び戯れることもできない。

「おい、友次郎、おまえ、字、うまくなったなぁ」

綴字の授業で、友次郎は石板に書いた字を先生にほめられた。

「あんなことぐれえでほめられちゃ、恥ずかしいや」

「ちぇっ、えらぶんなよ、おらなんかずいぶんなおされたぞ」

「どうすりゃあんなにうまく書けるんだ?」

まわりをとりまく同級生の何人かが問いかけてくる。だが、どうすりゃと訊かれても友次郎には返事のしようがない。

わいわい騒ぎながら八幡神社へ来ると、彼らは持った風呂敷包みを神殿の縁に抛り投げて、わっと境内へ散った。

夏もようやく終わろうとしている。畑ではサツマイモの蔓が勢いよく伸びている。その畑の上を赤トンボが群れて飛ぶ。

「友次郎、剣術ごっこやろうぜ」

望むところである。友次郎は、そこらじゅうにある笹藪に入ると、太目の笹竹を折り取ってたちまち手製の竹刀をつくった。

「えい!」

「やっ!」

あちこちで試合が始まる。しまいには源平もどきの二組になると、追いつ追われつ境内を駆けまわる。

陽が、少し西に傾いてきた。遊び疲れた彼らがぐったりと神殿の縁に寝ころんでいると、ボロをまとい、足にはなにも履かない、彼らと同じ年頃の子供の一団が通りかかった。「貧人小学」の子供たちである。

文部省布達第二十四章は、次のようにいう。『貧人小学ハ貧人子弟ノ自活シ難キモノヲ入学セシメン為に設ク其費用ハ富者ノ寄進金ヲ以テス是専ラ仁恵ノ心ヨリ組立ツルモノナリ』

この村にも、貧人小学はいくつかある。いずれも寺子屋をそのまま引き継いだような学校である。生徒は、親の仕事を手伝う合間に集まって、いろはを習う。

いま通りかかった貧人小学の子供たちは、教科書を包んだ風呂敷にかわって鍬や鋤をかついでいた。

「おい、伝!」

だれかが声をかけた。伝と呼ばれた少年はこっちを向いたが、すぐ仲間といっしょに足をはやめた。

「あいつ、おらがとこの小作人だ」

声をかけた少年は、得意気に言った。

「でもよ、あいつ強そうだったじゃねえか」

伝は、人一倍大きな五本歯の鋤をかついでいた。

「ちぇ、小作人がなんでえ」

「そうだそうだ、こっちにゃ、友次郎がいらあ」

仲間から持ち上げられて、友次郎はいささか面映ゆかった。

「今日はこれでかえろうぜ」

と、彼は号令した。

いつものように門前でレイに迎えられ、座敷へ上がると、母が仏壇を背に坐っていた。

「ただいま帰りやした」

友次郎は母に向かって手をついた。

「友次郎、今日の手習いはどうでした?」

「綴字で先生にほめられやした」

「それはようございました。お前さんはお父様のように偉くならなければなりません」

偉くなるということが、どういうことなのか友次郎にはわからなかったが、とっさに「はい」と応えていた

「いまお父様は箱根のお山で、鉄道のお仕事をしています。それがどんなにたいへんなお仕事であるか、友次郎にはわからないかも知れません。でも、お父様は、お国のためにお働きなのです」

「……」

「友次郎、お父様に負けないよう、お国のために働かなければなりません。わかりましたか？それには学問です、誰にも負けないよう、学問に身を入れなければなりません」

母『とく』の言葉は、きびしかった。

小室清五郎家――、戦国時代末期から続く旧家で、川角村きっての豪農である。先祖から受継いだ田畑はこの村の大半である。これだけではすまず、近年は材木を商い、土木建築の請負も手がけていた。

そんな清五郎だが、彼は名だたる働き者だった。早暁、畑にいたかと思うと夕刻には木挽きといっしょに材木を運んでいた。

「旦那様にゃかなわねえ」

そんな愚痴をこぼしながらも、使用人たちは清五郎に負けず働いた。

近頃は鉄道工事で忙しく、箱根だ、碓氷だとわたり歩いていて、めったに家にいることはない清五郎だった。

「友ッ」

座敷の奥から、父の呼ぶ声がする。

「坊ちゃま、お父様がお呼びですよ」

あたふたと飛び込んできたレイが、縁側で寝そべっている友次郎に声をかけた。

「レイ、見ろよ、燕が巣造りをはじめたぜ」

友次郎は、いそがしく軒端を飛び交う燕の群れを指さして、レイに言った。

「坊ちゃま、そんなことより早くお父様のところへ――」

友次郎はしぶしぶ立ち上がると、父の構えている奥の座敷へゆっくりとした足取りで向かった。

「友次郎！　おまえいくつになった」

顔を合わせるなり、父が詰問する。

友次郎は、父の眉根を寄せた渋い顔に向かって、「十三です」と神妙に答えた。

「十三にもなればりっぱな大人だ。学問もいいが、働くことも考えろ！」

父親の、こんなきびしい顔は見たことがない。友次郎は思わずうなだれた。

今日学校で、はじめて『幾何』というのをならった。○や△の面積はどうやってはかるのか、から始まって四角い箱や球のなかにどれだけのものが入るか、といった勉強だった。

友次郎は、縁側に寝転がっていても、あの燕の巣はどのくらいの容積なのだろうかなどと考えていたのである。父親に働けと言われても、にわかにどうしていいかわからない。母からは学問に身を入れろ、と教えられている。

父親の清五郎にしてみれば、いかに我が子だとはいえ、学校へ行くだけであとはのほほんと遊んでいる我が子に、いささか将来の不安をおぼえていたのである。

あらかじめ呼ばれていたのであろう、作男の松造が、腰をかがめて入ってきた。

「旦那様、なんのご用でござえましょうか」

「おお、松造、この友次郎に百姓を叩っ込んでやってくれ」

「へ？」

松造は、けげんな顔を友次郎に向けた。友次郎は目を半ば閉じている。

「お、お坊ちゃまに……」

「お坊ちゃまじゃねえ、いい大人だ。学問もいいが、ただ遊ばせておくわけにもいかぬ」

清五郎は、わしの留守は頼むぞ、と松造に命じた。

その日から友次郎は、学校のない日はもちろん学校が引けてからも、松造といっしょに野良へ出た。

「松造、ちょっといいかい？」

「どうぞどうぞ、ヤットーで気分を変えておくんなさい」

なにもかも心得ている松造のゆるしをもらって、友次郎は八幡神社へ走った。そこでは学校の仲間が、いつものように剣術遊びに興じていた。

「こんどよう、友ちゃんの兄さんにほんとうの剣術教えてもれえてえな」

どこからともなく、そんな声がする。するとたちまち、そうだ、そうだという賛同の声が上がる。

友次郎の兄健次郎は、一里半の道を通って葛貫村の甲源一刀流・宿谷道場で修業している。道場の始祖である宿谷数馬は、戊辰戦争では幕府方の振武軍に加わって、武州一日戦争ともいわれる飯能戦争〈慶応四（一八六八）年五月二二・二三日〉に参戦した武勇の人である。そんな伝統のある道場だから稽古も厳しい。脇が甘い、と打ちすえられるのはいつものことである。

甲源一刀流は、中世も末の頃、逸見若狭守という甲州浪人が秩父両神に移り住んで、秩父から多摩地方にまで広めたという。

『地方《じかた》流派の剣』ではあるが、それだけに実戦的で、〝音無しの構え〟は世に喧伝されていた。それは、正眼の構えとは正反対に、構えらしい構えもなく、隙だらけのように見せて実は隙のない構えであるといっていい。

「あっ、兄さんだ」

袴をたくしあげて闊歩してくる兄を目ざとく見つけて、友次郎は遊びの仲間から抜け出した。

「兄さん、おかえりなさいまし――」

友次郎は、兄の正面に立って深々と頭《こうべ》を垂れた。

「また剣術遊びか――」

健次郎は少年たちの顔を眺めわたして、そう言った。苦笑まじりである。彼は、あの大薬寺の剣術大会以来、近在の童《わらべ》たちの憧れの的になっている。小室お大尽の健次郎さまは、宮本武蔵の生まれかわりじゃあるまいか、というのが童たちの評判である。

バカいうな、あんな田舎試合に勝ったぐれえで宮本武蔵だと……。

子供たちの評判を、大人たちはせせら笑うが、子供たちにとってはやはり〝偉い兄さん〟である。当の健次郎は嬉しくもあり面映さもあって、なにかといわれると頭をかくばかりだった。

考えてみれば、ついこのあいだまで百姓が武芸を競うなどとは思いも及ばないことだった。それが維新で武士と庶民の壁が取っ払われ、百姓の健次郎もいっぱしの甲源一刀流の使い手ともてはやされている。

「兄さん――」

友次郎は兄がさげている竹刀をうやうやしく受け取り、兄のうしろに従う。いっしょに遊んでいた仲間は、その友次郎のあとに続く。

八幡神社の横を抜ける農道は、しだいに下りになる。下り切ると越辺川《おっぺ》である。こちらからむこう岸までおよそ五間（約一五メートル）、丸木橋が架かっている。この橋の下流はゆっくり左に流れをかえていて、右岸は深い淵になっている。その淵に、人の働く姿が見える。筏師である。

「友、あの人たちゃ、なにやってんだとおもう？」

「わかりませぬ」

「あの人たちゃ筏師だ。伐り出した木を江戸へ運ぶ職人さんたちじゃ」

友次郎には、江戸へ木を運ぶという意味がわからない、なんでそんなことをしなければならないんだ、と思うばかりである。

「友！　おれも近いうちにあの筏に乗る」

「えっ」

友次郎はあっけにとられて、耳を傾けるばかりだった。

丸木橋、それは八幡神社を下ったところにあるから「宮下橋」と名はついているのだが誰もそう呼ばない。村人たちが、橋といえばこの丸木橋のことだった。

その丸木橋を渡って向こう岸へ着くと、それからはまた上り坂になる。川岸に近い平地は田であるが、しだいに畑にかわる。田植えもすんで、いま百姓たちはサツマ藷やらなにやらの植え付けで忙しい。それでも彼らは、健次郎の姿を見つけると、鍬の手を休めて、「おかえりなさいまし！」と健次郎に頭を下げる。

「いい、いい、それより、あんまり無理するでねえぞ」

健次郎は宙に腕を泳がせて、百姓たちをいたわる。実をいえば、この百姓たちはみんな小室家の小作人たちだった。

「あれ、友坊ちゃまもごいっしょで——」

そんな愛想を言う農婦もいた。

我が家の屋敷門が見えてきた。そこで友次郎は、はたと思いあたった。松造の許しがあったとはいえ、父から命ぜられていた百姓仕事を、ほっぽらかしてしまっていたのに気がついたのである。

そうだ、松造のところへ帰らなければ、とあせった彼は、松造を求めていま通ってきた野道をいっさんに引き返した。

いくら探しても松造は見つからなかった。しかたなく帰ってくると、屋敷門の片隅に松造が待っていた。

「友次郎さま、おかえりなさいませ」

その声を聞くと、友次郎はぐっとこみあげてくる嗚咽をのみこんで、松造のふところへとびこんだ。

「友次郎さま、お父様は先ほど東京へ向かわれました。友次郎をたのむぞというお言葉でした」

「兄さんは?」

兄も父といっしょに行ってしまったのではないかと友次郎はいぶかったのである。

「健次郎さまは、デイの間においでです」

デイの間、それは一家の主の席である。いまの健次郎は、土木請負で関東一円を飛び歩いている父に代わって、この家を差配する役割をになっていた。

「兄さん……」

友次郎は、敷居に手をついた。にわかに、ヤアーッという気合が友次郎の頭上に降ってきた。

二　健次郎、筏師となる

慌ただしい音に、友次郎は目を覚ました。外はまだ暗い。眠い目をこすりながらデイの間へ顔を出すと、そこは母とくの指図の声でざわめいていた。

「健次郎、親方様の指図にはなにがなんでもしたがうのですよ。ゆめゆめ、逆らってはなりません」

「おっかさん、わかってます」

「いえ、わかっておりません、おまえさんの気持ちは遊びが半分です。親方さまも、おまえさんに遠慮するかも知れません、それに甘えてはならないのです」

母とくの口調は厳しかった。名主の子として育てられた我が子の、驕り昂ぶりをとくはよくわかっていた。それが、内々のことであれば許せても、外のことであれば許せないのだ。母とくの眼はキッと健次郎の眼を見据えていた。

「わかりました、おっかさん」

健次郎は殊勝に応えて、母のまえに手をついた。

「おっかさん、仕度をしてきます」

健次郎は、半ば逃げるように座を立った。

次の間には、装束一揃えが用意されていた。

「健次郎さま、お手伝いします」

松造はそう言って、モヂリ半纏を健次郎の背に着せかけた。帯をギュッと締めると、さすが身の引き締まる思いがする。

「おっかさん、行ってきます」

半股引にハバキ、ワラジを履いて芝蓑をつけ、菅笠をかぶると立派な一人前の筏師に見えた。母のとくは、そんな我が子の姿を見て、もうなにも言わなかった。江戸への往復十日か十五日か、ともかく無事に帰ってきてほしいというのが偽らぬ気持であった。

外はすっかり明るくなった。梅雨時には珍しい好天である。家中の者が門まで見送った。

「じゃ、松造、行くか」と歩み出したところへ、「兄さん！」と声がかかった。友次郎である。

「おらもつれてっておくんなさい！」

「ばかいうな、友みてえな子供の来るとこじゃねえ」

子供と言われて、友次郎は地を蹴った。父からはりっぱな大人だと言われた、それなのに兄さんは子供だと言う、いったいどっちなんだという思いがそうさせたのである。

「友次郎さま、それでは河岸までいっしょにまいりましょう」

松造は、そう言ってとくに目くばせした。

「友次郎さま、せめてこのクラメンバ（弁当箱）を持ってくだせえ」

松造に渡された唐草の風呂敷に包んだ大きいクラメンバを、友次郎はひょいっと肩にかついだ。

遊びなれた八幡神社横の坂を下って、越辺川に架かる宮下橋まで来ると、筏掛場である〝浪さん崖〟にたくさんの人が忙しく立ち働いているのが見えた。こんな光景を見るのは初めてだったので、友次郎は思わず息をのんだ。

越辺川は、水嵩を増していた。絶好の筏流し日和とでもいうのだろう、

　いつも筏にじゃまする岩が
　今日は出水に顔かくす
　ほーい、ほい

という筏唄が、筏を組んでいる〝イカダカキ〟の誰彼の口から流れてくる。

「おう、小室の健次郎さんか」

そう声をかけてきたのは筏問屋の主、高山幾三であった。

「これは元締、よろしくお願いいたします」

「ま、これも世に出るための一つの修行だ。清五郎さんに口をかけられたときゃ、どうしようかと迷ったんだが、おまえさんには剣で磨いた立派な身体と根性があると見抜いてよ、お引受けしたんだ。だがよ、おらぁ心配《べえ》しちゃいねえが、筏師はなんといっても丸太一本下は地獄の仕事だ、油断してくれるなよ」

「元締、よくわかりました、決して油断などしません」

健次郎は元締に深く頭を下げた。

「おーい、新参、そこにある筏綱をこっちへ持ってこい！」

古参の筏師らしい、背丈は小さいが、がっしりした体格の男が、大声で健次郎に指図した。

健次郎は返事ももどかしく、足下に積んである筏綱の束をぐいっと持ち上げた。

筏綱はけっこう重いらしい、綱をかついだ兄の身体がこころなしかかしいで見えた。

「兄さん、だいじょぶかな」

土手の上から眺めていた友次郎は、そうつぶやいた。

イカダカキ（筏を組む人）は、浮丸太をトビ口、シャクゾメ（材木の木口を計る道具）、メギドリ（材木の木口に穴をあけ、バチボウをしばる道具）などの道具を、巧みに操って次々と筏を組んでいく。バチボウ（木を横につなぐ藤蔓の綱）でつながれた八本の西川材の長さは一〇尺（約三メートル）ほどもあろうか、それが四連で一艘の筏になった。

「よーし、行くぞォー」

頭の一声で、筏は岸を離れた。筏の舳先が波に沈むと、どっとしぶきが上がって、筏は前後に揺れながら川の中流に出ていった。

岸辺で手を振る人、それに応える筏師の唄声。

　腰に鞘鉈乗り棹たてて
　あいずするのが筏乗り

「友次郎さま、兄さまは出発なされました」

健次郎の手助けを終えて、岸から上がってきた松造が言った。

「兄さんはだいじょぶかな、なんだかおっかなびっくりに見えたけんど……」

「なあに、だいじょぶでさぁ、なにしろ兄さまは剣で鍛えていなさるから、しんぺいするこたぁありません」

――だけど、筏と剣じゃずいぶん違うけどなあと思いながらも、友次郎は松造といっしょに土手を離れた。

こちらは筏である。〝浪さん崖〟を離れた筏が、川の中流まで来ると波しぶきも小さくなった。健次郎にはまだ、これといった仕事はない。筏に揺られながら、辺りの景色を眺めるだけである。

川から眺める景色は、地上から眺める景色とはまるで違っていた。八幡神社の森は小さな木のかたまりでしかなく、わが家など、どこにあるかもわからなかった。

川は中川原で右へ大きく曲がり、下川原でまた左へ曲って北流する。この辺り、左岸はなだらかな畑地のはずなのだが背後の丘陵の続きにしか見えなかった。

「御曹司!」

背後から声をかけられて、健次郎はぴくっと肩をふるわせた。

「や、これは……」

名は思い出せないのだが、今朝、元締から紹介された若い筏師だった。健次郎は、両手をついて彼に頭を下げた。

「筏乗りの気分はどうかい？」

「なんかふわふわして、へんな気分で……」

「なあに、すぐ慣れますさ、この川は荒川や名栗みてえな危ねい瀬はねえから、ま、心安いっていうもんだけど、堰では気を張らねえとな」

大類村の貞助と名乗ったその筏師は、健次郎より三つ四つ上に見えた。

「でもよ、この筏の半分はおまえさんのとこのものだってな」

「えっ？」

健次郎は思わず声をあげた。そんなこと誰からも聞かされていない。父からは筏師の苦労を知れ、母からは親方さまの指図には絶対にしたがえ、ときつく言われただけである。

他人様の材木を無事に届けるのが筏師の仕事であり、この筏も全部他人様のものとばかり思っていた健次郎は、そう聞かされて鼻白んだ。貞助が〝御曹司〟と呼んだのは、少しばかり皮肉が混じっていたのかも知れない。

「貞助さん！」

健次郎は、貞助をまっすぐ見据えた。

「御曹司だけはやめてくだせえ。わたしは筏師見習いの一人にすぎません、貞助さんにも教えてもらわねばならぬことがいっぺいあります。健でも新参でも、なんでもいいですから、そう呼んで、どしどし指図くだせえ」

健次郎は、一気にそう言った。

――剣は、他人を斬るためにあるのではない、己を斬るためにあるのだ。どんな構えのときでも、心《しん》を空《くう》に謙虚であらねばならぬ。それが剣の道だ。

道場で教えられた言葉を、健次郎は反芻していた。


越辺川は、坂戸にさしかかる辺りで高麗川と合流する。

「健さん、もうすぐ高麗と合流だ、右岸は流れが速くなっから、左を支えてくれ！」

貞助が、二艘目に乗っている健次郎に大声で命じた。健次郎は、得たりとばかり杉丸太の棹を立てた。ギギーッと筏が音をたてる。

筏をつなぐバチボウ（藤蔓の綱）が切れはしないかと健次郎は恐れたが、バチボウは水につかればつかるほど強くなるもんだ、と貞助に教わったとおり継目はびくともしていなかった。

高麗川と合した越辺川は、やがて川幅を拡げて流れもゆるくなる。筏の軋みもよほど小さくなった。この辺り、両岸とも田園地帯で、見わたす限り平地がつらなっている。ああ、〝新ケ谷の庄〟だ、〝島田の庄〟だと健次郎にもわかる。

貞助に教わりながら右へ左へ棹を操る健次郎の耳に、「おーい、もうすぐ野本堰だぞー」と叫ぶ声が聞こえてきた。

「新参、どけ！」

後ろから渡ってきた古参筏師のトビ口の柄が、健次郎の背を押した。ぐらっと筏が揺れた。健次郎は危うく川に飛び込みそうになった。とっさに、腰を落として身を立てなおしたのは、剣の修行のたまものだったかも知れない。

堰に近づくにつれ川の深さは増し、流れもゆるくなった。両岸のそここに、田へ水を汲みあげる小型の足踏み水車が見える。いま動いている水車はないが、梅雨が明けて暑さでも増してくれれば、いっせいに動き出すに違いない。

ガラン、ガランと鐘の音が聞こえる。いよいよ堰だ。

「よーし、岸へ寄せろ」

親方が号令する。健次郎も、見よう見まねで棹を操った。はたして筏は岸へ寄っているのかどうかわからないが、力いっぱいの作業だった。

やがて筏口に着いた。筏師たちのトビ口が並んでいる杭に打ち込まれると、筏はぴたりと止まった。

「川角村の高山、四艘連でやす」

親方が堰番にそう告げて、通行料を払った。

筏口は幅二間（約三・五メートル）、深さ三尺（約一メートル）ほどという狭いものである。

「今日は天気もいいし、筏日和だがネ、気いつけて、いってらっしぇー」

親方と顔なじみの堰番は、そんなお世辞を言った。

ふたたび、親方の号令で筏は流れ始めた。あと一艘で筏口から出ようとするところで、どうしたことか筏の尻が堰にぶつかって杭の二、三本を壊した。

堰番の鐘が激しく鳴らされた。

「これはしくじりやした、すまんこってす」

親方が、堰番に平謝りに謝っている。

「健さん、いっしょに行くんだ」

貞助に袖をひっぱられて、健次郎は岸に上がった。

「急ごうぜ」

健次郎は、わけがわからぬまま貞助といっしょに走った。

一丁ほど走ると、小さな集落があって、その一角に酒も商う萬屋があった。

「親爺さん、酒二本！」

貞助が息を切らして注文する。

「おや、またかい？」

親爺さんは前垂れで手を拭き拭き、にやりと笑った。

貞助が一本、健次郎が一本、都合二本の酒を抱えて二人はふたたび走った。

戻ってみると、親方もほかの筏師もゆっくり腰を下ろして煙草をくゆらしている。

「親方！」

「おお、ご苦労……」

その酒を堰番にわたして、筏は無事に堰を越えた。

堰騒動のおかげで、その日は予定していた川島の宿には着けなかった。

「今夜ぁ、坂戸で泊まりだ」

親方の指示に、えー！　という筏師たちの声があがった。浪さん崖を出てまだ数刻しかたっていない。湿気を含んだ風は吹いているが、陽はまだ高い。武蔵の山々は、鮮やかな緑に映えている。川島まで行けねえのか？　という筏師たちの思いはあったが、親方の命とあれば従うほかなかった。

筏寄場に筏をつないで、一行は岸に上がった。すると、宿に着くか着かないうちに、にわかに豪雨がおそってきた。

「いやー、ひでえ、ひでえ……」

宿の玄関で、一行五人は蓑の雨を払い落とした。

「ここで上がんなかったら、どうなっていたんべな？」

筏師は、親方の天気を見る眼力に半ばおそれを抱いた。どんな雨の中でも筏を流せないことはないが、川島の宿へは入間川の合流を乗り切らなければならない。それはやはり、いささかの危険をはらんでいた。

「さ、いっぺえやってくれ！」

親方の音頭で、第一日目の夜が始まった。だいぶ酒も回ったところで、「小室の――」と健次郎は親方に声をかけられた。

「筏乗りの気分はどうかね？」

気分、と問われても健次郎には返事のしようがない。決して良いとはいえないが、さりとてまんざらでもない。高麗川の合流で思いきり棹をふんばった、あの無我夢中の気分は、いまになってみれば爽快だったともいえる。

「ほら、もっと踏んばれ！」

貞助に叱咤されたことも、危うく川に落ちそうになったことも、ついさっきのこととはいえ、忘れ難い思いとして残っている。しかし健次郎は、親方の盃を覗き込むようにして別のことを言った。

「……親方、丘から見るのと川から見るのと同じ景色がぜんぜん違って見えるには、びっくりしやした」

健次郎は、浪さん崖から見た自分の家辺りの景色を思いおこしながらそう答えた。

「景色?」

親方はびっくりしたようだった。筏乗りが川筋の景色を眺められるようになるには三、四年かかる――、それが筏乗りの常識だからである。

「そうか、それはよかった――」

親方はそれ以上のことは言わなかったが、ほかの筏師は酒の勢いもあって、次々と健次郎に声をかけてきた。

「健次郎さんとか、あんた、流れている筏に腰を落としていなすったが、あんな不様な恰好ぁ、よくねえよ」

筏師は、筏を流しているあいだは立っていなければならぬ、それが筏流しのはじめに仕込まれる技術だ、とまくしたてた。

「はぁ、わかりました。明日から気をつけやぁす」

健次郎は、すなおに頭をさげた。

「だがよ、健次郎さんの脚の早えのには驚いたね、堰番もびっくりしてたがね」

酒買いに走ったあのことである。健次郎にしてみれば貞助にせかされて走っただけであるが、ずっとあとになって聞いたところによると、ああいう小さい事故は、立ち詰めの筏師にとっては、貴重な休息の時間だったらしい。そうしてみると、早く帰ってきたのが良かったのか、悪かったのか、健次郎は貞助と目を合わせて頬をゆがめた。

夜が明けた。

かすかな物音に目を覚ました健次郎は、雑魚寝の床から半身を起こした。親方が身繕いをしている。

「親方！」

健次郎は、そっと親方を呼んだ。親方はびっくりして健次郎に目を走らせたが、そっと口に指を立てた。よく眠っている者を起こしてはいけない、静かに……という合図だった。

まだ少し早いらしい、が、久しぶりの熟睡で、身も心も軽くなった健次郎は蒲団にもぐる気にもならず、親方にならってそっと床を抜け出した。健次郎が仕度を終えるころには、親方の姿はもう見えなかった。

健次郎は、足音を忍ばせて階下へ下りた。広間では、宿の者が朝餉の仕度に余念なかった。宿の下駄をつっかけて外へ出た。相変わらずの梅雨空である。大高取も桂木も雲に隠れて見えない。生暖かい風に頬をなぶらせて、健次郎は筏場に足を運んだ。筏場に着いて健次郎が目にしたのは、バチボウの点検をしている親方の姿だった。

「親方……」

健次郎の呼びかけに、オーと短く応えた親方は、彼など眼中にないといった厳しさで点検を続けるのだった。

「さ、行くぞ！」

腹ごしらえが終わり、メンバの弁当もととのうと、親方はそう号令した。

こまかい雨が降り出した。

川島の堰を越えると、川は南へ向きをかえる。やがて入間川との合流である。越辺川はここまでで、あとは入間川と名を替える。

入間川は、川越宿のはるか東方で荒川と合流する。ここに、武蔵の山々に源を発した諸川は〝荒川〟となって江戸湾へ注ぐこととなる。

浪さん崖を出たとき四艘だった筏は、荒川の本流に入るときは乗りつぎの筏をつないで八艘になっていた。

「川角の親方さんよ、あとはよろしくたのみやす」

そういって、高麗川の筏師が降りていく。

「たしかに引受けやした」

親方は、見送る高麗川の筏師に手を振りあげて応える。これからは、倍の長さになった筏を、いままでどおりの五人で操らなければならない。

「健さんよ、筏は長くなる、川は深くなるでよ、これからが正念場だぜ」

貞助が、棹を操りながら言う。

五月雨を集めた荒川は、いくらかうねりはあるものの、健次郎はとくに危険を感じなかった。三日目、柳ケ瀬の堰を越えるときはさすがに緊張したが、そこを越えるとあとはおだやかな筏旅が続いた。

江戸へ近づくにつれて、沿岸の風景はかわってくる。いままでは茫々の川原だけだったのに、煙突が見えてくる、土手にたくさんの人影があって、その向こうにびっしりと家の屋根が見える。健次郎は棹を操るのも忘れてそんな景色を眺めやった。しかし、そんな風景はたちまち見飽きてしまった。それよりも行き交う船や筏が増えて、棹さばきに用心しなければならなかった。

千住の筏掛場は、〝浪さん崖〟とは規模が違っていた。幾十艘もの筏が縦横につながれ、何十人もの筏師が忙しく立ち働いている。

「ここで待とう」

と、親方が言い終わらぬうちに、黄色い旗を掲げた千住の筏師が乗り込んできた。

彼は、親方になにごとか伝える。

「よーし、行くぞ」という親方の指図で、筏を移動させる。黄色い旗の先導にしたがって筏を進め、やがて岸につなぐ。ここで越辺川の筏流しは終わり、これから先、深川の木場へは千住の筏師が流すことになる。

「やあ、ご苦労だった」

親方は上機嫌である。無事に到着したことと、元締から届いているであろう〝給金〟が楽しみだったからである。

「さ、宿へいくぞ」

親方の声で、健次郎たち筏師はそれぞれ鳶口《とび》や筏綱をかついで親方のあとに従った。健次郎は、あの筏綱をかついだ。

土手を下りて健次郎がまず目にしたのは、犇めくように軒をつらねる千住の町の雑踏だった。健次郎の知っているのは大類の宿の賑わいだが、そんなものの比ではない。人の流れは入り乱れ、何を商うのかさえわからない大小さまざまな商家が人を呑吐している。健次郎の目からみれば、みんな綺羅を飾った者ばかりだった。そこへモジリ袢纏に菅笠、股引に草鞋、腰にナタをぶらさげた一団が紛れ込んだのだ。健次郎は、恥ずかしげに貞助のあとにしたがった。

「健さん、恥ずかしがることぁねえ、ほら、向こうにも筏流しがいらぁ」

見ると、いましも小粋な料理屋の玄関から筏流しの一団が出てくるところだった。料理屋の女将らしい女が、深々と頭を下げて筏流しを送り出している。

「ここじゃ、筏流しはハバがきくのよ」

そう言って貞助は、鼻をうごめかした。

「今夜ぁ給金が出るぜよ、ま、みてのたのしみだな」

貞助が筏乗りになったのは、まぎれもなく生活のためである。小作農の三男であってみれば、なにかの手職をつけなければならなかった。それなら筏乗りになろう、と決心したのは、〝筏乗りの手間は倍額〟という殺し文句を聞いたからだった。明治十八、九年、職人の手間代は一日四、五十銭というところだったが、筏乗りはおしなべて一円近い日当をとっていた。貞助が、ハバがきくと言ったのはそのへんのことを言ったのだろう。

筏乗りを大事にしろ、というのは地元の合言葉だった。なにしろ彼らは「ゼニ」を落としてくれるのである。風体など、どうでもよかった。

宿に着いた。〝筑波屋〟という大きい看板を掲げた宿だった。すでに達しでもとどいていたのか、主人と二、三人の女中が外で待っていた。

「これはこれは、川角の親方さん、お待ち申うしておりました。さ、皆さんお上がりください」

暖簾をくぐって入ると、広い土間だった。女が、足を濯ぐ金盥を持ってくる。女中にうながされて健次郎も草鞋を脱いだ。

「筑波屋さん、繁盛でけっこうですなぁ」

親方がそんなお世辞を言う。

「いや、ありがとうございます、それもこれもみんな親方衆のおかげです」

筑波屋の主人も如才なかった。

さ、さ、こちらへと案内された二階の座敷は、往還に面していた。障子を開けると、街の音がどっと流れ込んできた。はじめはざわめきとしか聞こえなかったが、耳がなれてくると、途切れ途切れではあるが若い男女の話し声などが聞こえてきた。そんな音に混じって、どこからか三味線の音も聞こえてくる。

「どうじゃ、賑やかなもんじゃねいか」

健次郎と貞助が、手摺りにつかまって下を眺めているところへ与平という老練な筏師が声をかけてきた。

「若えもんは、みんなあの音に狂っちまうんだぁ」

ぽつりと、与平が言った。

筑波屋の夜は、打上祝の宴会から始まった。

「みんなご苦労だった。こうして無事に着いたのもおまえさんたちの働きのおかげだ。さ、今夜はゆっくり飲んでくれ」

親方が手を叩くと、すかさず仲居の女が徳利を運んできた。

「灘の生一本です」

そう聞くと、一同はぐびりとのどを鳴らした。川角の地酒と比べるとたしかに澄んでいる。

「ねえさん、端っこの若え衆にいっぺえだけ注いでやってくれ、初顔だからよ」

親方にそう言われたいちばん若い仲居の女が、健次郎の前にやって来た。

「おにいさま、親方さまからですよ」

いくらか科《しな》をつくっているが、玄人のそれとは違うぎごちなさである。もちろん酒の飲めない健次郎ではない、が、ここでは盃を伏せた。

――これはお前さまの修行です
母にさとされた言葉が、頭をよぎったからである。

――修行か！

健次郎はふと、友次郎の顔をおもい浮かべた。おれもきかん気は強いほうだが、あいつはもっと強そうだ、いつも泣いてばかりいるようだが、涙を拭いたあとの眼ははばかにならんぞ……

健次郎はそんなことを考えながら、めったに口にすることのできない蛤汁をぐっと飲み込んだ。

「親方さま……」

筑波屋の女主人が、襖をそっと開けて親方に声をかけた。親方は心得顔に廊下へ出た。二人はなにかひそひそと話しているようだったが、「いや、これはお手数をおかけいたしやした」と言う親方の声が聞こえた。

席へ戻った親方は、エヘンと一つ咳払いをした。一瞬、座はぴたりと静まった。いささか酒に酔っている者も、膝を正した。

「いま、元締から給金がとどいた」

おー、というどよめきが座敷中に流れた。親方が一人ひとり呼んで給金を手渡す。健次郎も最後に呼ばれて、袋を手渡された。健次郎にとっては、生まれて初めて他人から貰う金である。押し頂くと、すばやく胴巻にしまい込んだ。

そのとき健次郎が手にしたのは、十円何がしかだった。

〈余談になるが、健次郎十九歳、友次郎十四歳の明治二十（一八八七）年当時の貨幣と物価の状況を、一瞥しておきたい。

まず貨幣であるが、貨幣には硬貨と紙幣があった。当時、世界の通貨の大勢は金本位であったが、アジアの諸国は銀本位であった。そこで明治政府は金・銀両本位制をとって金貨とともに銀貨も鋳造した。金貨には二十円、十円、五円、二円、一円があり、銀貨は一円、五十銭、二十銭、十銭、五銭であった。さらに補助貨幣としての銅貨に二銭、一銭、半銭があった。

紙幣は、通称「大黒札」と呼ばれた百円札、十円札、五円札、一円札があった。いずれも米俵に打ち乗り、肩に大きな袋をかついだ大黒の図案が描かれていた。正式名称は「日本銀行兌換銀券」といった。

次に物価であるが、まず米の中等米一〇キロ（二升五合）で八十二銭、酒はいまの一級酒で一升八銭、灘の生一本のような特級酒では十三銭だった。銭湯は一銭五厘、豆腐は一丁五厘、そばはもり・かけ一銭、床屋は四銭か五銭だった（朝日新聞社・値段の風俗史）

いずれも東京での平均的な値段だったので、川角村ではどうだったのか、推し測るよりほかない〉

泥だらけになって、健次郎は帰ってきた。

「いやー、ひでえ雨だ」

屋敷門の庇に身を寄せて蓑を脱ぐと、大粒のしずくが垂れて草鞋を濡らす。おーい、と健次郎は母屋へ向かって叫んだ。その声も雨音に消されて家の中にまでは届かないらしく、誰も出てくる気配はない。もう一度呼ぼうとしたとき、にわかに馬小屋が騒がしくなった。馬が激しく地を蹴り、そして嘶いた。それを聞きつけたのか、母屋の戸口が開くのが見えた。

「あっ、兄さんだ！」

出てきたのは友次郎だった。

「兄さん——、待っとくんなさい、傘持っていきやす」

大きい番傘を差し、もう一方の手に同じくらい大きい番傘を持った友次郎が駆け寄ってきた。

「兄さん、おかえんなさい」

「おお、友か！」

傘を受け取った兄が先に立ち、弟があとに続く。門から母屋までの砂利道も泥濘《ぬかる》んでいる、が、友次郎はおかまいなく泥をはねあげて兄に従った。

母屋の戸を開けると、煤の匂いが健次郎の鼻をついた。懐かしい匂いである。囲炉裏では、榾木が小さい炎を上げている。

「あら！　健次郎さま、お帰りなさいませ、気がつかなんで、すみませんでした」

女中部屋から慌てて出てきたレイが、板の間に両手をついて頭を下げた。

「おお、レイ、おっかさまは奥か？」

「はい、奥でお仕事をしておいでです」

「わかった、あとで行く」

二人がそんな話を交わしているところへ、友次郎が金盥を運んできた。彼はすばやく自在鉤にかかっている鉄瓶をとって、金盥に注いだ。湯を手桶の水でうめると、友次郎は兄をうながした。うながされるままに健次郎は濡れた法被と股引を脱いだ。湯で顔を洗い、足を濯ぐと生きかえった気分だった。

さっぱりした襦袢に着替えて炉辺に座るといままでの疲れがいっぺんにとんでいった。レイの淹れた茶を一口飲んで、健次郎は胴巻きをさぐった。財布を取り出すと、おそるおそる控えている友次郎に二十銭銀貨を、レイには十銭銀貨を一つずつ渡した。

「兄さん！」

友次郎は、手にした銀貨をしげしげと眺めた。菊の紋章の下に『二十銭』と大きく文字が浮き出ている。裏は龍の浮彫りだった。

「これ、くださるのですか？」

「おう」

健次郎は短く答えた。友次郎がそっとうかがうと、兄の顔にはかすかな笑みがこぼれていた。

「レイ、兄さんがくださるとよ」

とまどっていたレイは、それを聞くと「ありがとうございます」と押し戴いた。

「礼なんかいい」

健次郎が言っているところへ、奥の間の襖が開いた。

「健次郎、帰られましたか」

母の〝とく〟だった。妹のしづもいっしょだった。

「なにより無事で、ようございました。お父さまも心配なさって、便りを二度もよこしましたよ」

二度と聞いて、健次郎は天を仰いだ。碓氷の山で鉄道のトンネル掘りに忙しい父が、わずか十日ばかりの筏流しを案じて二度も便りをよこすとは――。早く碓氷へ行って、無事な姿を父に見せたいと健次郎は思った。

「健次郎さま、おかえりなさいませ」

松造の妻女が、前垂れで手を拭き拭き入ってくる。ほかに二人ばかり、小作の家から手伝いの女がついてきていた。

「みなさん、お願いしますよ」

とくは、妻女たちに声をかけた。してみると、母が呼んだものらしいと健次郎は推し測った。

屋敷中、にわかに賑やかになった。竈に火が入れられ、土間には莚が敷かれて小さい臼が運び込まれた。水運びはもっぱら松造と友次郎の仕事だった。とくが納戸から膳を運び出す。レイが甲斐甲斐しく座敷を掃除する。妹のしづがそれを手伝う。そんな光景を眺めながら、健次郎は戸惑っていた。

雨は止みそうにない。辺りは暗くなる。健次郎はランプに火を灯して、配ってまわった。

「みなさん、寄ってください」

とくの一声で、全員が座敷に集まった。

「健次郎が無事に帰ってきました。それもこれもみんな皆さんのおかげです。これからも健次郎を助けてやってください」

そう言ってとくは、深々と頭を下げた。一座はしんと静まった。

主家の奥方に頭を下げられては、子供らはともかく皆かしこまらざるを得なかった。

座が固くなった。せっかくの兄さんの江戸帰りを祝う会だというのに、こんなにかしこまられては面白くもなんともない、そう感じた友次郎は、すっと座を立つと自分の部屋へ立った。

そして、ひっさげてきたのは木刀だった。しばし、あたりをうかがっていたが、頃はよしとばかり『やァー』という気合一閃、兄に向かって打ちおろした。それはむろん友次郎の座興で、兄に簡単に受けとめられてしまった。

これを機に、座はどっと沸いた。

「健次郎さま、ご一献——」

松造が銚子を差し向ける。

「よー、すまない」

と、健次郎は快く受ける。

「浪さん崖を出るときゃ、なんか心細かったけど、松造が見送ってくれたんで勇気が出たぜ」

「いえ、なんにもできませんで……」

松造が首をすくめる。

「兄さん、あんとき弁当を背負ってたのはあっしです」

友次郎がしゃしゃり出る。

「おっかさんがつくってくれた弁当は重くてよ、友、おまえよろよろしてたぞ」

どっと笑い声が起こる。そうこうしているうちに親族やら筏仲間やらが、ぞくぞくとやって来た。

「健ちゃんよ、江戸はどうだった？」

「おー、昇さんか、まぁ、いっぱいやってくれ」

剣術仲間でもあり、筏問屋岸家の総領がやって来た。

「おらがとこは去年で筏問屋も廃《や》めちまったが、いちど健ちゃんと乗りたかったな」

「こっちもそう思っていたがよ、岸家が早くに陸運にかえて繁盛してんのはなによりだ」

明治も二十年代になると、しだいに道路が整備されていった。高麗川に橋が架かり、越生から坂戸へ荷馬車が通うようになった。それとともに舟運は陸運へとかわっていった。川角から坂戸への一里半は、筏流しならば一日がかりだったのが、馬車ならば二時間だった。一馬車に筏四艘分の木材は積めなかったが、一日に何往復もできる利点があった。

「健ちゃんよ、江戸ではいい思いをしてきたんじゃねいか？」

「なーに、なんにもなかったぜ」

「ほんとか、こら！」

昇は、手にした扇で健次郎を打つ真似をした。さっき、友次郎がおどけた仕草とそっくりだった。ふたたび一座に、爆笑が起こった。

「ここらで土産話してもらおうじゃねいか」

昇の提案に拍手が起こった。

健次郎は、越辺川の川面から見た村の様子や堰を壊して酒買いに走ったことなど、多少の誇張を交えて話した。

「それはいいけどよ、千住はどうだったんだい？」

そう訊いてきたのは、貞助の仲間の筏師だった。

「いや、びっくりでした。見るもの聞くものここにいたんじゃ想像もできません」

賑わいというより喧騒に近い千住の町の風景を思い起こしながら、健次郎は応えた。

「それで、あそこはどうだった？」

「あそこ？」

「ほら——、あそこよ」

彼がいうあそことは、廓のことだった。

「芝居小屋を外から見ただけで、あとは知りませんよ」

なんだ、というふうに彼は盃を口に運んだ。

「ほらほら、鯎《うぐい》の唐揚げだよ」

めったに口にすることのできない魚の唐揚とあっては、大皿のそれはまたたくまになくなった。

「元締、今夜はえろうご馳走になりやした。これで小室一族も万々歳ですな」

本家の総領の一声で、この宴は終わった。

「おっかさん」

静まりかえった仏間に、とくと健次郎が向き合っている。

「健次郎、疲れただろうに、今夜は早く休みなさい」

「そのまえに――」

健次郎は、仏壇から財布を取り出すと母親の前に置いた。

「これ、こんどの稼ぎです」

「それはあなたの才覚、ちゃんとしまっておおきなさい」

「でもおっかさん、こんな大金なんともできません」

「なら、わたしがお預かりしましょ、いずれお父様の仕事の役に立たせてもらいますよ」

とくは財布を押し頂いて、ふたたび仏壇に戻した。

雨は止んだらしい、雪隠の格子から薄ぼんやりとツツジの赤い花が見えた。

母親の〝とく〟が、いずれお父さまのお役に立たせてもらいますよ、と言った健次郎の筏稼ぎの金は、その秋ほんとうの話になった。

「とく、二百円ばかりあるか?」

碓氷峠の現場から帰った清五郎は、少し疲れた表情で妻に訊く。

「ございますとも」

とくは、仏壇の抽斗から部厚い紙包みを取り出すと夫の前に置いた。

「そのうちの十円札二枚は、健次郎が稼いだものです」

それを聞いて、清五郎は二枚の札をつくづくと眺めた。もちろん、この二十円が全部筏流しの労賃ではなく、商った二艘の材木の儲けも含まれていることはわかっていたが、妻に、健次郎が稼いだものですと言われればなんとなく嬉しかった。

「そうか――」

清五郎は目を閉じた。その眼裏に、印刷されている鳳凰が、風を切って天に昇る勇壮な姿が見えた。

「健を呼んでくれ!」

清五郎は、とくに命じた。

母に呼ばれて、健次郎は仏間へ向かった。どこか鬱屈した表情があるのは、囲炉裏端で友次郎、松造、レイなどと他愛もない雑談に耽っていた、その余韻がおさまっていないからである。

「おとっつぁん、なにか?」

「おお、健か、この十円札、おまえが稼いだんだってな」

「……」

「ありがたく使わせてもらうぜ」

清五郎は、それ以上のことはなにも言わなかった。健次郎は、ぎゅっと口を結んだ父の顔を見つめた。面長な顔に秀でた額、すっと刷かれた眉に切れ長な眼、高い鼻梁、その鼻下にわずか髭を生やしている。子が見ても精悍な顔立ちである。健次郎はそんな父をいささか誇りに思っていたが、俺より弟の友次郎のほうがおやじに似ているなと、ある種のコンプレックスも感じていた。その父が自分に頭を下げたのである。

「……」

健次郎はもう、なにも言えなくなっていた。早く囲炉裏端に帰りたい、という思いがつのる。

「健、こんどは碓氷だ」

これは父の命令だった。

「兄さん、谷に落ちねいでくれよ」

兄健次郎が父とともに碓氷へ発つのを見送り、大類村の四辻でいよいよ別れなければならないというとき、友次郎は思わず兄に声をかけた。しかし、健次郎は見送りに来た村の重立の人々に頭を下げるのが精一杯で、友次郎の声など聞こえなかった。

父と兄、そして二、三人の供が一団となって熊谷の宿を目指して遠のいていく姿を、友次郎はうるんだ目で見送った。

「友次郎さま、さ、帰りましょ」

レイにうながされて、友次郎は重い足を家に向けた。

兄が去り、屋敷はなんとなく静まりかえった。いまは母とくと妹しづ、そして友次郎が〝元締〟と呼ばれるこの屋敷の住人だった。

「友次郎、ご先祖様に香をおあげなさい」

母の一言で、朝ごとに線香をあげる役をおおせつかった。

「今日からは友次郎、あなたがこの家の主です」

母に言われても、友次郎にはその意味がわからなかった。

「友次郎さま、馬の用意ができました」

松造の大きい声が戸口の向こうに聞こえた。友次郎はその声を聞くと、朝飯もそこそこに飛び出した。今日は、毛呂村の家塾〝明心塾〟へ入る日である。川角村から毛呂村へはおよそ一里、初日とあって、松造に連れていってもらうことになっていた。

友次郎は、明治十九（一八八六）年に〝二葉学校〟の上等小学を卒えている。小学校の上の学校といえば中学校であるが、当時、それは各府県に一校と決められていた。川越に入間・高麗郡立中学校というのがあったが、川角村から通える距離ではなかった。

小学校を卒えてなお学問したい者は、寺子屋の延長である家塾へ入るのが普通だった。そんな家塾は、近在にいくつかある。

毛呂村は八王子往還に沿った村で、養蚕、絹織物の業が盛んで、その上、横浜へ通じる往還沿いとあって、川角村とはくらべものにならないほど賑わっていた。明心塾はそんな村のほぼ中心、村社〝出雲伊波比神社〟の森がすぐ目の前に見えるところにあった。

三　明心塾に学ぶ

物々しい屋敷門である。部厚い門は固く閉ざされていて、滅多には人を通さないぞという威厳を見せていた。こらぁ、おいらが家の門とはえらく違うなあ、と友次郎は思った。同じ屋敷門でも、彼の家のそれはいつも開け放たれていて村の誰彼となく自由に出入りしていた。

「おたのみ申しやす」

松造が門の脇の潜り戸を叩く。

「おー」

と返事があって潜り戸が開く。

「だれかね？」

「川角の小室から来やした」

「おお、そうか、ちょっと待っとくれ」

もう七十に近いかも知れない、腰が曲がり、頭の真っ白な老爺が顔をのぞかせて、すぐビシッと潜り戸を閉めた。

どのくらい待っただろうか、やがてさっきの老爺が顔を出した。

「さぁさ、お入りなされませ」

さっきとは、うって変わった慇懃さだった。

「友次郎さま……」

松造がうながす。友次郎は、一瞬ひるんだが、すぐ気をとりなおして案内されるまま奥へ進んだ。かつては武家屋敷だったという大きな母屋は、重々しい瓦葺きだった。通されたのは、脇玄関から上がってすぐの小部屋だった。そこに待ちうけていたのは、真白い顎鬚を長く垂らした老人だった。老人は、細く鋭い目で友次郎をじっと見据えた。

「川角村小室友次郎十五歳でございます」

老人の威厳に押されて、友次郎は思わず畳に手をついて挨拶した。

「うん……、清五郎殿もお達者だな?」

思いがけない問いだった。父の安否を尋ねられて、どう答えればよいのか。

「はい――」

それだけ答えた。

「いまはどちらじゃ?」

咄嗟に意味がわからなかったが、それが父の仕事の現場を訊ねていることだとわかったのは老人の眼に笑みが浮かんだからだった。

「碓氷とか……申してました」

使いなれない言葉を、無理に使おうとする友次郎の額に汗が滲んだ。そのあと二、三の問答があって、「しっかり学ばっしゃい」と老人は言って手を叩いた。襖が開いて顔を出したのは、若い屈強な男だった。

「川角の小室友次郎だ、頼みますぞ」

老人はそれだけ言うと、すっと立って奥へ消えた。


〝明心塾〟は江戸時代、ここ毛呂本郷に寺子屋を初めて開いた小山善三郎の子孫が継いでいる名門である。江戸時代こそ、読み書き算盤の実務教育を授けた家塾だったが、明治になって学校が開かれると、漢学塾・武道塾として、多くの塾生を集めることとなった。教授陣も、漢学はさきほどの老人、塾主である小山素崖、武道には剣・弓・柔のそれぞれに師範がいた。ほかに、和算もあった。

友次郎は週に三日、この明心塾に通い、午前九時から午後三時まで漢籍の素読や武術に励んだ。といっても、素崖先生の「学びて時にこれを習う、また喜ばしからずや……」という論語の素読より、和算で円周率や曲面の面積を求めるなどの学問の方を面白がった。が、それよりなにより励んだのは、武術だった。剣術は神道一刀流、弓術は大坪流、柔術は起倒流だった。もう、八幡神社の境内で遊んだあの剣術ではなかった。

武道に「守・破・離」という段階があるのを教えられたのも、この塾でだった。「守」は、ひたすら教えられたとおりにやること、その守を習得したのちに自らの工夫を加えるのが「破」、そして「離」は、学んだことから自由になり、新しい術を自然かつ自在にこなせるようになる境地である、という。

入門して三カ月が過ぎた。師走の風が冷たい一日、友次郎は塾の仲間と毛呂本郷の宿場を歩いた。市庭（門口から道までの空間、商家ではここに品物を並べて商った）を備えた家々は、みな新しかった。西川材と呼ばれる武蔵産の杉や檜の香りが匂い立つようである。新築中の家も何軒かある。大工や左官や屋根職人が、忙しく立ち働いている。

「大火のあったなぁ、一昨年《おととし》だったたな」

茶店の看板を掲げた家の、市庭の床几に腰掛けて塾生の一人が言った。

毛呂本郷の大火――、それは明治十八（一八八五）年一月二日の夜の出来事だった。上宿から出火した火は、冬の風に煽られて北から南へ延焼した。飛び火は、大八木の何軒かも焼いた。合わせて百戸に近い家が焼けたという。そういえば友次郎も、西の空が真っ赤に燃えているのを見た記憶がある。

冬の日は短い。茶店でちょっと休んでいるうちに、空はもう暗くなりかけている。友次郎は、北風に急きたてられるように川角への道を急いだ。


明治二十二（一八八九）年、友次郎は満で十六歳になった。

この年の二月十一日〝大日本帝国憲法〟が公布される。併せて〝衆議院議員選挙法〟も公布された。こうして明治の新政が一つずつ進んで行きつつある。

武州川角村にも、そんな新政の一つである〝明治の大合併〟があった。いわゆる〝町村制〟の実施である。政府の命を受けた県は、四月一日を期して川角、下川原、市場、西大久保、大類、苦林、西戸、箕和田の八村を合併して「川角村」とすると布告した。

この合併によって新しい川角村は、戸数五七二戸、人口三、一三三人の村になった（毛呂山町史）。

友次郎は、父と兄の留守を預かる、いまや小室家の主である。その主は松造のあとにくっついて田を起こし、甘藷の苗床を作り、梅林の手入れに立ち働いた。

「友次郎さま、一休みいたしますべぃ」

馬鈴薯畑の土寄せが一段落したところで、松造が声をかける。畑の一隅にすばやくゴザが敷かれ、団子とお茶が並べられた。

「坊っちゃま、剣術のほうも腕があがりやしたでしょうね」

手伝いの女が訊いてくる。友次郎は苦笑いしながら、鎌を振り回してみせる。

神道一刀流は水戸家に伝わる流儀で、気迫のこもった攻撃型の剣である。その点、兄健次郎の修めた示現流とは趣を異にしていた。受けて立つのが示現流、攻めて行くのが神道一刀流ともいえようか。友次郎がいかにもそれらしく鎌を腰に収めると、どっと拍手が起こった。

「これはこれは、いまの剣さばきにあっちゃ、誰もかないますべぃ」

「坊っちゃまは、柔術とやらも修行していやすよな」

団子を頬張りながら、作男の一人が訊く。

「そうともそうとも、柔術はなんといっても相手の出る力をいなすんやから、これまた難しい技っていうもんだ」

ゴザの上は、友次郎の武術をめぐるあれやこれやの雑談で賑わう。

「みんな、みんな――」

友次郎は腕を振って、茶話をさえぎった。

「おいら、みんなが褒めてくれるほど腕達者じゃねえ、いまのはただの型だけというもんだ。師匠の話じゃな、心頭滅却してこそほんとうの武術だそうだ。いまのおいらの修行じゃ、まだまだだ」

友次郎の切れ長の眼が、きらりと光る。

農作業はまたしばらく続いて、陽が大高取山に沈む頃、松造の「今日はこのぐれいでしまうべい」という号令で終わった。

農作業と塾通いという日々に、友次郎は充足を感じていた。

夏が来た。

「おお、みんな達者だな」

突然の、健次郎の出現だった。彼は、肩の荷を下ろすと、「おっかさま……」と奥へ声をかけた。その声を聞きつけて、母のとくがデイの間へ出てくる。

「おや、健次郎、おまえさまひとりかえ?」

「おとっつぁんは、現場で大忙しでやす」

碓氷峠の工事は、夏こそ本番だった。健次郎は父の命で、人足の募集に帰ってきたのだった。

「兄さん、おらぁも行くべぇ」

友次郎は、自ら人足を志願した。

「だめだ!」

健次郎は、にべもなくその申し出を断った。なにしろ碓氷峠の仕事は、とてつもない重労働で、とても十五や十六の少年の耐えられるものではないというのだ。

「兄さん、柔術で鍛えていやす」

「それはいいことだ、だがな、銭を稼ぐっていうなぁ、その修行の何層倍の苦労があるんだぞ」

銭を稼ぐということは、松造からも教えられている。

「友次郎さま、この繭は遠い外国で高く売れてるっていうことですよ」

そう言って松造は、繭を袋に詰める作業の手を休めない。思い起こしてみると、種の掃き立てから蚕の飼育、そしてこの繭にするまでの日々の労働が、銭を生んでいるのである。

健次郎は一週間ほど村にとどまって人集めに奔走し、やがて五人ほどの若者を引連れて碓氷へ帰って行った。

「兄さん、つぎにはおらぁも行くぞ!」

友次郎は、遠ざかる兄に思い切り叫んだ。

兄健次郎を見送って、友次郎は力の抜けたように縁側へ座り込んだ。

「友! なにしてるんですか?」

母のとくだった。母の右手には、竹の物指がしっかり握られていた。友次郎の返事しだいでは、振り下ろされかねなかった。

「おっかさん！　あっしも碓氷へ行きたかったです」

「友のその気持は、おっかさんにもよくわかります。でも、それはお父さまの決めることです。友は、いまの仕事をしっかりしなさいというのが、お父さまのお気持です、わかりましたか？」

いつまで父親の言うことを聞かなければならんのか……！　おらも十六になったんだ、そろそろ世に出なければならん、と友次郎は切羽詰まった気持になっていたのだった。

秋蚕も終え、米の収穫もすんだ。

「松造！」

「はい坊ちゃま、なんでやす？」

「も、もしもだぞ、おらが大将になったらここはどうなる？」

「た、たいしょう？」

「陸軍でもいい、海軍でもいい、おらぁ、大将になるんだ」

松造は、肚のなかで笑った。彼には想像もつかない世迷い言である。たしかに隣の清国と何か騒動があるらしいことは、それとない噂には聞いていたが、まさかそこに乗り出そうとでも考えているとすれば、滑稽というほかない。

「友次郎さま、大将にはどうやってなるんです?」

坊ちゃまから友次郎さまと呼び方をかえたのは、松造の眼裏に農民と軍人の二つの姿が映ったからだった。

「士官学校というのがある」

「……」

松造は、そこではたと黙った。

師走になった。明治二十二(一八八九)年も暮れようとしている。背戸の防風林も、ごうごうと音立てて揺れている。

「友次郎!」

囲炉裏端で本を読んでいる友次郎に、声をかけてきたのは母親のとくだった。

「お父さまが帰ってきますよ」

とくは、手にした手紙を友次郎に渡した。乱雑な字ではあるが、たしかに父の手蹟だった。

そこには、暮の二十日頃には帰ると書かれていた。

久しぶりの団欒である。朝ごとに友次郎は、庭先で兄と剣を交じえた。父親の清五郎は、そんな二人を縁側でにこにこと眺めていた。

あわただしい年は明けて、明治二十三(一八九〇)年になった。雑煮の膳を囲みながら友次郎は父に声をかけた。

「おとっつぁん、おらも十八になりやした。世に出なければならん年齢です」

清五郎は、友次郎の顔をつくづくと眺めた。童顔はすでにない。黒々とした頭の髪は豊かに伸び、眉は濃く、切れ長の眼は白眼の多いだけ意地っ張りに見えた。しかし、眼を下に移すと、口調のわりには唇に幼さを残していた。

「うん――」

清五郎は、腕を拱いて考え込んだ。

「おらぁ、大……」

とまで言って、友次郎は口を噤んだ。松造の姿が目のまえにあったからである。松造には、おらぁ大将になると大見得を切ってみたものの、さすが父親のまえではそんな大見得は切れなかった。

「おとっつぁん、あしぁ、東京へ出て勉強がしてえです」

「うーん、それで……、なんの勉強がしてえんだ?」

そう訊かれて、友次郎は咄嗟に返事ができなかった。

「……よく考えておけ」

清五郎はそう言うと、辺りを見回した。とくがいる、健次郎が盃を口に運んでいる。ルイが、土間を目まぐるしく歩きまわっている。松造が薪を運び込んでくる。

「松造、ここへ来てくれ」

清五郎に声をかけられて、松造は囲炉裏端に膝をついた。

「友次郎の百姓仕事はどうだな？」

「はっ、おっつかっつでやす」

「ハッ、ハッ、ハ……、そりゃ、松造にはかないっこねいが、いくらかでも足しになっているか？」

「それは、はあ……」

「なあ、松造、友次郎のやつ、東京へ出て勉強してえなんて言ってるが、おまえの意見はどうだ？」

「いえ、いえ……」

松造は、右手を頭にかざして激しく振った。とても、主家の内実に口をはさむことなどできるはずはなかった。

「とく、工事はあと二、三年かかるぞ」

そう言いおいて、清五郎は碓氷へ戻っていった。

第二章　都の夢

小室　友次朗

一　小川製材所

「こんちわぁ、　友次郎さんはおいでですかね？」

妙に威勢のいい声をあげて、訪ねてきたのは坂戸の小川製材所の小川平吉だった。

「いま、畑に出ていやす」

応対に出たレイは、平吉をつくづくと眺めた。法被姿は見なれているが、ただの百姓とは思えなかった。どことなく、気風のよさが感じられる。レイは、裾をからげて走った。

「坊っちゃま――」

レイの声を聞きつけた作男の一人が、友次郎のところへ走り寄った。

「若！　下女が呼びにきやした」

ダンに曳かせた鋤を操っていた友次郎は、あわてて馬をとめた。

「坊っちゃま、お客さんです」

レイは息を切らせてそう言うと、ぺたりと大地に膝をついた。

「だれだ？」

「坂戸からって言ってました」

坂戸といわれても、誰やら見当もつかなかったが、ともかくダンの鋤を外すと、レイを乗せて家へ向かった。

「友次郎さんで……」

「はい」

「あたし、坂戸の小川平吉ともうします」

平吉の、どこかへりくだった態度に友次郎は不審の目を向けた。怪しい物売りに見えないこともなかった。

「友次郎さんはたいへん剣がお強いそうで、お父さまが自慢なさってましたよ」

それを聞いて、この小川平吉と名乗る男が父の知人であることを知った。

母のとくを交じえ、客間であらためて挨拶をかわした。その席で、小川平吉が坂戸で製材所を営んでおり、父のいわば取引先であることがわかった。

「清五郎さん、いや、あなたのお父さんがおっしゃるには、友次郎さんには好きな勉強をさせたいということでした」

「好きな、と申しますと?」

とくが、口をはさんだ。

「いえ、東京へでもどこへでも出て、思う存分好きな勉強をせい、とでも言いますのでしょうか」

東京と聞いて友次郎は目を輝かせた。兄さんは筏に乗って江戸へは出たが、ついぞ東京へは出なかったんではないか。兄さんも東京には憧れていたはずだ、その兄さんに代わっておいらが東京へ出る、ほんとにいいんだろうか、という疑念もうかんだが、父の許可ともなれば臆するところはない、喜んで父の言に従うだけだ、と友次郎は心のなかで叫んだ。

「お父さまは、友次郎さんのこと、いちばん気にかけておいでですよ」

平吉は、とくへともなく、友次郎へともなく、しんみりした口調で言った。

平吉を往還まで送って出た友次郎は、別れぎわに片膝をついて見送った。それは、明心塾で修得した武家の礼儀だった。

晩春の風は、見わたすばかりの緑を静かに揺らしている。坂戸への一里半の道は、あっという間だった。休んだといえば、高麗川を渡ったところで咽喉を潤しただけである。

小川製材所はすぐわかった。門らしい門もなく、道に面してすぐ事務所が建っていた。友次郎は、そっと事務所の戸を開けた。五坪ばかりの事務所には机が二つばかりと、小さい円卓があるばかりだった。

「ごめんください！」

その声に応じて、一人の男が奥から出てきた。平吉だった。

「これはこれは友次郎さん、よくおいでくださいました」

仕事をしていたのであろう、額の鉢巻をとりながら平吉が頭を下げた。

「なにぶん、よろしくお頼みいたします」

いくぶん緊張気味に、友次郎も深く頭を下げた。

ま、ここへといざなわれるままに、友次郎は武骨な木の椅子に腰を下ろした。

「友次郎さん、ここでしばらく手伝ってもらいます。――いえ、これもあなたのお父さまのお指図なんです」

平吉は、頭を掻き掻きそう言った。

次の日から、友次郎は法被姿で現場に立った。剣にかわって鋸が武器になった。いままでは知らなかったが、鋸をひいて木を切るのも面白いものだと悟った。

一カ月が経って、友次郎の鋸さばきも堂に入ってきた。いつものように縦挽きの大鋸を構えたところへ平吉がやって来て、一枚の紙を渡した。そこには見馴れた武骨な筆で、碓氷へ材を運べと書かれていた。清五郎から平吉への手紙である。

「友次郎さん、いっしょに行っていただきますよ」

どこか悲壮な面持ちで、平吉が言った。

出発は、五日の後だった。ゆうべからの雨もあがって、街道筋の欅並木の若葉がまぶしいくらいだった。

坂戸を出るときは荷馬車一台だったが、途中、藤岡で二台、峠の麓の松井田で三台、合計六台の荷馬車が、枕木などを積んで峠を登った。

数え十七歳の友次郎は、一行のなかでいちばん若かった。日頃鍛えた頑丈な肉体で、いつも先頭に立って進んだ。そんな友次郎でさえ半里も登れば息を切らせて休まざるを得ないほど、峠はきつかった。

平吉の号令で、一服することになった。新緑が眩しい。吹きあがってくる風は、澄んで快かった。煙管をふかす者、竹筒の水をあおる者、湧水で顔を洗う者、みなそれぞれに一刻のくつろぎを楽しんだ。

「あんたらがとこ、てえへんらしいね」

「そうだんネ、春先から魚がみんな死んじまってよ、なんにも獲れなくなっただ」

「渡良瀬じゃ、なにが獲れるんだい?」

「なにがってよ、鯉・鮒からはじまって、うぐい、鰻、鮎、なんでも獲れねえもんはねえぜよ」

「それが獲れなくなったなぁ、どうしたわけなんだい？」

「なんでも、足尾銅山から出る鉱毒のせいだっていうがね、よくわかんねいだ」

そんな会話が聞こえてくる。

「出稼ぎってのはてえへんだが、ま、辛抱してりゃいい時もくらぁな」

そう慰めているのは、地元の職人らしい。

「なにぶんよろしく――、厄介だろうけんどよ」

渡良瀬の漁師は、頭を下げた。

小耳にはさんだそんな会話を、友次郎は理解することはできなかったが、渡良瀬とかでなにか事件があったのだということだけはなんとなく理解できた。川の漁師が山へ入って荷を運ぶ、こんなことも世にはあるのだということを、友次郎は学んだのだった。

鉄道工事の現場に着いた。父清五郎の姿は見かけたが、ついぞ話もできないまま荷を下ろすと、平吉の指図であわただしく山を下りた。

「友次郎さん、鉄道工事の仕事ってのは、どんなもんかわかりましたでしょ」

事務所の机に向かいあって、茶を啜りながら平吉が言う。友次郎は神妙に聞く。たしかに、親子顔を合わせながら、ろくに口も聞けなかった現場の厳しさを友次郎は反芻していた。そういえば、兄の健次郎とは顔も合わせずじまいだった。

「友次郎さん、頭を刈ってきては……」

　そう言われてみると、十日ばかりのあいだに一度だけ霧積の湯とやらに入ったきり、あとは谷水で汗を拭くだけだったので、頭は痒くてならなかった。

「いいんですかい?」

「いいですとも」

　終業の時間にはまだちょっと早かったが、友次郎は髪床屋へ足を運んだ。鏡に映った自分の顔を見て、彼は眉をひそめた。顔全体がむさ苦しいのである。頭髪は肩にとどきそうだったし、顎にはうっすら髭らしいものが生えている。自分の顔をこんなにつくづく眺めたことのなかった彼は、こんな顔を見たら、レイや妹のしづはなんと言うだろうかと思いめぐらした。正直いって、友次郎さまは男前でいらっしゃると言われつづけてきたのだが、こうしていま見る自分自身の顔は男前どころか、伝説に言う烏天狗に似ていると思った。

「製材所はどうです?」

　鋏を操りながら主人が訊く。

「忙しいのなんのって……」

「そうでしょな、小川さんはやり手ですからなぁ」

　しばらく沈黙が続いて、「終わりました」と言われて、友次郎はあらためて鏡を見直した。

頭の毛は耳下に切り揃えられ、眉は剃刀が入れられてすっと伸び、顎の髭はきれいに剃られていた。

友次郎は、顎を撫で撫で、十銭の理髪代を払って店を出た。

二　都へ

「友次郎さん、家が見つかりましたよ」

　秋風が立ちはじめたある日、平吉にそう言われて友次郎は耳を疑った。——家？　家とはなにか……。

「家って、なんのことですかい？」

「だから、これから友次郎さんの住むお家ですよ。もっとも、家といっても学生さん専門の下宿屋さんですがね」

　平吉が、ここ二、三日ほど姿を見せないのをいぶかしくは思っていたが、それは商売で東京へ出かけているのだと自分なりに考えていた。

「せんから、清五郎棟梁にたのまれていましてね」

　平吉の話によれば、かねて勉強したいと望んでいた友次郎の願いを叶えてやりたいと考えていた清五郎は、ひそかにその段取りを平吉にたのんでいたのだった。

「な、平吉さん、折り入っての頼みだが、うちの友次郎のやつ、東京へ出て勉強してえといってるんだが、東京にくわしい平吉さんに、それとなく家やらなにやら調べてもらいたいんだ。なぁに、急ぐこたぁねえが、商売で東京へ出たついでに物色してくだせえ」

「お安い御用です」

そんなやりとりが、二人のあいだでできていたのだった。

「平吉さん、このこたぁ、友次郎には内緒にしといてくだせえよ」

清五郎にも、そんな心遣いがあったのである。

心躍る友次郎に、平吉が言った。

「友次郎さん、もういちど碓氷へ行ってもらいますよ」

二度目ともなれば、荷馬車を曳く手も軽かった。

「友次郎、よく来たな。ま、いつまでも田舎にいたんじゃ了見もせまくなろう。次男のおまえには早く一本立ちしてもれえてのが、父親であるわしの願いだ。せいぜい東京に出て好きな勉強をしろ。金のことは平吉さんに頼んである、いいな」

このまえはろくに話もできなかった碓氷の現場だったが、こんどは違っていた。わざわざ現場事務所に呼ばれて、そう言われたのである。友次郎は、黙って父親の顔を見つめるばかりだった。

東京へ出る日がきた。今日は、法被姿に代わって羽織・袴の正装である。門前には母親のとく、妹のしづをはじめ松造やレイ、そして近在の家々から見送人が集まった。

「小旦那、東京さ出たら剣禅さんの名を上げてくだせぇよ」

名前まで覚えていなかったが、ある小作の老爺が友次郎の正面に立って深くこうべを垂れた。

剣禅といわれて、友次郎は頭を掻いた。明心塾の仲間内でこそ、おれの号は〝剣禅〟だと威張っていたが、この虚名がここまで知られていようとは思ってもいなかった。彼は照れくさそうに、首を縮めた。

「友次郎、なにごとも平吉さんのお指図どおり、身を慎まないといけませんよ」

とくが、きつく言う。友次郎は素直にうなずいた。

「馬車が来た！」

二、三人の子供が歓声をあげて、馬車がやって来る方へ走った。

「友次郎さま！」

馬車に乗り込もうとする友次郎の袖をとったのは、松造だった。二人は顔を見合わせ、一方は笑み、一方は眼をしばたたいた。

平吉が乗り込むと、馬車はゆっくり進み始めた。川角から坂戸へ一里半、坂戸へは昼前に着いた。製材所で一休みして、友次郎は袴を脱いだ。これから二里、川越まで歩くことになる。ほんとうのところ法被姿になりたかったのだがそうもならず、頭陀袋をかついで歩き始めた。田の畦に咲いている彼岸花の赤い群落に目を遊ばせながら、二人は道を急いだ。

川越の町は賑わっていた。蔵造りの商家が並ぶ町並みの真ん中辺りに、鐘を吊るした櫓が建っていた。この鐘が朝昼晩の一日三度、時を告げているという。

上尾へ行く馬車は、この櫓の下から出ていた。川越から上尾へ三里、馬車は満員の客を乗せて進んだ。

上尾からは汽車である。鉄道は、明治十六（一八八三）年七月、上野・熊谷間に開通している。汽車に乗るのは初めての友次郎である、胸をときめかせて汽車を待った。

三　汽車の旅

どのくらい待っただろうか、北の彼方に煙が見えた。煙は、濃くなり薄くなりして近づいてくる。それが汽車だった。汽車はすさまじい蒸気を吐いて、ホームに止まった。汽車というものを初めて見る友次郎は、なかば肝をつぶした。その重量感とすさまじい音に、新しい世界を感じたからである。

降りる人、乗る人でしばしホームは賑わった。が、やがて汽笛を鳴らして、汽車はゆっくりと走り始めた。ホームには、誰にともない見送人がいっぱいだった。みな、それぞれに思いをこめて送り出しているのだろう、それが親であるか、子であるか。あるいは友であるか、想い人であるか……。なにしろ一日に五本しかない汽車なのである。

「友次郎さん、腹へったでしょ」

そう言って平吉が手提袋から取り出したのは、川越で名高い藷菓子だった。しかし友次郎は、それには全く目を向けず、窓にへばりついて、外の景色を凝視するばかりだった。

関東平野は広々としていた。一面の田圃はおおかた刈りとられていたが、刈り残っている田も点々と見えた。

村落は、屋敷林に囲まれた豪家があると思えば、犇いて建つ小さい藁家もあった。そんな村の風景は、自分が生まれ育った川角村のそれとそっくりなのを見て、友次郎は安堵をおぼえるのだった。

大宮の町はさすが賑やかだったが、それから荒川の鉄橋を渡るまでは同じような風景ばかりだった。

「親方、武州も広いね」

さっきは見向きもしなかった諸菓子であるが、さすが空腹をおぼえた友次郎は、それを頬張りながら、ポツリと言う。

汽車は、東京に入った。上野駅に近づくにつれて、軒を連ねた仕舞屋《しもたや》がびっしり並んでいる。

川角を朝出て、上野へ着いたのは夕暮時だった。

「今夜はここで泊まります」

平吉は、ためらうことなく友次郎を宿へいざなった。

平吉がなじみの宿なのであろう、そう大きくはないが、小奇麗な宿は上野の杜の片隅にあった。

湯を浴び晩飯をすませて、友次郎は生まれて初めての東京の夜を過ごすのだった。

「昨夜はよく眠れましたか？」

朝の膳を前にして平吉が訊く。よく眠れたのか、眠れなかったのか友次郎にはよくわからない。一日の疲れと興奮が、眠れたような眠れなかったような、なんともいえない感じなのだが、腹のへったところをみると、よく眠れたのかも知れない。

「どっちかなぁ……」

友次郎は、平吉の顔をのぞき込んで苦笑いするほかなかった。

上野から神田まで、二人は鉄道馬車に乗った。

「さ、降りましょ」

ものの五分も走っただろうか、距離にすれば数丁（五、六〇〇メートル）も来ないのに下車させられるのに友次郎は目を丸くした。なに、もう降りるのかい、という感じなのである。いっしょに降りた母子連れも、たしかいっしょに乗った客である。こんな些細なことも、彼には不思議な光景だった。

ともあれ、友次郎は平吉に連れられて神田という町に着いた。この町の、空地というもののない重苦しさ、行き交う人の多さとあわただしさに友次郎は圧倒された。

「さ、こっちへ……」

と、平吉にいざなわれたのは、狭い路地だった。両側の家の庇がくっつきそうなその路地の奥に、平吉が探してくれた下宿屋があった。

「ごめんなさぁい、坂戸の小川でーす」

その声を聞きつけて、奥から顔を出したのは五十がらみの女だった。

「あらまあ小川さん、遠いところよく来て下さいました、さ、どうぞお上がりください」

案内されたのは、二十畳ほどの広い部屋だった。丸い大きな卓袱台が、四つばかり据えられている。この部屋は、いわば下宿学生たちの溜り場だった。ここで学生たちは飯を食い、議論をし、ときには将棋を指したり碁を打って楽しむ。

「お内儀《かみ》さん、こちらが川角の小室友次郎さんです」

「おやまあ、りっぱな青年ですこと、いえ、お世辞じゃありませんよ」

お内儀さんは、友次郎をしげしげと眺めてそう言った。

こうして友次郎は、学生相手の下宿屋〝雄人館〟の住人になった。

四　雄人館の日々

「友次郎、おまえも今年は十八になるか」

父親にそう念を押されて、友次郎は頭を掻いた。

「坊っちゃまは、いい青年におなりです」

土間で、馬の餌の藁を切りながら松造が言う。

——いい青年か。

父親の清五郎は、あらためて友次郎の顔を眺めた。ローソクと囲炉裏の炎に浮かび上がる友次郎のそれは、切れ長の眼といい高い鼻といい、どこか意地っ張りに見えた。

「下宿生活はどうだ？」

どうだと問われても、咄嗟には返事が出ない。面白いといえばいいえたし、淋しいといえば淋しかった。

「坊っちゃまのこってすから、仲間の大将でっしゃろ」

松造の声は大きい。

「松造……、俺が大将なんかであるもんか、東京には偉そうな奴がいっぱいいるんだ」

友次郎は、松造に向かってまくしたてた。

「おや、坊っちゃま、すっかり東京弁が身につきやしたね、やっぱり大将でやすよ」

松造の頭に、白いものが目立ち始めている。松造も齢だなと思うと、友次郎の胸にこみ上げてくるものがあった。

「松造、もう仕事はいいからこっちへ来ないか、飼葉は俺が運ぶからさ」

友次郎にそう言われて、松造はくっと咽喉を鳴らした。目には、うっすらと涙が浮かんでいたかも知れない。

薪を足した囲炉裏のまわりは、ぱっと明るくなった。父、母、兄、妹そして松造を加えた各自の膳には正月にふさわしい料理がのっていた。

父と兄は互いに盃を交わしながら、碓氷の現場のこれからの段取りの話で夢中である。

「友次郎……」

母のとくだった。

「おっかさん、なにか?」

「十八といえばもう立派な一人前です、いつまでも甘えているわけにいきませんよ」

「わかってます」

「わかっておいでならいいけれど、学問したいというおまえさんの希みを、お父さまや兄さんが聞いてくださったということ、お忘れでないよ」

母の言葉に、友次郎の胸は高鳴った。

明心塾に出向いて師匠に新年の挨拶をし、旧友と久しぶりの剣を交わし、弓を引いているうちに正月は瞬く間に終わった。

東京へ戻った友次郎は、己の道を探して今日も神田界隈を歩き回った。湯島から神田駿河台へ出ると、円い屋根の堂々とした建物がその全容を現し始めていた。

「ああ、あれはニコライ堂だ」

「ニコライ堂？」

「ロシア耶蘇教の教会堂だよ」

「ロシア？」

「なんだ小室、おまえロシアを知らねえのかよ」

去年（明治二十三年）の秋開校した日本法律学校（現・日本大学）へ通っている野田という男が、蔑んだ目を友次郎に向けた。

事実、友次郎はロシアのことはよく知らなかった。どこかで聞いたことのある国の名だな……、というくらいの知識だった。ましてや耶蘇教などという語は初耳だった。

「耶蘇教ってのはな、ヨーロッパではやっている宗教さ。イエス・キリストという神をアーメンといって拝むんだ」

友次郎の好奇心に火が点いた、彼は野田に耶蘇教のことをあれこれ質したが、野田もあまり深いことは知らず、本を読めよ、と言い捨てて席を立った。

「キリスト教もいいけどよ、小室、おまえ柔道やるんだってな」

同じ膳に座っていた、もう一人の学生が聞いてきた。友次郎はニコッと笑って頷いた。

「講道館へは行ったか」

「いや、まだだ」

「そうか、あそこは水戸藩由来の道場でな、いまや日本一の道場だ。どうせ柔道やるんなら講道館に入るんだな」

水戸藩と聞いて、友次郎は胸をときめかせた。本当のことかどうかわからない。が、友次郎は祖父七左衛門から、我が家のご先祖は水戸藩にお仕えした、れっきとした武家であると聞かされていた。

「光圀公のお書きになった『大日本史』のお手伝いをいたしておった」

それがどんな意味をもっているのか、幼い友次郎には皆目わからなかった。彼が知っているのは、ひたすら田畑を耕す百姓の姿だった。祖父とてその例外ではなかった。

はじめて経験する東京の冬だったが、武州川角に比べるとなんとなく寒さもやさしかった。たぶん、海風が入ってくるせいだろう。

「あら、今朝は早いのね」

こまごまと手を動かしながら、賄いのおばさんが声をかけてきた。

「少しあったかくなったんで、今日は講道館の稽古を見てきようと思ってます」

「おやまあ、それはいいこと、気をつけていってらっしゃい」

おばさんの声を背に宿を出た友次郎は、湯島を抜けて神田川の左岸をゆっくり歩いた。川岸の楢や欅の芽は固くつぼんだままだが、家と家とのあいだの狭い空地を耕している老婆がいた。友次郎は、そんな老婆を不思議そうに眺めた。空地は、川角の我が家の軒下にも及ばないほどの狭さである。こんなところでなにが作れるんだろうか？　というのが偽りのない彼の思いだった。

「おや、あんたさん、どちらへおいで？」

立ち止まって、ぼんやり老婆の手の動きを眺めている友次郎に、鍬の手を止めた老婆が問いかけてきた。

「こ、講道館へ行くところです」

不意を突かれて友次郎はどぎまぎ答えた。

「ああ、講道館かね、そりゃ立派なお心がけですな、あそこには若い衆がいっぱいいて、そりゃ賑やかなもんですよ。あんたさんは師範さんででもありますかいな」

たぶん、友次郎の袴姿を見てそう言ったものであろう。そう言われた彼は、いやーと口を濁して頭を掻くばかりだった。

「達者でな、お励みなさいよ」

老婆は、そう励ましてくれた。

講道館は、老婆の教えてくれたとおり、坂を下り切った四つ辻を右へ曲がった往還の左手に、ひときわ高い軒をそびやかしていた。

往還は、人馬の往来がはげしかった。いまは宮城と名をかえた江戸城から北へ半里ほどという近さであってみれば、あたりまえのことかも知れなかった。

友次郎が、玄関先から内部をうかがっていると、不意に後ろから肩を叩かれた。

「おまえ、なにしてるんだ？」

友次郎があわてて振り返ると、そこに立っていたのはいかめしい髭を生やした大男だった。

「は、はい！　稽古が見たくて……」

「よし、上がれ！」

　意外なほどあっさり言われた。言われるままに友次郎は、草履を脱いで玄関に上がった。格子戸を開けると、そこから先はもう道場だった。道場は、百畳ほどもあろうかという広さだった。その広さに、友次郎はまずびっくりした。

「ここで見ておれ！」

　大男に指示された道場の隅に、友次郎は袴の裾をはらって正座した。

　道場には、少年から老人までいた。気合の声も高いあり低いありで、いかにも市井の道場らしかった。と、とつぜん一人の少年が友次郎に向かって突っ込んできた。友次郎は、すばやく片膝を立てて少年を抱きとめた。

「ありがとうございます！」

　少年は、稽古相手に投げ飛ばされたものらしかった。友次郎に手をついて礼を言うと、さっと身をひるがえして投げた相手に向かっていった。

　どのくらい経っただろうか、長いといえば長く、短いといえば短かったが、最前の大男に「こっちへ来い」と促されて、友次郎は大男のあとについて奥へ進んだ。

「おまえさん、名はなんという？」

　柔道着がうず高く積まれている小さい裏部屋へ通されて、大男にそう尋ねられた。

「はい、小室剣……いえ、小室友次郎と申します」

「お主、どなたか手蔓がおありか？」

「手蔓？」

「どなたの口利きで来たのか、と訊いとる」

口利きといわれても、誰彼という名は答えられない、彼は講道館の評判をたよりに来たまでである。強いて口利きといえば、畑を耕していたくだんの老婆かも知れない。

「生まれはどこだ」

「武州川角です」

大男に問われるまま、武州川角がどこにあり、どんな村であるか、そして自分は農家の次男坊であること、同じ郡内の毛呂村の明心塾で学んだこと、柔術は起倒流であることなどを問われるままに答えた。

「ほう、起倒流の心得があるのか」

大男はあらためて友次郎の容姿を眺めわたした。

「よし、わかった、治五郎先生に伝えよう」

十日ほどして、友次郎のもとへ一通の封書が届いた。入門の手続きをせよ、という講道館からの通知だった。指定された時間に受付へ顔を出すと、あの髭の大男が待ちかまえていた。

〝入門願〟に署名し、十円の入門料を払って友次郎は晴れて講道館の門生となった。

「小室、おまえ柔道を始めたんだって？」

下宿仲間の一人が問いかけてきた。う、うんと友次郎は曖昧にうなずいた。始めたのではなく、あらためて講道館の門生になったのである。

それからの友次郎は、講道館に通いつめた。そこではじめて知ったのは、講道館には『講道館流』という派があることだった。

「小室、おまえは起倒流だったな？」

あの髭の大男に問いかけられた。

「はい、田舎ではそれを習いました」

「うん、起倒流は古い流儀でな、徳川四代将軍家綱公（慶安四年）の時代、寺田正重という方が創始した流儀だ。名のとおり立技・寝技自在な流儀だが、ここでは『講道館流』を修得しなければならぬ。講道館流はな、お主の習った起倒流と天神真楊流をもとに日本国中の流派の長所を集めて治五郎先生が創始された流儀だ、それだけは心得ておけ！」

それだけ言うと、髭の大男は友次郎の肩をポンと叩いて去っていった。

稽古をしているうちに、講道館流には起倒流にはなかった〝投技〟・〝足技〟があるのを友次郎は知った。

いつの間にか、湯島天神の梅の花は散ってしまっていた。神田川沿いの木々は、うっすらと緑の衣をまといはじめている。

〝武〟の道は拓けたが、もう一つ〝学問〟の道を探らねばならない。友次郎は、学校を探して東京の町を歩いた。歩きながら、さて、どう生きるべきかを考えていた。松造には大将になると言い放ったが、町中を歩き回っているうちに庶民の暮しぶりというものを知って、こんな市井の人のための仕事もいいなと考えるようになった。

神田川畔の木々の緑がぐっと深まった。川角では、春蚕の準備に追われているのだろうなと思いながら、神田駿河台の方へ足を向けた。

お茶の水から駿河台のゆるい坂を下ると、すぐ右側に明治法律学校がある。広い敷地に塀をめぐらし、二階建ての校舎が威容をはなっている。いかめしい門は大きく左右に開かれていて、たくさんの学生が出入りしている。友次郎は臆することなく、そんな学生にまじって校門を入った。事務所で入学に関する手続きを聞き質して下宿へ帰ったのは、夕闇が迫るころだった。

下宿の広間は、学校を退けた学生たちで賑やかだった。

「おい小室、どこへ入るつもりだ」

袴を脱いで浴衣に着替えた友次郎が広間へ入って行くと、すかさず声がとんできた。どこへと問われてもまだ決めたわけではない。東京法学社（法政大学）、東京専門学校（早稲田大学）、英吉利法律学校（中央大学）、専修学校（専修大学）などが、それぞれの教育理念を掲げて学生を募っている。だが友次郎は、今日訪れた明治法律学校に、心を惹かれていた。どこに惹かれたといわれても明確な答は出せないのだが、いかにも西洋風な校舎に、これからの時代の息吹を感じたのである。

「俺は、明治へへえるつもりだ」

思わず田舎訛りが出た。

「そうか、明治か……、日本（法律学校）なら俺といっしょだったのにな」

「日本はできたばっかりだからな、教授陣も手薄だぞ、やっぱり明治の方がいいさ」

わいわいと、学校の品定めに広間は沸きに沸いた。

友次郎が入学することになる「明治法律学校」、のちの「明治大学」は、明治十四（一八八一）年一月、法律・行政・経済・財政などを教授する学校として有楽町に開校した。校舎はやがて神田駿河台に移転し、明治三十六（一九〇三）年、明治大学と改称することになる。因みに、「日本法律学校」、のちの「日本大学」は、明治二十二（一八八九）年の創立である。

志望校を決めると、友次郎は早速母とくに手紙を書いた。

〈――母上様〉

「私、友次郎は明治法律学校で学問をすることに決心いたしました。将来は学問を生かして、川角村のお役に立ちたいと念願しています。つきましては、月々二十円のお仕送りを……」

友次郎からの無心の手紙を読んだとくは、母親の傍らで縫物針を動かしている娘のしづに、友次郎兄さんは明治とやらいう学校で学問するそうだよ、と話しかけた。

「そうなの……」

十四歳のしづの返事はそっけなかった。しづは今、有体にいえば花嫁修業にはげんでいるのである。兄の人生は兄のもの、わたしの人生はわたしのもので、それは母親の教えをうけることでしかない、と思いさだめているのである。今でこそ名主の娘という呼称はなんの意味もないが、二昔前の祖父七左衛門の時代までは、れっきとした村の名主の娘としてそれなりの権威をもっていた。

「しづ、すまないけど松造さんを呼んできておくれ」

「はい」

前垂れをはたいてしづが出ていったあと、とくはもう一度友次郎の手紙を眺めた。月に二十円という字が揺れて見える。途方もない額にも思えるし、他人の話に聞けば東京暮らしはとてもそんなものではおっつかないという。

「おっかさん、松造さん、すぐ来ます」

しづが、勢いよくデイの間に上がってきた。とくはゆっくり立ち上がると囲炉裏へ向かった。

「こ、これは奥さま、なんのご用でごぜえやしょ」

縁に手をついて松造が頭を垂れる。

「松造さん、そんなに頭を下げんと、こっちへ来ておくれ」

「へ、へい……」

「松造さん、これ見ておくれでないか」

とくは、そっと友次郎の手紙を松造の前においた。それを取り上げた松造は、封筒に貼られている二銭の切手を珍しそうに眺めていたが、やがて中身に目を通しはじめた。

「坊っちゃまもいよいよ学問に身を入れやすんですか、なんともめでてえことでごぜえやす」

「松造さん、この手紙にある月々二十円、どう思いますかえ？」

こんな質問がこようとは、思い及ばなかった。それは主家の内部事情であって、自分など口を出すべきではない。

「さぁ――、さっぱり見当がつきかねやす」

それは、とくが思っていたとおりの返事だった。ただ、とくにしてみれば友次郎の守役である松造にだけは伝えておきたかった。そしてもし、松造に意見があればそれを聞きたいと思っていたのである。

「松造さん、手間をとらせてすまなかったですね」

松造を送り出して、とくは友次郎の言い分を手紙にして、碓氷の夫へ送った。

この年、明治二十五（一八九二）年六月、〝鉄道敷設法〟が公布される。日本全国を鉄道で結んで経済の発展をいっそう進めようという政府の方針が決まったといっていい。もちろん、この法律ができる以前から鉄道は敷設されているのだが、この法律によって鉄道敷設がますます促進されることになり、碓氷の工事もピークを迎えていた。

「健、友のやつ、月々二十円くれと言ってきたんだとよ」

一風呂浴びて夕餉の膳についた清五郎が、今帰ったばかりの健次郎に声をかけた。

「お父っぁん、友次郎の将来をかんげえれば安いもんでねえですか」

健次郎はあっさり言う。

「そうかの？　遊び暮らすに二十円はちとぜえたくでねえかの」

「遊ぶばっかでなく、学問をするっていうだからここは黙って仕送りしてやりやしょ」

健次郎は、いまや父に次ぐ組の頭領分である。二十何人もの人足を指揮して、路盤を固めレールを敷く。小室組の仕事はしっかりしていると鉄道局も目をかけてくれている。友次郎へ送る学費二十円など、なんでもないといえばいえるのだった。

「二十円といや、世間じゃ大金だがな」

「お父っぁん、鉄道局じゃ、ここもやってくれと言ってきてやす」

父の呟きを無視して健次郎は、新しい図面を拡げた。

「よし！　やるか」

親子二人、勢いよく盃を合わせた。

五　明治法律学校

「小室さん、お客さんですよ」

階下から呼ばれて駈け下りてみると、そこに立っていたのは平吉だった。

「これはこれは、坊っちゃ……いや、友次郎さま、ちょっと見ぬまにご立派になられましたな」

平吉の目には、都会の水に洗練されていく友次郎が眩しく映った。初めて乗る汽車にうろうろしていたのはたった半年ほど前なのに、いまはどっしり腰がすわっている。

「社長！　お元気で……」

相好をくずして飛びついてくる友次郎に、平吉はあわてた。

「社長、ここではなんだから外へ出ましょ」

下駄をつっかけて、友次郎は先に立った。表通りへ出て右へ曲がるとすぐ瀟洒な造りの店があった。いま流行りのカフェだった。店内には、平吉が耳にしたことのない西洋の音楽が流れていた。店はけっこう混んでいて、席を探すのに手間どったが表通りの見える窓際に二人は陣取ることができた。二人が座るとすぐ、ギャザーのついた白いエプロン姿の若い女が水を運んできた。

「カッピー」

洒落た発音で友次郎が注文する。運ばれてきたコーヒーを一口含んで、平吉は顔をしかめた。

「あれっ、社長、カッピーは駄目ですか」

「いや、どうも、はじめてで……」

二人は顔を見合わせて笑ったが、それからしばらくは四方山の話になった。平吉からは碓氷のトンネル工事のこと、自分の製材所が大きくなっていること、友次郎からは浅草に遊んだこと、明治法律学校に入ることなどだった。

「そこでです、母上様からこれをお預かりしてきました」

平吉が懐から取り出したのは、部厚い封筒だった。

「母上様からのお手紙と五十円です」

「おおそうか、これは有難い、社長にも大変手間を取らせて、すまなかったです」

友次郎は、押しいただいて封筒をポケットにしまった。

「母上様のお話では、手紙にもちゃんと書いたけど、月々二十円の仕送りは父上も兄上もご承知になられたということです。私には、友次郎さまが学問に身を入れるよう、しっかり言い渡しておくれ、ということでした」

「社長、わかったわかった、こんどおっかさんに会ったら、しっかり勉強していると言っといてください」

面映くなった友次郎は、月々の二十円、年に二百四十円は、学校の授業料が年に三十五円かかって、あとは下宿代と雑費と小遣いだと、訊かれもしないのに綿々と説明した。

「いずれにいたしやしても友次郎さま、学問にだけはお励みになってください」

「社長、わかった」

友次郎が手をさし伸ばしてきた。その手をぐっと握り返して、友次郎さまもすっかり一人前になったものだ、と平吉は思うのだった。

「これからどっちへ？」

友次郎が聞く。

「深川の木場に商談がありまして、これからそっちへ向かいます」

一杯二銭、二杯で四銭のコーヒー代を払って二人は別れた。

夏になった。学校は長い夏期休暇である。友次郎は久しぶりに故郷へ帰った。

「あらぁ、元締がとこの友次郎さんでねえかや」

家に近づくにつれて、あとにしたがう農婦や子供が増えてくる。門前に立ったときには七、八人に囲まれていた。子供は、友次郎の着ている詰襟の服が珍しいらしく、そっと近寄っては服の裾をひっぱる。友次郎は、そんな子供のなすにまかせていた。

それから半月余り、友次郎は農作業にいそしんだ。

「松造、よく伸びているな」

「へえ、今年は雨がすくねえようで、サツマの伸びはいいようでやす」

伸びた蔓を返し、土寄せをするとサツマイモ畑はきれいな縞模様を画く。

後年の話になるが、犬養邸での歓談の折、談がたまたまイモに及んだ。そのあとすぐ犬養邸に十俵もの甘藷が届いた。それが友次郎からのものだと知ると、びっくりした犬養は、「小室君には、うかつなことを言えんねえ」と、周りの人に語ったという。そしてそのイモは、犬養邸に集まるたくさんの客人の腹におさまった、という逸話が残っている。

ともかく松造は、農作業にかけては誰にもひけをとらない腕をもっている、その松造といっしょに友次郎は炎天下で汗を流した。

「友次郎、村の方たちのご恩を忘れてはなりませんよ」

東京へ帰る友次郎を門まで送って、とくはしっかりした口調で彼に言いわたした。頭を掻きながら、なんとも返事のしようがないという風情で母親を見返る友次郎の眼の奥に、なにか光るものがあった。

――この子にも、早く嫁を探してあげなければ……。

とくは、諭す一方で、逞しく育った我が子にそんな思いを馳せるのだった。

「松造、じゃ行くか」

へい、と答えて松造は大きい麻袋をかついだ。

一族の者の見送りをうけて、友次郎は松造を供に村を離れた。

「松造、今夜は社長のところで大いに飲もうや」

「坊っちゃま、酒もいいけんどほどほどにしてくだせえよ」

「また、兵隊検査か」

友次郎には松造の言うことはよくわかっていた、酒は〝はたち〟になってから、というのが松造の持論だった。

「士官学校に落ちたからな」

友次郎は、自嘲気味にうそぶいた。

「坊っちゃま、またそんな……」

一回や二回落ちたからって、悲観することありゃしませんよ、と慰めたい気持の裏側で松造は軍人志望の友次郎にいささかの戸惑いを感じていたのである。軍人なんかより旦那の事業をお継ぎになればいいのに――。健次郎さまといっしょならお家も安泰だろうに、というのが松造の思いだった。

高麗川にさしかかろうとする頃、晩夏の陽は武蔵の山の端にかかろうとしていた。西日をうけて、稲の花がさざめいている。川を渡れば半里ほどで平吉の製材所である。

「友次郎さん、みんなお待ちかねです」

事務所の戸を開けるか開けないかのうちに、一人の若い衆が飛び出してきた。

「あれ、勝ちゃん！」

友次郎は絶句した。

勝ちゃん――、清水勝次郎という。小室一族の者である。同じ川角村の清水家の養子に入って清水姓となった。清水家は農家であるが、彼は農業にあきたらず請負師を志して小室組の一員となった。碓氷峠の工事では、健次郎の配下として働いた。その仕事ぶりの真剣さに目をつけた清五郎が小川平吉に彼を引き合わせ、彼は小室組に資材を納入する平吉の製材所に移った。

それよりなにより、三歳年下の勝次郎は、友次郎のよい遊び相手だったのである。

「びっくりしましたか、行く行くこの製材所を継いでもらおうと、大親方に頼み込んで来てもらったんです」

　平吉が言う。

「そうかそうか勝ちゃん、勝ちゃんは負けずぎらいだったからな、覚えているかい、おらの笹竹でやられたの？」

　友次郎は鼻をうごめかした。

　あれは友次郎が上等小学校を了えた年だから明治十九年のことである、村社八幡神社の境内で剣戟ごっこをして遊ぶのは常のことであるが、名主のお坊ちゃまとあって、みんな友次郎に花をもたせて負けたふりをした。そのなかで勝次郎だけは違っていた。本気になって笹竹の刀を構え、友次郎に立ち向かってきた。五、六合は互角だったが、兄に鍛えられていた友次郎に敵う術はなかった。左頰にしたたかな一刀を浴びて、勝次郎は泣きわめいて逃げていった。

　友次郎はいま、そのことを言っているのである。

「勝ちゃん、すまなかったな」

　勝次郎は、いやあ、と口ごもるばかりだった。

　平吉の製材所で一夜を明かした友次郎は、早朝六時の一番馬車で東京へ帰っていった。

「おや、お帰りなさい、里はどうでした？」

　下宿のおかみが如才なく聞く。

「はい、これがお土産——」

イモやら南瓜やら、四、五貫目ほども入った麻袋をどかっと置いて、友次郎は息をついだ。

「まあ、りっぱなおイモだこと」

そりゃそうですよ、松造が精魂こめて作ったんだから、と言いたい気持を抑えてサツマイモは村の名産なんだ、とだけ友次郎はこたえた。

その晩の夕食はイモ尽くしだった。煮っころがし、唐揚げ、蒸かしイモと卓袱台は賑わった。

「こら、屁のもとだ」

「それだけ腹ん中はきれいになるんだぞ」

下宿生は大いに沸いた。

腹のなかがきれいになったかどうかは、わからない。ともかくその年は暮れて、明治二十六(一八九三)年が明けた。

友次郎は、〝はたち〟になった。

「おい、小室、道場開きで優勝したんだってな」

「あれ、どこから聞いたんだい?」

友次郎は、涼やかな眼を相手に向けた。

「下宿中、評判になってるぞ」

友次郎は首をすくめた。優勝といっても、新参の部でのそれである、それほど自慢になる話ではない。それでも、そんな評判に尾鰭がついて、激励会が開かれることになった。「よっ！小室君」

丸い卓袱台が四つ据えられた広間に、拍手が沸き起こった。

「小室友次郎君、講道館の新年道場開きで見事優勝、この快挙を祝して乾杯！」

音頭をとる学生が、小さな新聞記事の切抜きを高く掲げた。

「ちょ、ちょ、ちょ、雲田君、そんな大袈裟なもんじゃないぜ」

友次郎は立ち上がって、雲田の袖を引いた。

「わかってる、わかってるよ。だけど、こうして新聞に載ったってのは、たいしたもんだ」

どっと拍手が湧いた。

「今夜の会は小室君のおごりだってよ」

そこでまたどっと沸いて、あとは学生たちの騒ぎの場となった。

満にはまだ半年ほどあるが、ともかく〝はたち〟になった友次郎は、誰に気兼ねすることもなく、酒盃を傾けた。

「小室君、起倒流柔術の極意はどこにあるんだい？」

「極意？　そんなのないさ」

ないといえば、うそになる。起倒流の極意は明心塾で教えられたように、心身の自在をもってするというものだった。そんなこと、この酒席で語ったとてなんになろう——、それより、あの日道場ではじめて顔を合わせた内田とかいう男が、妙に彼の脳裏を離れなかった。

一試合目に勝って座についた友次郎に、つと寄ってくる男があった。

「あの内股、すごいですな」

男は、そう話しかけてきた。が、汗を拭ういとまもない友次郎には、うるさいとしか聞こえなかった。試合は、まだまだ続くのである。

「僕はここに入門して、まだ、半年にもならんのです。いろいろ教えてください、たのみます」

友次郎に異存はなかったが、どこの誰やらわからぬのでは心許なかった。

「君の出身はどこですかい?」

「僕は九州福岡です」

「ほう、九州とはまたえらく遠いところから来なすったんですな」

「叔父に連れられてきました」

内田良平の語るところによれば、叔父平岡浩太郎は玄洋社という政治結社の頭目で、朝鮮や中国へ進出する運動をしているという。

「叔父は、我が国が発展するためには、隣国である朝鮮や中国と通商を結ばなければならないというのです。それを聞いて、僕は、そんな叔父の手助けができればいいなと考えているんです」

彼の法螺とも聞こえる話に、友次郎はつい釣り込まれた。

話が、互いの出自に及ぶと、良平の父は福岡藩士であったという。とすると、彼は武士の子ということになる。友次郎は唸った。我が家の先祖も水戸藩に仕えたというが、確証があるわけではない。

父の清五郎は大地主であるとはいえ、農民である。その農民に飽きたらず材木を商い、土木請負業をはじめた。碓氷や箱根の鉄道工事の請負で産を築き、次男である友次郎の遊学の資を出している。おかげで彼は、好き勝手ができている。

「ところで、先輩はどちらで？」

「武州川角村というところでね」

「武州！　それはまた近くていいですね」

良平は呵々と笑った。

その男、内田良平は明治七（一八七四）年二月の生まれであることがわかった。友次郎より半年ばかり後輩ということになる。

——あの男、内田良平とかいったな、あいつ、なにか仕出かす才がありそうだ。

友次郎は、直感的にそう見抜いた。

酒が入るにつれて、座はますます盛り上がってくる。

「小室、おまえさん、『号』を持っているんだってな」

英吉利法律学校（中央大学の前身）の学生が問いかけてきた。

『号』と問われて、友次郎は頭を掻いた。後年のことになるが、大陸浪人として名を馳せるようになって、仲間同士で〝滔天〟、〝剣禅〟と呼びあうのはあたりまえのことになるが、いまは、恥ずかしさが先に立つ。

「いやぁ……」

と、彼は口を濁すばかりだった。

学年末になった。学生のあいだにも、めでたく卒業して出て行く者、新しく入ってくる者で、この時期の〝下宿〟はあわただしい。

友次郎も、小川平吉に探してもらった神田の下宿だったが、気分転換の思いもあって、下宿を替えることにした。探しあてたのは牛込神楽坂の小じんまりした下宿屋だった。六十近い老夫婦の経営するもので、二階の五部屋が下宿部屋だった。広さは六畳、もったいないくらいゆったりした部屋だった。友次郎があてがわれたのは、廊下の突当たりの部屋で窓は南に面しており、窓を開けると隣家の庭が見渡せた。庭は五十坪ほどもあろうか、日本風の庭園で、きれいに剪定された松や楓が植えられていて、小さいながらも池もあった。その周りにはいくつかの灯籠が立っているのも、その家に優雅さを漂わしている。

「いい庭だ」

友次郎は喜んだ。

「小室さん、ご実家からお米が一俵とどきましたが……」

「あっ、届きましたか、それはほんのご挨拶のしるしです」

川角へ帰ったおり、下宿をかえた報告をすると、それでは、と母のとくが手配したものである。

「あなたさんは、お家をお継ぎになるのですか?」

「いえ、ぼくは次男坊なんで、これから独立独歩です」

「まあ、おえらい!」

下宿の女主人は、感嘆の声をあげた。

やがて、下宿生五人がそろった。

「近いうちに、お顔合わせのお祝いをいたしましょうね」

女主人の発案があって幾日かが過ぎた、今夜はその会である。

「こんな粗末な家ですが、主人ともども真心こめてみなさんのお世話をさせていただきます、どうぞ、よろしくおねがいします」

主人というのは、かつてどこかの料亭で板前をしていたという。

「めしが不味かったら、遠慮なく言ってくんない！」

主人は、江戸弁でまくしたてた。下宿生はやんやの喝采だった。主人が腕に縒りをかけた料理に、酒もすすんだ。その日だけは下宿〝神楽館〟はおそくまで賑わった。

そこでわかったことは、五人の下宿生は法政大学、早稲田大学、専修大学、中央大学、そして、明治大学の友次郎であるということだった。法律、芸術、経済、政治と、それぞれ自分の学ぼうとする学問の理想を語った。

「ぼくは武術かな――」

小室君はどうなんだいと問われて、彼はそう答えた。そう答えながら友次郎は、内田良平を思いうかべていた。

五月になった。思いがけない報せが飛び込んできた。兄の健次郎からだった。

この年の四月一日、碓氷峠の工事が完成して、信越本線が高崎・直江津の全線で開通した。

それを記念して工事関係者の祝賀会があるからお前も来い、というものだった。友次郎は一も二もなく承諾した。

高崎の豪華な旅館を会場にしたその祝賀会は、友次郎がこれまで経験したことのない華やかものだった。なにやらいう鉄道省の役人の挨拶に始まって、やれ県の誰だ、何々会社の誰だと名乗っては、壇上でひとくさり演説しては拍手を浴びている。

やがて酒肴が運ばれてきて、座もだいぶくだけた頃清五郎の名が呼ばれた。

あっ、お父っぁんだ！　さすがの友次郎も緊張した。隣の席で兄がひときわ大きく手を打っている。壇上に立った清五郎は、ゆっくり会場を眺めわたし、「おめでとうございます」とだけ言って深々と頭を下げた。

そんな、悠揚迫らぬ父親の姿に友次郎は胸を打たれた。ゆっくり、野太い声で言うその「おめでとう」という言葉にこそ、汗水流して黙々と働いた工事人の誇りを感じたからである。

その父親は、健次郎、友次郎兄弟とは遠く離れた請負人仲間の席で何事か語り合っている。兄弟二人は、そんな父親をじっと見つめていた。

信越本線開通祝賀会の翌日、小室親子は高崎から帰途についた。三人は上野行の上り列車の客となった。下り列車に乗れば、碓氷峠のアプト式の乗り心地を確かめられるのだが、友次郎には、いましばらくのお預けである。

熊谷で買った徳利酒で、親子は別盃をあげた。父と兄は桶川で降り、友次郎だけが上野へ向かった。一人になって、友次郎は高崎の駅で買った新聞をひろげた。そこで目についたのは、日本と朝鮮の紛争記事だった。

——我が国は、断固として朝鮮を武力で撃て！

という物騒な論調が紙面におどっている。読んでみると、朝鮮の〈防穀令〉によって日本商人が多大の損害を蒙ったので、その損害を賠償させよ。もし、拒むならば武力にうったえてでも我らの要求をかちとれ、というのだった。

〈防穀令〉——明治十（一八七七）年、李朝朝鮮は、列強の圧力に屈して、それまでの鎖国政策を捨てて開国することになった。それを機に日本資本は朝鮮に進出し、日本に有利な不平等条約を背景に日本の商人は米・大豆・人参などの農産物を買い占め、詐欺同然の取引で金地金を略取した。そこに清国も進出して、朝鮮全土は日清両国の経済戦争の場と化した。疲弊していく農村経済、その現状を打開するため、朝鮮政府は穀物などの輸出を禁じた。それが〈防穀令〉である。

〈防穀令〉によって損害を蒙ったとする日本商人は、政府に圧力をかけた。ついに明治二十六（一八九三）年二月二十五日、朝鮮駐在の大石公使は朝鮮政府に十七万余円の損害賠償を要求した。そして五月四日、もう待てんという最後通牒を突きつけた。その背景にあったのが、新聞の論調ともなった武力をもってでも勝取れという世論だった。

日本政府の強硬な要求に屈し、朝鮮政府は十一万余円を賠償するということで両国は妥協した。これが世にいう〈防穀令事件〉である。

「ここまで、相手の弱みにつけこんでいいのかな?」

と、友次郎が思案しているうちに、汽車は上野に着いた。

ほろ酔い気分で下宿に着くと、食堂に一人いたのは中央大学の白海だった。彼も手酌で安酒を傾けている。

「やあ小室君、祝賀会はどうだった?」

そんな問いに答えず、友次郎は雑嚢から猪肉の燻製を取り出して卓上に置いた。

「おっ! これが上州名物か」

白海は一切れ口にして、うん、これはうまいと目を細めた。

「白海君、いまの日本と朝鮮の関係どう思うかね」

「朝鮮? はっ、はっ、は……、問題にならないよ、亡びる国なんかうっちゃっとけばいいんだ」

白海は、硬い肉を噛みながら無造作に言った。

——亡びる国!

友次郎は、眼を窓に移した。食堂からは隣の塀しか見えなかった。

六月になった。兄の健次郎からまた郵便が届いた。そこに同封されていたのは、〈徴兵検査〉の通知だった。

「徴兵令」は明治五（一八七二）年に始まっている。その年の十月二十八日『徴兵の詔書及び太政官告諭』が発布された。翌年の五月、岡山県美作で徴兵令に反対する人民の騒動が起こったが忽ち鎮圧されて、それ以外は表立って徴兵に反対する運動は起こらなかった。

それから二十年、男が二十歳になると、この検査を受けるのは男の誇りのような風潮を生んでいた。

「おっかさん、行ってきます」

友次郎は、とくに手をついて挨拶した。とくはただ黙って彼を見送った。

検査場のある飯能へは、四里である。明心塾へ通ったなつかしい道を急いで、毛呂村から馬車に乗った。

馬車の客の大半は、検査に向かう若者たちだった。傲然とかまえる者、不安げに目を伏せる者、彼らはさまざまな表情を見せながら、馬車に揺られている。

武蔵の山々は緑に萌えたっている。吹く風は爽やかだ。高麗川の流れは、いつもより水量を増して岩を噛んでいる。そうだ、筏流しも始まる頃だ！。友次郎は、無心にそんな山河を眺めやった。

「支那なんかに負けちゃいられんぞ！」

轍の音に交じって、そんな声が聞こえた。

徴兵検査場は、名栗川を眼下に見下ろす丘の上の兵営だった。ここはかつて幕末維新の戦争で、官軍に抵抗した「振武軍」の本営があったところという。

その「振武軍」というのは、慶応四（一八六八）年五月十五日、上野に立てこもっていた彰義隊が官軍に敗れたのち、十八日に武州の残党が組織した反官軍で、隊長は渋沢成一郎、参謀は渋沢平九郎だった。この振武軍、西へ西へと根拠地を求めて移動し、飯能に本拠を定めた。ここに本拠を定めたのは、ここがかつての主家であった一橋田安家の旧領であったことと、背後に秩父連山が聳え、いわゆる背水の陣として屈強な地であったからだという。

本隊を、能仁寺に置いて兵百五十名、ほかに近在の五つの寺に三百ばかりの兵を擁して戦闘態勢をととのえた。そして二十二日の夕刻、笹井河原で合戦となった。

新政府軍は、三千の兵力と新式銃などの兵器を備えており、旧式の武装しかなかった振武軍はあえなく敗れて奥武蔵の山中に逃れ去った。それが二十三日の朝であった。世に、「飯能戦争」とも「武州一日戦争」とも呼ばれている。

いま検査を受けている兵営に、そんな歴史があったということは、人の話でうすうす知っていたが、ここの地勢を眺めると、振武軍が本拠を置いた理由がわからないではないなと、友次郎は思った。

「そうですよ」

「君、川角だってな」

「君は飯能戦争のこと、知らんでしょうな」

いっしょに検査を受けているうちに、親しくなった地元飯能の者だという男に、そう問いかけられた。

「こまかいことまでは知らないけど、渋沢平九郎というのが黒山で自刃したっていう話は小耳にはさんだことはあるな」

「飯能戦争なんてなぁ日本人同士の喧嘩みてえなもんだから、どうってこたねいが、俺たちは朝鮮や支那や毛唐の国と戦わなけりゃなんねいだから、こら、大変だぞ」

男は、腕を撫しながら息巻いた。

下宿「神楽館」の玄関を入って、友次郎は大きく息を吐いた。半月振りの神楽館は、故郷と違う都会の匂いを放っている。

「おや、小室さん、おかえりなさい」

おかみさんは、いつもの笑顔で迎えてくれた。鬢の香りがやさしく彼を包む。

「兵隊検査、たいへんだったでしょ」

茶を淹れてくれながらおかみさんが訊く。

「はぁ……」

旨い茶だ！　と言うつもりが太い息だけになった。

「お疲れでしょうから、お部屋でゆっくりお休みなさいな」

おかみさんは友次郎の心中を思いやってか、問いに答えない彼をいたわるように言った。

自室に入って友次郎は、もういちど胸いっぱい息を吸い込んだ。窓を開ける。爽やかな風が部屋を吹き抜ける。中秋の風である。窓の外に目をやると、隣の料亭の噴水が伸びたり縮んだりしている。

大の字に寝転んだ友次郎の目のまえに、留守中の新聞が山と積まれていた。彼は、所在なげに新聞を拡げては畳んだ。ふと目に付いたのは、歌舞伎を興行する「明治座」という劇場が開場したという記事だった。演し物の題と、それを演じる役者のことがこまごまと紹介されている。

友次郎は、もちろん本格的な歌舞伎劇など見たことはない。川角の八幡神社の獅子舞や旅役者が演じる田舎芝居は見たことがあるが、そんなものではないらしい。新聞記事によると役者はみな有名な名優らしかった。

「歌舞伎か」

彼の好奇心に火が付いた。

「深川なんて行ったことないけど、いちど行ってみるか」

彼は、その記事を切り抜いた。

「小室君、明治座へ行ったんだって？」

「うん――」

「贅沢なもんだなぁ」

「そうかなぁ」

「木戸銭いくらだった？」

「二円ちょっとだった」

「それだけあれば、米が二斗も買えるぞ」

問いかけてきた同宿の仲間は、吐き捨てるように言った。

因みに、明治二十五年当時、白米一〇キロの値段は六十五、六銭だったという（「値段の風俗史」朝日新聞刊）。

六　上海に遊ぶ

「朝鮮でえらい事件がもちあがってるな」

　下宿〝神楽館〟の食堂は、朝鮮で勃発した東学党の乱（甲午農民戦争）の話題で賑わっていた。

「東学党っていうのは、いったいどんな党なんだい？」

「新聞によるとな、欧米の天主教に反対してできた党らしい。なんでも東洋思想を鼓舞しようとする宗教らしいな」

「そんな宗教、いつできたんだい？」

「一八六〇年っていうから、三十年以上も前だけど、没落両班《リャンバン》の崔済愚というのが始めたらしいな」

「おまえ、くわしいな」

「だって、新聞読めば出てくるよ。そいつはな、欧米列強が侵入してきて、我が国の富を奪っていく、それ故に我が国は病み衰えている。我が国の『保国安民』の計は、どうすれば達成されるのか。それには天主教を斥け東洋の学を打ち立てることだ、と唱えているらしい」

「ほう！　保国安民ね」

「国を保ち、民を安んずる……か」

「それで、どうしようっていうんだ？」

「侵略してくるヨーロッパや日本に出て行けっていうんだ」

「日本までもか？」

「そうなんだ、朝鮮にとっちゃ、日本も侵略者の一人なんだな。それで『斥倭』を叫んでるんだろう」

「おや、みなさん、難しいお話をしてますのね」

そう言って酒の肴を運んできたのは、おかみさんだった。

「おっ、スルメだ！　こんなにもらっていいんですか？」

「いいのよ、みなさんの議論の味付けになれば、スルメもきっと喜びますよ」

あとはごゆっくり、とおかみさんは屈託なく言って引っ込んだ。

「まッ、朝鮮国内の騒動だろ、政府が勝つか農民が勝つかわからんけど、どっちにしたって世の中、変わっていくんだろうな」

「いまんところ、農民軍の方が優勢らしいな。全軍の指揮をとってるのは東学党の二代目教主全琫準というんだが、これが農民に神と崇められているらしい」

「へェ、神ネ。もっとも日本だって神が創った国だからな、朝鮮も今になって見習ってるんだ」

「身ぐるみ剥されそうになっている農民にしてみれば、悪徳役人を倒そう、産物を略奪する外国に出て行ってもらおう、という東学党の言うことは、魂をゆさぶるんだろうな」

日本大学で政治経済を学んでいる海貝はそう言って、深い溜息をついた。彼は長崎から出てきたということで、なんでも、長崎にある「製糞社」という、奇妙ともなんともいえない名の自由民権派の政治結社が出している新聞をよく読んでいたので、国際情勢には深い関心をもっていた。

そんなところへ、まだ寒いのォ、と言って入ってきたのは友次郎だった。

「やぁ、小室くん、また歌舞伎かい?」

歌舞伎かと問われて、友次郎は大仰に手を振って否定した。

じつは、この正月(明治二十七年)、川角へ帰ったおり、家中の者の前で歌舞伎の仕草をして見せて、母のとくにこっぴどく叱られたのである。

「友次郎、おまえさん、そんな女々しい遊びに夢中になるなら学費は出しません!」

とくのこの一言で、賑やかな座はたちまち沈み込んでしまった。歌舞伎が女々しい遊びなのかどうかはわからないが、田舎暮らしの目から見れば、華美を競う歌舞伎は、やはり女々しい遊びなのかも知れない。友次郎は頭を掻き掻きうなだれるばかりだった。

今、そんな情景が脳裏にうかんでいる。

「違うちがう、講道館がやっと終わったところなんだ」

今の友次郎は、講道館で初心者の指導にあたっている師範だった。教える相手は入門したての子供から大人まで、彼が力を入れているのは、なんといっても柔術の基本である呼吸法で、正座させた生徒に、勢いよく空気を吸い、ゆっくり吐く、いわゆる腹式呼吸を根気よく教えている。「腹で吸って、腹で吐け！」と、叱咤することもある。

「小室くん、めし、どうした」

「講道館ですませてきた」

「そうか……。ここにおかみさんの出してくれたスルメがある、ま、一杯やれよ」

海貝が大徳利を差しあげた。彼が注いでくれた茶碗酒をぐっと呑み干して、友次郎は細い目をいっそう細めた。

「小室くん、朝鮮の騒動知ってるだろ?」

「ああ、知ってるよ」

「きみ、どう思う?」

いささか酒をやり過ごした海貝が、からんでくる。

「そうだな、俺ぁ、どっちかというと農民軍に勝ってもらいたいが、どうだろな」

「小室くん……、そうか」

海貝は友次郎に抱きついてきて、二人はそのまま床に倒れた。

日射しがぐっと伸びてきて、隣の料亭の欅も芽吹き始めている。友次郎は窓を開けて、大きく息を吸い込んだ。腹の中がぐっと清々しくなった。この清々しい気分のまま親父さんに会いたいな、と彼は考えた。

——黙って出してくれるかな?

友次郎は、父親に金の無心をしようとしているのである。

——とにかく一回、支那へ行って見なければな……。

そう考え始めたのは、海貝から貸してもらった一冊の小著からだった。著者は鈴木力(号・天眼)、慶応三(一八六七)年、福島県二本松生まれ、五百石取りの会津藩納戸頭の御曹司で、藩校「日新館」の秀才だったが、会津戦争に負けた賊徒の子として辛酸をなめることになる。

郷里の石川郡役所の給仕になったのが人生の出発点であるが、十四歳になった明治十三（一八八〇）年、郷里の先輩で浅草警察署の署長をしている赤羽四郎を頼って上京する。この先輩に日下義雄を紹介され、その書生を務めながら大学予備門に入る。天眼の才気をもってすれば、大学予備門は生ぬるかったのかも知れない、学業を放擲して著述に励み、明治二十年、「独尊子」、「護国之鉄壁」などの論文を書く。天眼二十一歳のときである。これらの論文が犬養毅、尾崎行雄らの目にとまり、自由党機関紙「公論新報」の主筆に抜擢されるが、才気煥発がたたって筆禍事件を起こし、禁錮八ヶ月の刑を宣告され、石川島監獄に送られる。

収監中に、天眼は結核に罹ってしまう。出所した彼は、今は長崎県の県令となっている日下を頼って長崎にやって来る。日下邸の一室に寄寓しながら病を養っていたが、持ち前の筆の才は眠っていることはできず、長崎での見聞をもとに『新々長崎みやげ』という一書を世に出す。この書、諧謔をまじえた戯文調の名文で、読む者の心をとらえずにはおかなかった。たちまち版を重ね、洛陽の紙価を高めた。

長崎出の海貝は、こんな天眼の愛読者だったのだろう、まあ、これを読んでみたまえと貸してくれたのが「独尊子」だった。

この独尊子、現今の政治、世相を皮肉たっぷりに面白おかしく描いたあとで、われらは世界でいちばん偉いのは「俺」だ、という気概をもって世界へ雄飛しなければならない、支那へ行け、朝鮮へ行け、南アジアへ行け、浪々を恐れてはならない、と青年をけしかけている。そして、そうした気概をもっている者を「志士」と呼ぶのだ、と結んでいる。そこには、二十一歳の青年の情熱が渦巻いていた。

「海貝君は、天眼に会ったことあるの？」

「会ったことなんてないさ。けど、製糞社の論客としてけっこう有名なんだ」

友次郎は、五歳しか年上でない天眼の言にすっかり酔ってしまった。

——世界で俺がいちばん偉い、か。世界へ出て行け、浪々の身なんか恐れるな、か。

よし、やるぞ！　友次郎は臍をかためた。そんな彼の決意のうらには、剣術・柔術・弓術といった武術の腕の自信があったのかも知れない。

「海貝くん、ともかく海外へ出ようじゃないか」

「海外？」

「朝鮮は戦争中で物騒だし、なんといっても国土の大きいのが支那だから、まず支那へ行ってみよう」

「支那か」

「支那の中でもいちばん賑やかなのは上海だっていうから、まず上海へ行って、揚子江を船で南京まで行くっていうのはどうだい」

「それは、面白いがな……」

海貝は、友次郎の性急な話しぶりに戸惑った表情を見せた。

「面白いけどなぁ、支那へ渡る金なんかねえよ」

「金？　金なら俺がなんとかするよ」

友次郎は、目を細めて笑った。


「いいだろう、遊んでこい！」

清五郎はあっさり言った。

「お父つぁん、いっぺえ土産もって帰ってきますよ」

「土産は、たんと頭んなかへしまって来ればいい」

こうして父親から学費とは別に遊学資金をせしめて、友次郎は下宿「神楽館」へ帰ってきた。

「どうだい、支那へ行かないか？」

みんな躊躇している。支那なんて危ないところはご免だ、と言う者もあれば、いまさら支那へ行ってなんの勉強するんだい、と言う者もいる。友次郎は、親指と人差指で丸をつくって、海貝にそっと目配せした。海貝は、友次郎の意をさとると支那行きに同意した。結局、下宿仲間で、ほかに支那行きを希望する者はなかった。

友次郎は、講道館といわず明治大学の仲間といわず、およそ顔をあわせる誰彼にとなく声をかけた。

「小室くん、支那へ行くそうだな」

講道館の稽古の合間に、声をかけてきたのは内田良平だった。

「おお、内田くん、どうだい？」

「うーん」

良平は、腕を組んで考え込んだ。

「小室くん、目的はなんだい」

「目的……？　そんなものないさ。ただ、支那というところへ行ってみたいだけさ」

「俺は、支那より朝鮮の方が忙しいんだ」

「朝鮮？」

「小室くんも知ってるだろう、ヨーロッパ人や日本人は出て行け、と主張する東学党という宗教団体があるのを……」

下宿でもしばしば話題になっているので、友次郎にもすぐわかった。

「その東学党の首領が、李朝を倒せと農民や労働者などに呼びかけて政府と戦争をおっぱじめた――」

まだ寒い二月半ばのことである、全羅道古阜郡で東学党を支持する農民軍が次々と政府の官衙を襲い、五月になると全州を農民軍が掌握した。

いまの朝鮮は、乱れに乱れている。それというのも、いまを遡る二十一年前、奇しくも友次郎が生まれた三ヶ月のちのことだが、李王朝二十六代高宗が成年に達したので、それまで執政を務めていた高宗の叔父の大院君がその座を降りた。

降りたとはいうものの、大院君の権力は朝廷内部に隠然とした勢力をもっていて、閔妃一派とて、ままになるものではなかった。両派は、高宗をはさんで争った。この権力をめぐる紛争は、閔妃一派のあらゆる政治勢力を結集しての攻勢で、ついに大院君は退かざるを得なくなった。

それからというもの、高宗の王妃閔氏一派につながる臣下が政治を思うままに操った。その政治というのは一族一門のための勢道政治であり、人民は搾取につぐ搾取で困窮の極に達していた。もはや、李朝封建政治は崩壊しつつあるのである。農民を中心とする東学党の徒が、そんな李朝封建政治に立ち向かうのは当然といえば当然であった。

農民軍は総大将全琫準指揮のもと、〈人を殺し、物を害するなかれ〉、〈忠孝を全うし、済世安民せよ〉、〈倭夷を逐滅し、聖道を清めよ〉、〈ソウルに進撃し、権貴を滅ぼせ〉という四つの綱領のもとに、朝鮮でも随一の米作地帯である全羅道の全州を占領し、北へ逃げる政府軍を追って公州まで攻めのぼった。

全州が農民軍の手に墜ちた一八九四年六月一日、李朝政府は「外兵借用」を決定し、袁世凱をつうじて清国に出兵をもとめた。そこで清国軍千五百名が牙山に上陸した。清国は日清条約の規定に従って六月七日、そのことを日本政府に通告した。

ところが、日本政府は清国からの出兵通告を受ける前の六月二日には、大島公使が率いる四百二十名の陸戦隊と、大島少将が率いる六千名の部隊が仁川・ソウル地区を占領していた。

内田良平は、この機に乗じた。「天佑俠」なる特務隊を編成し、軍部とは別のゲリラ隊として宮廷周辺をはじめ、朝鮮陣営や東学党の拠点に出没して、朝鮮の治安を大いに乱した。「天佑俠」は、この朝鮮での治安紊乱という行動によって、その名を知られるようになった。

友次郎に、朝鮮の方が忙しいと言ったのは、こんな構想を画いていたからなのかも知れない。

初夏の爽やかな風を受けて、船は瀬戸内の島々を縫って進んでいる。

「小室くん、この海どう思うね」

そう声をかけてきたのは、吉備に生まれたという柑田だった。

「すごいね、ぼくは武州の生まれなんで、江戸前の海を見るのが精一杯で、こんな悠々とした海の景色にゃ、ただ見とれるばかりさ」

エンジンの高い音を響かせながらも、船はびくとも揺れない。小さい島という島は鬱蒼とした木に覆われていて、眺める者の目を楽しませてくれる。

「あんな小さい島にも人は住んでいるんだ、魚を獲ったり小さい畑を耕して生きてるんだけど、この頃は果樹が植えられ始めたんだ」

「果樹？　どんな？」

「橘さ」

柑田の話すところでは、近頃、酸っぱいだけだった橘の実が改良されて、しごく甘い実が採れるようになったという。

友次郎にも心当たりはある。川角の実家の庭に一本の金柑の木があった。秋も深まると、その木に小さい実がなった。橙色のその実を口にはこんで、その酸っぱさに思わず吐き出してしまった。その思い出が、いま蘇った。

そんな思いを巡らしているうちにも、船は西へ西へと進む。

友次郎ら一行の切符は二等で、贅沢というほどでもないが、そこそこに贅沢な船室だった。

ゆったりした布団に寝そべっていると、にわかに布団が傾いて、畳に投げ出された。深夜のことだったので、船室はしばし騒然となったが、それが渦潮のそばを船が通過したからだと知ると、船室はまた静かになった。

今、船は瀬戸内を出て大海を航行している。デッキに出て四囲を眺めわたしても、目に入ってくるのは海と空だけだった。

こんな大海を初めて経験する友次郎は、手摺に寄りかかって飽かず海と空を眺めわたしていた。

「君、船の旅はどうだい」

不意に、背後から声をかけられて友次郎はあわてて振り向いた。そこにいたのは、なんとなく顔見知りになった中年の船員だった。

「海がこんなにでっかいって、吃驚です」

「この海はホワン・ハイ（黄海）というんだが、どっちかというと浅い海でな、波は静かなほうなんだ」

「はぁ……」

静かな海といわれても、初めての船旅に出た友次郎にはよくわからない。だが、瀬戸内の海よりはなんとなく荒々しく感じられた。そう感じると、にわかに彼の咽喉に逆流してくるものがあった。彼は思わずしゃがみ込んで、逆流してくるものを吐き出そうとした。

「君、船に酔ったな。はっ、はっ、は、誰にもあることだ、これ呑みな」

船員が、半ば笑いながら黒い丸薬を三粒ほどくれた。それを呑むと、なんとなく胸が落ち着いた。

そんな船旅の五日目だった。

「小室くん、外へ出て見ろよ」

柑田に揺り起こされた。

「海が茶色く濁ってるぞ」

友次郎は、眠い目をこすりこすりデッキに出た。柑田のいうとおり青い海が茶色く濁っている。目を遠くに移すと、陸地らしいものが見えた。昼頃になると、陸地らしく見えた黒い線が、たしかに陸地であると確認することができた。

「おい、支那だ!」

友次郎は思わず叫んで、仲間の四人と手を握り合った。

海の濁りはどんどん濃くなる。その海に大小さまざまな帆掛舟が、何百艘となく浮かんでいる。

「あれはジャンクといってな、荷物を運ぶ小舟だよ」

あの船員が教えてくれた。

船は長江口に入った。右に長興島を見て、やがて支流の黄浦江に入る。長江口では、対岸ははるか彼方だったが、黄浦江では両岸の様子が眺められた。両岸ともに葦の生えた湿地帯だったのが、しだいに家の数も増えてきて、船がぐっと速度を落としたあたりは高層の西洋風建物が並んでいた。

船が岸壁に着いた。タラップを降り、通関手続きをすましてゲートを出ると、そこはまぎれもない中国の大地だった。

友次郎たちがまず目にしたのは、半裸の男たちが荷物を運ぶ姿だった。

「あれが苦力《クーリイ》だ」

苦力の列は、鞭を持った何人かの男に尻を叩かれながら、船と倉庫のあいだを往復していた。

苦力の群を横目に、友次郎たち一行は馬車に乗って街の中心へ向かった。

まず驚いたのは、道の広いことだった。波止場から街へ通ずる道路は、馬車が十台も十五台も並んで走れるほどである。外白渡橋という橋を渡りおえると、港あたりとはがらり変った風景が目の前にひろがった。瀟洒な煉瓦館が建ち並び、粋な洋服を着こなしたヨーロッパ人が行き交っている。そんなヨーロッパ人に交じって、弁髪の支那人が悠揚として歩いている。港で見た苦力とは、大違いである。

「ここが上海か――」

友次郎一行は、ただ呆然と街を眺めるばかりだった。

やがて馬車は、広い公園の中へ入っていった。この公園の美しさに、誰もが息を呑んだ。話し好きの剣士雲井までが、話すのを忘れて馬車の窓から身を乗り出している。

旅館に着いた。赤レンガの三階建ての洋館だった。馬車を降りた友次郎一行を迎えたのは、小ざっぱりした洋装に身を包んだ中国の若い女たちだった。

馬車を降りた友次郎は、羽織の袖を左右にぐっと伸ばし、女たちに「たのむぞ」と大きく声をかけた。そんな日本語がわかったのかどうか、一人の女が先に立って一行を案内した。女の足取りはどことなくぎごちなかったが、あとでわかったことだが、女は幼いころ纏足をさせられていたということだった。

玄関に入って、また驚かされたのは、磨きぬかれた床を草履のまま上がっていいということだった。

案内されるまま、広間の椅子に座って待っていると、やがて一人の男がやって来た。男は大仰な手振り身振りで、なにごとか話しかけてくる。中国語だからよくわからないのだが、どうやら船会社の発行した宿泊券と身分証明を見せろということらしかった。なんとかその手続きを終えて、一行はこのホテルの客となった。

「支那語で旅館のことは、『飯店』っていうんだ」

そんな他愛ないことにまで、誰もが興味をそそられた。

「どうだ、眠れたかい？」

朝の食堂で顔を合わせた一行五人は、誰言うとなくそう声を掛けあった。

「台の上に寝るなんて初めてだからな、落っこちるのが心配だったけど、いつのまにか眠ってしまったよ」

「俺なんか支那の甘い酒に酔っぱらって、朝まで白河夜船だった」

そんな話を聞きながら、友次郎は一行のリーダー然と手を拱いて顎の髭を撫でていた。

「みなさん、お揃いですね」

案内役に頼んだ郵船の社員が、一行の前に現れた。

「えーと、小室友次郎さま――」

男は一行を眺めわたして、一人悠然と構えているのが友次郎であると職業的直感でさとったらしく、友次郎に頭を下げて持った名刺を差し出した。

「支那の土を踏むなぁ初めてでなんで、よろしくお頼みします」

友次郎の鋭い目に気圧されたかのように、男は深く膝を折った。

男に案内された一行は、馬車で街の中へ出ていった。ここが政庁です、あれがイギリスの商館ですと男の説明を聞きながら物見遊山の一日を過ごした。

「剣禅くん、支那という国はすごいのう」

宿へ帰ると、雲井が口を尖らして言う。

「そうだな、あの青龍刀という刀、あれはすごい！」

友次郎は武具店で見た中国風の刀、青龍刀にすっかり魅入られてしまっていた。あの刀身の重厚さ、あれを佩いたらどんな気分だろうかと思いをめぐらすと、一丁買ってみたくなったが、今の手持ちではとても買える値段ではなかった。

「日本刀と青龍刀で戦ったら、どっちが勝つかな」

「海貝くん、日本刀が勝つに決まってるじゃないか」

「どうして？」

「あの重さじゃ、目茶苦茶に振り回すのが精一杯だろう、こっちには術がある」

友次郎は、雲井と目を交わした。雲井も頷いている。

武具だけでなく、文房具や衣装も一行の目を奪った。柑田は書道の趣味があるらしく、太い筆とばかでかい墨を買っていた。

だいぶ夜も更けたらしい、窓の外はガス灯で明るいが、誰言うとなく「眠くなったな」と言って、それぞれの部屋へ引き上げた。

二日目になった。上海の五月は、日本の七月ぐらいの気候だった。蒸し暑い。その暑さにたまりかねて友次郎一行は、片肌脱ぎで街をのし歩いた。そんな風態を、中国人もヨーロッパ人も好奇の目で眺めている。あまりの珍しさに寄ってくる子供はあったが、大人たちは指をさして嘲笑した。

「小室さん、羽織袴もいいんですが、こっちの恰好にしたらどうでしょう」

案内人の言うことに従って、一行は百貨店で筒袖のシャツとズボンを買い込んだ。着てみると至極軽便で、動きやすかった。

「明日は街から出て見ましょう」

そう告げて、案内人は帰って行った。

馬車は西へ西へと進む。二時間ほど揺られて行くと、そこは農村地帯だった。

いつのまにか煉瓦敷きの道は消えて、小石交じりの細い道になっていた。馬車がすれちがうのも危ないくらいである。だが、道は狭まっても、大地はどこまでも広がっている。その大地は青々と萌えている。稲である。それが稲であることを知るまでに、ずいぶん時間がかかった。一行の目には、ただの原野にしか映らなかったからである。

「この辺りから江蘇にかけては、支那の穀倉地帯です」

案内人の説明を聞いて、一行はホォーと溜息をついた。そうわかってみると、笠をかぶって牛を操る人の影があちこちに見えた。それにしても友次郎の想像を超えたのは、一枚の田の広さだった。川角村の豪農である彼の家の田でも、一枚の田はせいぜい半反歩だった。だからというわけでもないが、友次郎の知っている農村というのは、人や牛馬が犇めいている風景だった。

「剣禅くん、支那っていうのは大したもんだな」

「うーん……」

友次郎は絶句した。雲井の、大したもんだという言葉は、この広い大地の悠々とした風景のことだろう……。

「みなさん、昼にしましょう」

案内人が告げる。いいかげん腹の空いている一行に、否応はない。

馬車が着いたのは、なんの変哲もない一軒の農家の軒先だった。案内人は、馬車を飛び降りると家の中へ駆け込んでいった。

なんの変哲もないと思ったその農家の室内は、極彩色の壁で飾られていた。

「どれも明代のものです」

案内人の説明では、今でこそ一介の農家であるが、もとをただせば明代の廟主の家柄であったという。そう聞いても、それがどんな意味をもっているのか誰にもわからない。天女や龍の浮彫りの色彩の鮮やかさにびっくりしているところへ、姑娘が料理を運んできた。金や赤や青で画かれた風景画の皿や丼に見たこともない料理が盛られている。肉も魚も野菜もたっぷりだった。味も、これまでのものとは一味違っていた。

「うーん、支那か」

その夜、友次郎はなかなか寝付かれなかった。

――でかい！

――川角とはくらべもんにならん！

――悠々たる大地はどうだ

――この支那が、今ゆれているって？

友次郎は、よくわからないなりに、さっき読んだ漢字の新聞に「斥洋」という字が躍っているのを思いうかべている。

――フランス？　イギリス？　ドイツ？

友次郎の頭のなかに「アヘン戦争」という語が浮かんだ。

十八世紀の初め、イギリスの国策会社である「東インド会社」が、茶、毛織物、陶磁器といった正規の貿易品のほかに麻薬の阿片を中国に持ち込んだ。その麻薬の恐ろしさを知った清国政府は一七二九年、輸入を禁止した。それに反発したイギリスと阿片をめぐって紛争が起こった。一七八三年、清朝の高官林則徐は輸入阿片を没収し、焼却した。それが戦争の発端だった。

そして、一八四〇年、日本の元号では天保十一年だが、イギリスと中国のあいだに阿片をめぐって本格的な戦争となった……。

阿片がどんなものであるか知らない友次郎であるが、人を狂気にさせて力を奪う、阿片とはそういう恐ろしい麻薬であるとは漠然とわかる。そんな怪しげな麻薬を持ち込んで大儲けをし、はては中国の国土までも我が物にしようとしているイギリスとは……。

友次郎は漠然とながらも、商業資本の進出による自由貿易がもたらす利害に思いを馳せていた。

ドラの音が響きわたる。デッキがゆっくり引上げられて、船はエンジン音も高く岸壁を離れた。

「もう、お別れかい」

遠のいてゆく港を眺めながら、海貝がつぶやく。

「そうだな、長いようで短かったな」

「金も尽きたしな」

「海貝くんは、あのチャイナ・ドレスが忘れられないんじゃないか」

誰かが茶化す。

船は海へ出た。

「こんどの旅は、俺が思いつきで実行したのだが、みんなが参加してくれていい旅になった。有難う！」

食堂に一同が集まったところで、友次郎はそう口を開いた。

「はじめはどうなることかと心配して参加したんだが、とんでもなく面白い旅だったな」

剣士・雲井が言う。

「金を稼いでまた来るか」

そうだそうだの声が上がる。それからは、思い思いの雑談になった。

十日にも及んだ友次郎ら一行の中国漫遊は、いま終わりを告げようとしている。船が神戸に着けば、そこで解散だ。

それにしても……。

危険も顧みずに貧民街に足を向け、軒の傾いた家に住む子供たちに菓子などをくれてやり、得体の知れない蒸饅頭も喰った。

ジャンクに乗って長江を遡上し、まわりの風景を楽しみながら紹興でかもされた酒を酌み交わした。

「太湖はずいぶんいいところだっていう話だったが、残念だった」

「うん、南京にも行きたかったな」

「南京は、なんといっても江蘇の首都だからな、一生に一度は見る価値があるんじゃないかな」

紹興酒に酔って、そんな話に打ち興じもした。

「小室くんの宣伝にのって、義理でやって来たんだが、来てよかったよ」

「なにが？」

「なにがって、福州通りのあの店よ」

彼ら一行は、夜の歓楽街にも足をのばした。そこは、人種の坩堝といった様相を呈していた。弁髪の中国人のほかに西洋人やら黒人までが、裾の割れた中国服に身を飾った姑娘と戯れている。その店で知ったことは、上海には中国一円から女たちが集まっているということだった。南は広東から、北は吉林から来たという女もいた。

「へーえ、満州八旗の一類か」

「一類といえば一類だろうけど、貧しい百姓の出だろうな」

芝居小屋も見た。芝居小屋といっても堂々たる赤レンガ造りの劇場だった。館内は千人も入れようという広さで、椅子がしつらえられていた。ここだけは、電飾もまばゆいばかりだった。

幕が開くと隈取りをした役者が出てきて、二胡、笛、太鼓といった楽器の音に合わせて演技をする。その日の演し物は二つで、その一つは「孫悟空」、もう一つは「水滸伝」だった。役者の科白はもちろん中国語だからよくわからないのだが、どちらも有名な物語で筋はわかっている。だから、戦いの場面などになると思わず興奮して喝采した。

それにしても、この京劇というのはなんと歌舞伎に似ているんだ、と友次郎は思った。役者が隈取して出てくるのはもちろん、演技もいささか大仰で、舞台を踏み鳴らし、見得も切る。そうかと思うと嫋々とした二胡の音に合わせて愁嘆の場面も見せる。

「京劇っていうのは大立ち回りが多いな」

「孫悟空が、舞台の端から端まで宙返りをして袖に消える、あれにはびっくりしたな、まるで曲芸だ」

柑田がうなる。たしかに、あの場面では観客の拍手も止まなかった。

「衣裳もすごかったな」

「小室くんは歌舞伎を見たことがあるっていってたが、京劇とくらべてどうだい？」

「そういわれても、どっちも伝統演劇だから甲乙つけられないな」

甲乙つけられないと言いながら、友次郎はどちらかというと京劇に惹かれていた。それほど京劇は、友次郎の好奇心を刺激したのである。

彼ら一行は、北から南へ「瑞金二路」も歩いた。この道筋に、孫文が居を構えるのはもう少しあとのことである。

上海を出て五日目、船は神戸港に着いた。

「じゃまた東京で会おうぜ」

一行は、西と東に別れた。

一行と別れた友次郎は、剣士・雲井と同道で、東京行の夜行列車の客となった。

「雲井君、このごろ支那と日本、ぎくしゃくしっぱなしだな」

「ああ、俺もそう思うよ。だけど、それでいいんだ」

雲井は、日本軍を卓抜した軍隊だと強調して、いずれ朝鮮の利権をめぐって紛争になるな、と断定した。

「日本軍が朝鮮や支那の軍隊と違うのは、武士道にあるんじゃないかな」

武士道……雲井は神辺一刀流三段の腕前である。そして友次郎は神道流の免許皆伝である。

剣と剣との戦いならば、彼らに負けるもんか、と二人は手をとり合って笑った。

「だけど、孫悟空にも勝てるかな」

「いやぁ、それはダメだ」

あの役者の、見事な宙返りの場面を思い浮かべて、二人の意見は一致した。

夜行列車は、どこともしれぬ闇の中を走る。ガタゴト揺れる音がいつの間にか子守唄になって、二人は固い座席に寄りかかって眠り込んでしまった。列車が東京に着いたのは次の日の明け方だった。

七　日清戦争

「小室君、支那旅行はどうだった?」

下宿の一夜は、友次郎を囲んで話がはずんでいる。友次郎は、生えかけの髭を撫でながら一部始終を語って聞かせる。

「へー、支那ってそんなに面白いところか、行けなくて残念だったよ」

「いずれまた機会はやってくる。そのときはいっしょに行こうぜ、それまでは勉強と金儲けだ」

友次郎は、そう言って大笑いした。

それから間もなくのことである、日本海軍が宣戦布告もせず豊島沖に清国艦隊を奇襲する。明治二十七(一八九四)年七月二十五日のことである。そして日本が清国に宣戦布告したのは、奇襲から六日のちの八月一日、ここに日清戦争がはじまった。

日本と清国が、朝鮮をめぐって戦争になったと知ると、下宿は喧々囂々たる議論の場になった。

「なんで朝鮮は、清国なんかに派兵を要請したんだ？」

「そりゃ、清が宗主国だからさ」

「宗主国か、ずいぶん古い観念だな、ナショナリズムのいまの世界に、そんな古い考え方は通用しないぜ」

「そのとおりさ、我が国が日英条約に従って派兵したのは、正当な行動だ」

「それにしても、イギリス、フランス、ロシアそれにドイツか、ヨーロッパ諸国が自由貿易の相手国として東アジアに進出してきたのは、東アジアの富を奪おうという、資本主義の常道なんだろうな」

「富を奪う……？　俺が学校で教わった限りじゃ、文明の進んだ国は産業が発展して、その生産物を売り込んで国力を高めようとするだけで、相手国の富を奪おうとまでの意識はないと思うぜ」

「そうありたいな、互いに生活を豊かにするために、売った買ったの貿易をするのはいいことじゃないか」

「そりゃそうだが、一口に貿易といっても互いに利害が衝突するんだな、そこが難しいところだと思うよ」

「早い話、イギリスなんて国は自由貿易を口実に、朝鮮をだまして、じつは、自国の勢力圏を拡げようとしているんだ」

「うん、どうもそうらしい。そのイギリスの片棒をかついでいるのが日本だというぞ」

日清戦争は、じつは日英・中朝の勢力争いの戦争だった。

テーブルに、あんなにあった飲物や食物があらかた無くなった。

一人去り、二人去り、騒々しかった広間も静まりかえった。

友次郎も、いささか酔った頭を振り振り自室に戻った。時計は十二時を過ぎていた。

戦争が始まって、いつ来るか、いつ来るかと思い廻らせている友次郎のもとに届いたのは、「徴兵猶予」の通知だった。

母とくに見せられた令状には、「徴兵令十九条の規定により……」とあった。

「友次郎、おまえさんは大学で勉強中だから兵隊にならなくていい、というお上の温かい思し召しですよ。このご恩を忘れないでしっかり勉強なさい！」

とくは、囲炉裏端に大胡坐をかいて、松造が注いでくれるままに盃を口に運んでいる友次郎を、キッと睨んで言った。

「坊っちゃ……、いや友次郎さま、こんどの戦争はいつまで続くんでしょうかね」

おずおずと松造が訊く。

「さあな、いまの清国は、国内が乱れているんでそうそう長くは続かんと思うぞ、せいぜい半年かな」

友次郎は酔眼を細めて、松造に答えた。それを聞いて、松造はしげしげと友次郎の顔を眺めた。鼻下にうっすら髭をのばしている。その威厳がなければ、八幡神社の境内で笹竹の刀を振回していた腕白小僧と少しも違っていなかった。

「友次郎さま、さ、さ……」

松造は、友次郎の湯呑になみなみと酒を注いだ。

開け放った座敷に、涼しい夜風が吹き抜けていった。

半年ほどかな、と予測した友次郎の勘はほぼ的中した。

九月十五日の平壌会戦で日本軍が清国軍を完膚なきまでに破ると、清国軍は算を乱して朝鮮から逃げていった。そのわずか二日後の黄海会戦で、日本海軍は黄海の制海権を手中のものにした。それを知った朝鮮農民軍は、日本軍を排除せよという「斥倭」の旗印を掲げて立ち上がった。しかし、そんな農民軍は、日本軍の火力の前にあえなく敗れてしまう。十一月二十二日のことだった。

年が明けた。明治二十八（一八九五）年である。友次郎は二十二歳を迎える。

小室一家は、うちそろって氏神である八幡神社に向かった。道々、行き交う村人と挨拶を交わして拝殿に上った。

「あの次男坊さん、なかなかの男前でないかの」

「跡取りさんより威張っているげだな」

そんな村人のささやきを小耳にはさんで、友次郎は神妙に父清五郎、兄健次郎のあとに従った。

「友次郎！　学問のほうはどうだ」

盃を傾けながら清五郎が訊く。友次郎は、上海遊覧がとても面白かったと言いたいのをがまんして、支那語をだいぶ話せるようになった、と答えた。

「支那語か、それもいいだろう」

清五郎は、鷹揚にうなずいた。

「友次郎さま、支那語ですか？」

「そうだよ、だけど松造、これからは支那語だけじゃすまないんで、英語も勉強しているよ」

「英語？……」

「いま日本はな、イギリスという国と付き合っていてな、その国の言葉さ」

松造は、小さくうなずくと粗朶を折って囲炉裏にくべた。

正月を川角の生家でゆっくり過ごした友次郎が下宿〝神楽館〟へ戻ってみると、そこでは議論が沸騰していた。

「清を亡ぼして、我が国にするんだ」

「僕には、あの大国を亡ぼすなんて夢にも考えられないな」

「戦争だから勝つも負けるもあるんだが、勝ったからって、当然にその国を支配するなんてできないな、国際的なルールもあるぜ」

「そんなもの糞くらえだ、世論の盛り上がりをみろよ、大日本主義こそ我々の旗印だ」

「武力で勝っても、そのあとの政治、経済、文化の戦いに勝たなければ、ほんとに勝ったとはいえないぜ」

「なに言うんだい、武力で勝てばその武力をどんどん振るえばいいんだ」

「そんな簡単に言うけど、まわりの国が黙っていないぜ」

「まわりの国って、どこだよ」

「イギリス、フランス、ドイツ、ロシアといった清国とかかわっている国さ」

「そうだろな、僕もそう思うよ」

議論は入り乱れている。ここに集まった一人ひとりが、己の主義主張をもっている。これが青年の特権といえば特権だろう。

「僕は、戦争は好きじゃない」

「おい空波くん、なにを言うんだ、いま我が国は正義の戦いをしているんだぞ」

絵を勉強している空波は、誰かのそんな一喝に身を縮めた。

「小室くんはどうなんだい？」

「ほんのすこしだが、支那の大地を踏んだことのある者に言わせれば、清国という国はフトコロが深くて、とても我が国にゃ御せないと思うよ」

友次郎はそう言って、ぐっと盃を傾けた。

日清戦争は、清国へのヨーロッパ列強の帝国主義的侵攻もあり、日本の圧倒的勝利に終わる。

長い冬も終わりを告げ、土筆も芽を吹く季節を迎えた。

明治二十八年三月十九日、李鴻章が日清講和の全権大使として下関に着いた。翌二十日には〝春帆楼〟で日本の全権伊藤博文と李の第一回会談が行われる。

――勝ったんだから、支那全土を取っちゃえよ。

そんな世論にのって神田駅頭では、戦勝を祝う街頭行進が二千人に及ぶ群衆を集めて行われた。神楽館の住人も何人か参加して、その盛大な行進の模様を語った。

「さあ、日本の夜明けだ！」

誰かが手を振り上げる。それにのって下宿の床がゆらぐ。友次郎もそんな仲間の一員だったが、あんまり有頂天になると思わぬ足払いを食うぞ……と、胸の中で呟いた。

第一回目の伊藤・李会談から四日後の三月二十四日、下関の駅頭で李の来日を歓迎する列の中から銃声が轟いた。銃撃したのは、暴漢小山豊太郎だった。陸軍軍医総監佐藤進がとんできて、治療にあたった。弾は急所を外れていたので生命に別状はなく、佐藤の懸命な治療もあって二週間程で傷は癒えた。そして四月十日、傷の癒えた李は講和会議に復帰する。日清講和条約が調印されたのは、四月十七日であった。いわゆる「下関条約」である。

この条約は、①清国は朝鮮の独立を承認すること、②遼東半島・台湾・澎湖列島を日本に割譲すること、③二億両の賠償金を支払うことなどを主な内容とする条約だった。

下関条約は、たちまち世界に物議をかもした。日本国内からは生温いという批判が噴出し、ロシア、フランス、ドイツの三国は遼東半島を放棄せよと日本に迫った。

日本国内の世論はともかく、三国の干渉には譲歩するほかなく五月四日の閣議で遼東半島の放棄を決定した。

そんなニュースを知って、やっぱり足払いを食ったな、と友次郎は思わずにいられなかった。

秋になった。その秋も更けた十一月半ば、孫文とかいう革命派の首領が広州で反乱を起こそうとしたが、兵を挙げる前に清朝政府に嗅ぎつけられて失敗し、孫文は日本に亡命してきたというニュースが伝わった。

「その孫文という奴、チャンチャン坊主（弁髪）を切ったってよ」

教室は爆笑の渦に沸いた。そんな学友の笑いの渦の中で、友次郎だけは笑いもせずじっと腕を組んで思いに沈んでいた。

「こんどの旅は大丈夫かな？」

という思いが彼を黙らせたのである。懐には、武術指導で貯めた百円を超す金がある。こんどは上海よりもっと南の香港かマカオへ行ってみようと思いさだめている。その中国南部の広東省広州で騒動がもちあがっているとすれば、計画を変えなければならないのか……。

こんどの旅は年をはさんで計画したので、一人旅と決めている。それだけに計画変更は簡単であるが、かえって紛争地帯に足を踏み込んでみたいという衝動にも駆られた。

「男子一人、世界へ飛躍せずして何の功やある。産業革命を成し遂げしヨーロッパ諸国は、その資本力をかさにアジア諸国に侵攻を企てつつあり。我邦は維新により危うく難を免れつつあるも、隣邦はその毒牙にかからんとの危機にあり。諸君よろしくアジアの現実に眼を向け、隣邦に一臂の力を貸せ――」

そんな新聞の檄を読んで、友次郎の肚は決まった。

この檄にいう隣邦とは、清国に違いない。だとすれば、こんどの旅は「男子一人」への出発の旅でもある。

「小室くん、また支那へ行くんだってな」

「うん、一人でな」

「支那のどこへ？」

「香港へ行こうと考えてる」

「香港ねえ、おれも行きたいけど金がなくて駄目だ」

「そうか残念だな。俺にも一人で行けるぎりぎりの金しかねえからな」

「帰ったら土産話をしてくれよ」

同宿のBは、そう言って立ち上がった。

師走の風の中を、友次郎は忙しく駆けまわった。年末の繁忙期ということもあって、渡航の手続きやら便船の手配に手間取り、神戸を出航できたのは暮も押し詰った二十三日のことだった。

第三章　大陸浪人駆ける

宮崎　滔天

一　香港漫遊

英国客船J号は、満員の乗客を乗せて東シナ海に出た。偏西風をうけて船は激しく揺れる。甲板へ出ると、白い波頭のほかなにも見えなかった。

友次郎は、揺れる甲板の真ん中に突っ立って柔術の形をくりかえした。気晴らしをかねた稽古のつもりである。

「イヤーすごいですね、こんな揺れる船の上でよくそんな芸当ができますね」

二人の男が、手摺にしがみついて声をかけてきた。突然の日本語に、友次郎はあわてて振り返った。

「あなた、羽織姿だから日本人だとすぐわかりましたよ」

二人は、洋服姿だった。これがきっかけで三人は仲良くなった。聞くところによると二人は京都の大学生で、政治・経済を学んでいるという。なにしろ中国は大国だから、見て聞いて調べて、勉強することはたくさんあるのだという。話しぶりからすると、二人はどうやら京都の商人団体から資金の援助を受けているらしかった。香港に二月いっぱいぐらいまで滞在し、報告書を出すということだった。

「あなたは?」

と訊かれて、友次郎は頭を掻いた。

「僕は物見遊山の旅でさぁ、金が無くなりゃ帰ります」

「それにしても、一人でよく……」

「なあに、仲間を誘ったけれどみんな金が無くて誰も来られなかっただけですよ」

本当は誰も誘わなかったのだが、「男子一人」の一言に胆をつかまれて、とは恥かしくて話せなかった。

十二日の船旅を終えて、香港に着いたのは正月の四日だった。船はゆっくりとビクトリア港の埠頭に接岸する。

「小室さんとも、ここでお別れですね」

「おかげで楽しい船旅になりました」

友次郎は、デッキで二人とかたく握手をかわした。

「ぜひ、僕らの宿へも足を運んで下さい」

そう言って渡された紙片には、ケイン・ロード××番という二人の宿の所在が書かれていた。

　デッキを下りて、友次郎はあらためて辺りを見回した。香港は上海に似て、上海とはまた違う近代都市だった。

「小室さんですね」

　声をかけられて振り向くと、三十がらみの紳士が立っている。

「お疲れでしょう、さ、ご案内します」

　この紳士が郵船の社員であることを知ったのは、ビクトリア公園に近いホテルに着いてからだった。

「船旅はいかがでした？」

「京都の学生さんと一緒になって、船酔いも忘れるくらいの旅でした」

「それはよかったですね」

　こんなありきたりの挨拶のあと、社員からこまごまと滞在の注意を受けて円と両の両替もすませた。

　次の日から友次郎の自由行動が始まった。社員から貰った地図をたよりに東へ西へ、海を渡って九龍まで足をのばした。

　中国のうちで、ここ香港はいちばん安全な都市です、なんといってもここはイギリスですから、と説明してくれた社員の言葉どおりに、どこを歩いてもヨーロッパの雰囲気だった。

――そうか、これが文明というものか。

友次郎は、中国料理と西洋料理を同時に出す食堂で支那ソバをすすりながら考えた。四日目だった、郵船の社員がやってきて、競馬なんかどうですか、正月の競馬は賑やかでいいですよ、と教えてくれた。

教えられたハッピー・バレーという競馬場は、馬車で五分ほどのところだった。着いてみて驚いた、立派な三階建の見物席があり、着飾った西洋人が屯している。目を転じると芝生を敷詰めた馬場が広がっている。

友次郎は入場料の高い見物席はやめて、安い一般席にした。そこはまさに喧騒の巷だった。港湾労働者らしい粗末な作業着の男たちが、串焼きを片手に安酒を呷っては何事か喚いている。手に持った紙片を振りかざしているところをみると、馬券の論議らしかった。どよめきが起こった。馬場に眼をやると、競走馬がラッパの音に合わせて馬場に出てくるところだった。

友次郎も、幼い頃から馬には親しんでいる。川角村の野道を駆けたこともある。しかし、今、目の前に見る馬は彼の家で飼っていたような丸い小さな農耕馬ではなく、背が高く細い足でスッキリ立っている恰好のいい馬だった。小柄な騎手を背に、馬は目の前を疾走していった。

——馬の競走で賭けをするなんてなぁ。

香港は中国じゃなくイギリスですよ、と言った社員の言葉を思い出した。

レースが始まると、場内は興奮の坩堝と化した。歓声、足踏み、拍手に沸きかえる。友次郎も、見様見真似で馬券なるものを何枚か買った。そのうちの一枚が的中して、思わぬ配当金を手にした。

「なるほどな、文明社会っていうのはこんなものまであるのか」

と、友次郎は手控えに書き込んだ。

それにしても、川角は今どうしているかな、と懐かしい川角村の風景を頭の中に思い描いた。門松に飾られた街道筋は、人や馬が賑やかに往きかっているだろう、そして、八幡神社の神楽のお囃子は冬空に響きわたっているに違いない……。

そんな妄想にふけってふと気づくと、香港にいられるのもあと二日になってしまっていた。そうだ！　京都の大学生君に会わなければ……。

朝食もそこそこに、街に出た友次郎は西へ西へと歩いた。しだいに洋館が途切れてきて、土壁の低い家並みが続く街になった。探しあてた二人の宿は、土でできたそんな家の一軒だった。

「やあ、小室さん、いらっしゃい」

二人は、友次郎を快く迎えてくれた。部屋に通されて友次郎は眼を見張った、外観に似合わず小さいけれど中庭があり、赤や黄の花が咲き乱れていた。

友次郎が競馬を見た話をすると、二人は目をまるくした。

「イギリスは金にまかせてそんな遊びを楽しんでいるけど、いまこの中国は動乱状態なんですよ」

二人は、交々に語った。

「小室さん、香港興中会って知ってますか」

「いや」

「去年の二月ですが、革命派の孫文という人がつくった秘密結社なんです。それは清朝を倒して漢族の政府を打ち樹てようと主張しています」

「漢族のねぇ」

「清朝は満州族の王朝ですから、この封建国家をくつがえして漢族による民主国家を建設しよう、というのです」

そのあたりのことは友次郎も新聞などで知っていたが、香港興中会という秘密結社のことまでは知らなかった。後年、その孫文と深い関わりを持とうとは、その時の友次郎は夢想だにしていなかった。

「北京に近い山東省では、義和団運動というのが活発になっているようですよ」

「義和団ね、なんでも義和拳とかいう武術愛好者の集まりのようですね」

「小室さんよくご存知ですね。この義和団、最近は下層農民の参加が増えてどんどん大きくなっているようです」

とりとめのない雑談の間に、そんな中国の情勢を語り合った。

「お二人さん、お邪魔してすまなかったですな、うんと勉強させてもらって礼のいいようもありません」

「道中のご無事を祈ります」

友次郎と二人は、握手して別れた。

神楽館に帰り着いた友次郎は、一夕の宴を張って、香港土産の洋菓子やら酒を皆にふるまった。

二　明治三陸大地震

六月十五日のことだった。

今は大学を卒え、兄健次郎とともに父清五郎の片腕となって土木工事に精をだしている友次郎だったが、折しも矢来町の東京事務所にいたところに家も倒れるかという地震が襲った。夕暮れ時でもあり、竈には火が入っている。

「おーい、火を消せよ！」

奥へ向かってそう声をかけ、友次郎は倒れそうになる書類の棚を必死に押さえた。

世に言う〝明治三陸大地震〟である。大きい津波が発生し、東北地方では死者二七、一二二人、流出家屋八、八九一戸、被害船舶は七、〇三二隻という大惨事になった。

この地震の復旧工事の一端に、小室組も関わることになった。ごく一部の鉄道工事だったが、被災地におもむいた友次郎は、そのあまりの惨状に息をのんだ。

津波にさらわれた集落、無残にも宙に浮く鉄路、骨格だけになっている建物、田畑は泥に埋まっている。そんな泥を掘りおこしている人の姿も見える。

初夏の日射しは明るく海風は肌に快いが、それだけに、心は暗澹たるものになる。

「こんどの工事はいままでと違うぞ、金のためじゃない、家屋敷はおろか、身内を亡くして途方にくれている被災者のみなさんのための仕事だ……」

小室組頭領・小室清五郎は、社員を集めてそう叱咤した。

小室組四十人、オー！ とばかりに現場へ散る。杭を打ち、土を運び、流された地盤の復旧工事を急ぐ。友次郎も、法被に地下足袋といういでたちで、土運びに汗を流した。

「おーい、だれか、来てくれぇ！」

どこからか、絶叫に近い声が聞こえてきた。その声を聞きつけて、何人かが走った。それを見た友次郎も、担いだ砂嚢を放って駆け出した。

「どうした？」

声を取り囲んだ者がそこに見たのは、土の中から掘り出された、なかば白骨化した遺体だった。身につけているものからみて、初老の女性らしかった。

「だれか、はやく巡査を呼べ！」

一人を走らせた友次郎は、残った者に指図して遺体の泥を払い、自分の法被を脱いで、そっとかけた。

間もなく、サーベルを下げた巡査が二人、数人の土地の若者を連れて駆けつけた。

遺体は、友次郎の法被にくるまれ、若者に担がれて去った。

「友次郎、あの仏さまの身許、わかったというぞ」

一週間もたっただろうか、父清五郎にそう聞かされて、友次郎はほっと胸をなでおろした。

土木機械の発達もあって、工事は目に見えて進んだ。友次郎は、父や兄の命令のままに東京と仙台を往復し、役所との連絡や資材の調達に走り回った。

東京へ戻ったおりには、講道館にも顔を出し、気晴らしの稽古にも励んだ。

「小室くん、三陸のようすはどうだい？」

稽古仲間が聞いてくる。

「そらぁ、たいへんなものですよ」

友次郎は、土に埋まった遺体を葬ったことを中心に、地震と津波の惨状を語った。

「浄土ヶ浜はどうなっているかなぁ」

「浄土ヶ浜？」

友次郎は、浄土ヶ浜を知らない。聞いてみると、風光明媚な名所であるという。

「兄さん、浄土ヶ浜って知ってるかい？」

現場に帰った友次郎は、兄にそう訊ねた。

「知らないなぁ……。こんな地獄に浄土ヶ浜とは、ずいぶん皮肉なもんだ」

それから二人は、あれこれ地図を広げて浄土ヶ浜を探した。

浄土ヶ浜はたしかにあった。だがそこは、ここ仙台から北へ百七、八十キロもある宮古というところの海岸だった。風光明媚と聞いたが、三陸特有の切り立ったリアス式海岸の美しさは、松島辺りを見れば容易にうなずける。行って見たい衝動にはかられるが、復旧工事に忙しい身として、とても行けるところではない。情報によれば、宮古辺りも相当に被害が大きかったという、とすれば浄土ヶ浜も津波にさらわれているかも知れない。友次郎は、飯場のせんべい布団にくるまってひそかに溜息を吐いた。

秋が去り、寒い季節になった。復旧工事は着々と進んでいるが、早く汽車が走ってくれないと……、という人々の切実な声を耳にするたびに、身を切られるようなつらさがあった。

正月はどうする、という懸案が持ち上がったのは、師走の風が吹きつのる頃だった。正月くらい家へ帰りたいという希望も多かったが、清五郎は、三日から仕事だと言いわたした。そんなことで、この正月は飯場で迎えることになった。

正月（明治三十・一八九七年）の寸暇を盗んで、友次郎は青葉城へ遊んだ。いつもの年ならば賑わっているのだろうが、遊山の人の姿はまばらだった。

小室組が請負った工事は、契約通り三月で終わった。正月の休みを返上しての激務だったが、こうして無事に終わってみれば、誰の顔にも満足の表情がうかんでいた。

頭領の清五郎は、こんどの仕事は金のためではないと言ったが、皆の懐には思いがけない報酬が入ってきた。

三　大陸浪人

小石川・矢来町三番地の東京事務所に落着いた友次郎は、ゆっくり活字に眼を通す時間を持つことができた。

ここ十ヶ月ほどは、ろくに新聞や雑誌を読んでいない。それだけに、そこから伝わってくる情報は新鮮だった。

どうやら清国では、革命の気運が盛りあがっているらしい、ということがわかってくる。進歩党の代議士犬養毅という名を覚え、宮崎滔天の名も知った。

身近な事件では、三月三日足尾鉱毒事件の被害者二千人が政府に請願するため上京しようとして利根川の川俣で警官隊と衝突し、多数の逮捕者を出した、という記事が目を引いた。兇徒聚集罪というが、生活を奪われた農民の集団を兇徒といえるのかな、と友次郎は首をかしげた。

そういえば、思い出すことがあった。碓氷トンネル工事の時のことである、渡良瀬川の漁民が何十人も出稼ぎに来た。誰もが、足尾銅山の鉱毒で魚がみんな死んじまったんで、仕方なく土方になったんでさぁ、と言っていたことである。

ああ、あの話が、こんな大事件にまでなっているのだ、と友次郎は世の変転のすさまじさにある無常ささえ感じていた。

それからというもの、友次郎はつとめて時局講演会に顔を出すことにした。柔道仲間とのこともあったし、旧学友とのこともあり、一人のこともあった。そんな会場で周りの者と雑談をかわすうちに孫文、康有為などという名を知った。

秋も深まった十一月のことである、「政局討論会」なる案内状が届いた。場所は神田喜楽園という西洋料理屋だという。友次郎は「現下の世界情勢を語る」というキャッチフレーズに惹かれて、その頃では珍しい立襟のシャツに蝶ネクタイを結び、これまた舶来だという洋服を着込んで出かけた。

会場入口に受付があって、友次郎はそこで二円の会費を払って会場に案内された。会場はテーブルが四角に並べられていて、席は指定されていた。参加者は、三十人ほどだろうか、やがて主催者であるN新聞社の社長という男が立って、今日はご忌憚のない所信を語っていただきたい、と挨拶した。

会は、まず自己紹介から始まった。教師、商人、工場主、医師、学生、農家、変り種として能楽師もいた。

友次郎の番になった。

「小室友次郎さん、ご出身からどうぞ……」

司会者にうながされて、友次郎は武州川角の風土を語り、碓氷トンネル工事の苦心談、三陸大地震の惨状などを語った。そして最後に、

「わたしの家は、もと水戸藩の神道一刀流を受けついでおり、祖父は大日本史の編纂にも参画し、勝海舟さんとも親交がありました」

と、ゆっくりした口調で言って頭を下げた。

会場からは、ほう、水戸藩士ねえ、という囁きが聞こえた。祖父・七左衛門が水戸藩士であったかどうか、友次郎にも確証はないのだが、それに近い身分であったことだけは親からも聞いていた。

自己紹介が終わると、あとは酒を酌み、料理を食いながらの激論となっていった。

その夜、床についた友次郎は、眠れぬままに、うーん、あのむさ苦しい和服に無精髭を生やし、なんともいえぬ愛嬌のある顔をした男が、宮崎さんか……と、滔天のことを思いうかべていた。

その滔天は、次のように自己紹介した。

――私の名は寅蔵、明治四年一月、九州熊本は荒尾の出です。我が家は荒尾に九代続いた郷士で親父は二天一流の武芸者、幼いころから「豪傑になれ、大将になれ」と頭を撫でられて育った者です。母親からも「畳の上で死ぬのは男子、なによりの恥辱です」と教えられました。十九年に上京し、東京専門学校（現・早稲田大学）英語科に入りました。ところが、頼っていった同郷の先輩のあまりの無道に耐えられず、翌年帰郷し、かねて番町教会でキリスト教の洗礼を受けていたので、故郷で布教に努めました。私には弥蔵という兄がいるのですが、この兄にも入信をすすめましたが、兄は違うことを言いました。

「いまの世界の現状を見ると、弱肉強食の修羅場じゃないか、いま弱者の権利自由を守らなければどうなる、何もしなければ、やがて東洋人は白人に支配されることになる。運命の岐路はかかって支那の興亡にある。われはいま力及ばずといえど、清国におもむく決心をした」

これを聞いて、私も自由民権のなんたるかに目覚め、そのために力をいたしたいと考えています。

この会の参加が機縁となって、友次郎の人脈はどんどん広がっていった。いつの間にか何人かの中国からの留学生とも話を交わすようになっていた。彼らの多くは官費留学生で、清朝政府の息がかかっている。

折にふれ、中国留学生の議論を聞き新聞を読んで、友次郎は今の中国がどんな状況にあるのかがわかってきた。

小耳にはさんだ康有為という政客が、「西洋の議会政治こそ君民一体、上下一心の治を致すものであって、我が国のまさに採りいれるべきものである」と主張し、激しく旧来の清朝政治を批判し、時の若い皇帝光緒帝がこれに同意を示しているという。この康の近代化運動を〈変法運動〉というが、その一方で西太后一派は、これまでと同じ君主専制を維持しようとして両者は激しく対立しているという。

「それで、変法派と旧守派と、どちらが民衆に支持されていますでしょうか？」

友次郎は、そう質問した。すると、誰も明確な返事をせず、互いに顔を見合わせるばかりだった。そんな彼らの様子を見て、そうだろうな、変法派にしろ旧守派にしろ、ここで俺はこうだと主張したら留学生同士の分裂を招きかねないからな、ともかく政治とは難しいもんだ、と友次郎は思った。

六月十一日（一八九八年）のことだった、光緒帝が変法派の主張を容れて「国是を定むるの詔（戊戌変法）」を発布した。この詔は、立憲政治を目指したもので、具体的には憲法の制定、国会の開設、総選挙の実施、京師大学堂の設立、農工商の振興、運輸通信の近代化などを謳っていた。

しかし、この詔は中国の美風を夷狄の蛮風に変えるもので聖人の道を汚すものだ、と西太后を中心とする旧守派から非難され、袁世凱、李鴻章のクーデターによって光緒帝は監禁され、康有為、唐才常は亡命を余儀なくされることになって変法運動は瓦解した。それがわずか、三ヶ月後の九月二十一日のことだった。この変は、歴史上「戊戌政変」と呼ばれている。


「お早うございっ！」

「若頭さん、今日の現場はどこですか？」

八時前だというのに、職人は次々とやってきて友次郎の指示を受ける。今、小室組東京事務所を取り仕切っているのは友次郎だった。

職人の手配がすんだところで、友次郎は神楽坂へ足を運んだ。行きつけの喫茶店の柔かい椅子に腰を落とすと、ほっと一息ついてコーヒーを注文した。コーヒーを飲みながら店備えの新聞を拡げた。憲政党の犬養毅先生が文部大臣に就任したという記事が、一面に大きく載っている。そうなるだろうとは、仲間とも語り合っていたので、今は就任祝賀の会が楽しみになった。

その同じ新聞の二面に、戊戌政変に敗れた康有為が、十月二十六日麹町区平河町四丁目の旅館「三橋」に無事到着したという記事があった。見出しに『亡命の清国名士を救出せる殊勲者――』とサブ・タイトルがついており、その殊勲者こそ誰あろう宮崎滔天だというのである。

記事によると、滔天は旧友でフィリピン独立運動の志士宇佐某とともに、康の日本亡命の援助に奔走したという。彼は、康を日本郵船の河内丸にかくまい、あらゆる手段を駆使して、大隈首相から亡命受入れの許可を得たという。

「ほう！　滔天さん、すごい外交家だな」

友次郎は息を呑んだ。友次郎と滔天とは顔見知りではあるが、とくべつ昵懇に付き合っているわけではない、が、俺も滔天さんを見習うか、という気を友次郎に起こさせた。

それからの友次郎は、若さに任せての活動にのめりこんでいく。講道館仲間の内田良平が十二月に「東亜同文会」を発足させると、その発会式に顔を出し、滔天の口利きで康有為とともに亡命してきた唐才常と会ったりした。

唐才常は湖南省の生まれで、湖南学会の重鎮であり、時務学堂という学校を創って新学を提唱している、友次郎より七歳上の堂々たる紳士だった。

「貴君が、小室剣禅さんで……」

唐は、友次郎の精悍な顔を覗き込んで問いかけてきた。

「はぁ、——わたしが小室ですが、また、どうして？」

「貴君の名は、いろんな同志から聞いていていますよ」

唐はにっこり笑って、酒杯を差し上げた。

「清朝の政局は日々に悪化していますが、私は日本の倒幕維新にならって、光緒帝を主上にいただき、清国の復権を目指しているのです」

唐才常は、友次郎に向かってそう語った。唐のその言説に、友次郎はすっかり酔った。

「唐先生、貴国と我が国は唇歯の間柄です。両国の未来のために、私は日本人の一人として、できることがあればどんなことでもお手伝いいたします」

これは友次郎が、夢中に発した言葉だった。その時の彼は、眦を決してでもいただろうか。

「それは有難いことですが、なにしろこれは一国の存亡にかかわる複雑極まる政治世界のことですから、余りあせらないで下さい」

唐は、若い友次郎に助力を申し出られて、いささか戸惑っているようだった。

「唐さん、ここにいたのか」

二人の間に割って入ってきたのは、海軍嘱託、中国語新聞「漢報」の発行者で日本政府と軍部から情報源として重用されている、宗方小次郎だった。

「唐さん……」

それから二人は、友次郎の存在を忘れたかのように、中国語でひそひそ話し始めた。はからずもそばで聞き役に回った友次郎は、どうやら唐才常が湖南で起こそうとしている義軍をめぐっての話だと、おぼろ気にわかった。

「義軍を起こして湖南を独立させれば、同調して起つ州はいくらでもある」

「それはそうかも知れないな唐さん、まず湖北、江西、四川、貴州は同調して兵を挙げるでしょう」

「それがこんどの政変に報復し、清国を建て直す唯一の手段です」

「そうなって日清両国が手を結べば、欧米諸国もおいそれと手を出せなくなるでしょう」

「そこで……」

と唐は声をひそめ、日本も兵を出して義軍を援けて欲しい、と懇請した。

「まぁまぁ、それはわかってますが、時期が大事なので、しばらく隠忍自重して下さい」

宗方は唐にそう言って、おやっという顔を友次郎に向けた。

「えーと、あなたは……？」

「お国の志士、小室剣禅さんです」

唐に教えられて、宗方は頷いた。

「小室さん、たのみますよ」

友次郎は緊張した面持ちで、宗方に頭を下げた。

明治三十二（一八九九）年、友次郎は二十六歳になった。彼は唐才常の堂々たる風貌と、国を建て直そうという烈々たる情熱と、どこから湧くとも知れない資金を調達する能力にすっかり魅入られていた。

「唐先生の義挙に、なぁ、参加しようじゃないか」

友次郎は、志士仲間に説いてまわった。

「剣禅くん、そう言うけど康、唐一派は清朝のなかで権力を握ろうとしているだけじゃないのか？」

「権力かどうか知らんが、清朝の腐敗分子を一掃して、新しい清国をつくろうとしているのだ」

「そこだよな、変法運動が潰えたいま、それより俺は革命派を支持したいな」

「そんなこと言っても、革命はそう簡単じゃないだろ」

「そりゃそうさ、だけどな、革命派の孫文という人物、只者じゃないと俺は思うよ」

そんな酒の上の議論が、志士を気取る若者を興奮させる。

変法派を支持する者、革命派にのめりこむ者などが入り乱れて、居酒屋は賑わっている。

そんな彼らの耳目に、〈扶清滅洋〉を旗印に、義和団が山東に集結しているという情報が伝わってくる。義和団は、北京に近づくにしたがって勢力を伸ばしているという。

それより友次郎を驚かせたのは、康有為が日本を見限ってカナダへ去ったという情報だった。

「変法派の康と革命派の孫は、ついに会わずじまいだったたらしいな」

「どっちが会うのを拒んだのかな」

「それは、気位の高い康だったらしい。なにしろ清国の高官だからな。片や孫文は、一介の革命主義者に過ぎないからね。滔天さんの懸命の斡旋も功を奏さなかったらしい」

三月二十二日、康有為は日本船和泉丸で日本を去り、カナダへ向かった。

四　犬養毅に孫文を紹介さる

友次郎のもとへ犬養毅の書簡が届いたのは、十月三日だった。

——「明後五日午後四時か五時ごろ、ご来臨くだされたく、先刻お話の人をお引合わせいたし、万事ご相談いたしたく、晩餐を共にいたしたく候　　小室君机下」

書簡は、そう綴られていた。

矢来町の事務所で、その書簡を受け取った友次郎はわれ知らず立ち上がると、西の馬場下町の方角を見やった。

——「犬養毅閣下　　ご親書有難く拝受仕り候。当日、必ず参上仕りますれば、宜しくご指導下されたく候。　　小室友次郎拝」

そう返書を認めて、犬養邸へ若者を走らせた。

五日は、朝からの時雨だった。ちょっと重たい気分で床を抜け出すと、朝飯もそこそこに友次郎は事務所を飛びだしていった。一日かかる仕事を半日ですませて事務所へ戻った彼は、その足で散髪屋へ急いだ。

「小室さん、どうかしましたか？」

いつもに似合わず緊張している友次郎に、散髪屋の主人は声をかけた。

「これから偉い人に会うので、髭、きれいにしてください」

「かしこまりました。で、偉い人って、どなたです？」

それには応えず、友次郎は目をつぶった。その眼裏に、滔天と、滔天が支那視察の生証人として犬養先生に紹介したという孫文の顔が浮かんだ。

散髪をおえると、時雨は止んで西の空から雲が切れてきた。

少し早いと思ったが、身をととのえた友次郎は三時過ぎに事務所を出た。矢来町から馬場下町の犬養邸までは一キロほどで、歩いて二十分の距離である。途中の商店街をゆっくり歩いて、さて、初対面となる孫文にどんな土産を買おうかと眼を凝らした。彼の眼に入ったのは、ある扇屋の扇子だった。歌舞伎役者か能役者の使う舞扇で、京都の名ある作者のものだった。

犬養邸へ着いた。なぜか、門は左右へ開け放たれていた。門を入って玄関までの踏石を三つも行かないうちに、玄関がガラリと開いて犬養が顔を出した。

「小室君の気配がしたのでな、出てみたらやっぱりそうだったわい」

犬養は、なんの飾り気もなく友次郎を迎えた。

「閣下！」

友次郎は一、二歩後ずさって、深く頭を下げた。

「堅苦しい挨拶はとっくにすんでるわ、さあ上がっておくれ」

通された部屋は二十畳ほどの和室で、すでに数人の者が四角い膳を囲んで座っていた。

「剣禅、遅かったな」

内田良平が、持前の傲然とした態度で友次郎に声をかけた。

「やっ、これは内田さん！」

内田に軽く応えて、友次郎は道場での仕来り通り正座すると、一同に頭を下げた。

「みなさま、もう少しお待ち下さいませ」

犬養夫人が顔を出して、如才なく茶を注いでまわる。

「あっちの部屋で孫文さん、滔天さんとなにか相談していますのよ、ごめんなさいね」

「奥方様、どうぞかまわんでください」

そんなところへ、可児長一が顔を出して、平山周がいるかと聞いた。

「いや、まだ見えてませんな」

と言っているところへ、平山が女中の案内で現れた。

顔触れは揃った。卓子を三つ並べた席についたのは、床の間を背に犬養、左右に宮崎滔天、孫文、可児長一、内田良平、平山周、小室友次郎そして他五名の者だった。

宴は始まった。犬養が孫文を紹介し、滔天が孫文の簡単な経歴と中国革命を志している所以を語った。

友次郎は、孫文をしげしげと眺めた。丸顔に柔和な眼、うっすらと髭を生やしているが、それは威厳を保つにはほど遠く、背丈も友次郎に及ばなかった。

「小室君――」

盃が五、六杯重なった頃、友次郎は犬養に呼ばれた。

「君が、ぜひ会いたいと言っていた孫文さんだ、あらためて紹介しよう」

「閣下！」

「その閣下はもういい、犬養と呼んでくれ」

にっこり笑って犬養は、こんどは孫文に顔を向けた
「孫さん、小室友次郎君だ、武州川角というところの出身でな、武術三道の達人じゃ。日支の関係に心を痛めておるのは、わしらとまったく同じだ。これからのアジア諸国の平和と発展のためなら一肌も二肌も脱ごうと決めている、な、小室君たのみますぜ」

犬養は、孫文と友次郎の顔を交互に眺めながら、そう紹介した。

「剣禅さん！」

「孫先生、あたしの号をどうして?」

「滔天さんに教わりましたよ」

これが、二人の会話の始まりだった。互いに片言の日、中、英に筆談を加えての会話だった。

「剣禅さんの国は大和民族という、れっきとした民族国家です。それにひきかえ私の国中国は、多民族国家といえば聞こえはいいのですが、民族精神というものがありません。宗族意識はあっても、その力はバラバラな砂みたいなもので、なにかあるとすぐ崩れてしまいます。いまやそこを狙って世界の国々が、侵略の的にしています。中国が侵略され、植民地にならないためには革命が必要なのです。それも、易姓革命ではなく民主革命が……」

孫文の声は低かったが、語気にはなみなみならぬ熱意がこもっていた。易姓革命ではなく民主革命を? 友次郎は、首をひねった。易姓革命といえば、清朝にかわる新しい王朝を起こす革命で、唐才常先生は光緒帝を主上に立憲君主国を創ると言っていた。それは他でもない、易姓革命ではないか、それをこの人は否定するのか……。友次郎は、じっと考え込んだ。

「今夜はな、孫文さんの歓迎の宴でもあるから、どんどん遠慮せずやってくれ!」

犬養の一声で、座は一段と盛り上がった。孫文はあちらへ呼ばれ、こちらへ呼ばれして忙しい。友次郎は、ふたたび犬養に呼ばれた。

「小室君、わしは党派には殉ぜぬよ、国家に殉ずるのみだ。わしのこの思いは孫文にも通じたようだ」

友次郎は、孫文の姿を目で追った。どうやら彼は私利私欲とは全く無縁な、革命の魂だけの男だと友次郎は直感した。

「小室君、議論を尽くして孫文の革命思想に納得いったら、支援たのみますぞ」

「わかりました！」

友次郎は、犬養の前に平伏した。

「財は惜しみません、力の限り孫文さんに協力いたします」

友次郎は、間髪入れずに答えた。犬養は、こやつ、わしが冗言を嫌うのを知っておるなと、相好をくずした。

また盃がめぐる。あまり酒の呑めない孫文に、犬養は言った。

「孫さん、わかったな、みんな同志だ」

それを聞いて孫文は、一人ひとりとがっちり手を握った。

「今夜はこのへんで――」

犬養邸の秘書・可児長一が、時を見計らって告げた。

「おかみさん、謝々了！」

孫文が犬養夫人にそう謝辞を述べたとたんに、隣にいた者が孫文の胸倉をつかんで怒声を浴びせた。

「おい、なんと無礼なことを言うんだ、犬養先生のご夫人は奥方様で、おかみさんではない！」

孫文はきょとんと眼を泳がせて、男のなすに任せていた。

「はっ、はっ、は……いい、いい、おかみさんでいい」

犬養の豪快な笑い声で、座はどっとゆらいだ。

犬養夫人に見送られて、今夜の客は思い思いの方角に散った。

「剣禅！　いや友次郎さんよ、日本はいま清国に勝ったからといって有頂天になっているが、なんのことはねえ、ヨーロッパの尻馬にのって勝ちを拾ったようなもんだ。アジアはアジア同士、しっかり結び合っていかなければやがてアジアは滅びる。あの大中国が、ヨーロッパの国々やロシアの植民地になってみろ、日本だってすぐやられてしまう。孫文は中国、いやアジアがそんなことにならんように、清朝を倒して民主国家を建設しようとしているんだ。大陸を渡り歩いてきたおれの言うことだ、信じてくれよ」

犬養邸でご馳走になった酒が、まだだいぶ回っている。滔天は、そうまくしたてた。

「滔天さん、わかってる」

友次郎は、小室君はよく飲むねえ、と犬養に驚かれたくらい飲んでいたが、その時だけは、背筋をぴんと伸ばして応えた。

半月が浮かんでいる。夜風が快く二人の頬をなぶった。

五　宮崎滔天

「滔天さん、飲みなおそうぜ」

　早稲田界隈はまだ賑わっている。友次郎は、ふと目についた小料理屋に滔天をさそった。あらためて盃を合わせてからは、話題はしぜん先ほどの犬養邸での話の続きになった。

「僕が、逸仙さんとはじめて会った時のことだがな、女中さんに起こされて出てきた逸仙さんは、なんと寝巻のままだったよ。なんの飾りっ気もない、どう見てもそのへんのおじさんという感じだったな。僕は写真で顔を知ってるから逸仙さんだとわかったが、どうも驚いたぜ。応接間へ通されて一応は挨拶をしたんだが、どうも無頓着すぎてぜんぜん重みを感じない、僕はこの人があの孫文なのかと一瞬だが疑いもしたね。そんなところへ、洗面のお湯が沸きましたと女中が知らせに来た。逸仙さんは、しばらくご免くださいと出て行ったが、こんど現れた逸仙さんに、僕はびっくりしたな、きちんと頭を梳き、洋服を着込んで椅子に座ったところは、立派な紳士だった。

だけどな、僕は兄から、孫文という人は中国四百州、四億の民衆を率いてゆく人物だと聞いていたので、どうもそのような人物とは思えなかったね。それが、だんだん話を聞いていくうちに、これは、と思うようになったのだ。まず僕は訊いたね、孫さん、あなたの革命の主旨と、それを達成するための手段方法を聞かせてくれませんか、とな。すると孫文はおもむろに口を開いて話し始めたよ。

『政治の大原則は、人民みずから自分を治めることです。ですから政治の精神としては、共和主義をとります。いまの清朝は人民を愚人扱いして、人民から膏血をしぼりとるのが官僚の才能だとしています。その結果が、いまの中国の疲弊を招いています。こんな状況を黙ってみていられますか。だから私は、自分の能力をかえりみず決起したのです。私は短才浅知、革命などという大事業を担うほどの能力はありませんが、もう、他人の手を借りることができなくて、革命の先頭に立つ覚悟を決めました』

と、その情熱たるやすごかったな。それを聞いて僕はな、孫文の思想の高尚さ、その識見の卓抜さ、その抱負の遠大さ、そしてその情念の切実さに圧倒されて、すぐ孫さんに言ったよ、あなたのような人は日本にいない、恥ずかしながら日本人の一人として、あなたに協力は惜しみません。あなたは東亜の珍宝ですよ、と言ってやったんだ」

「それは、いつどこでのことですか？」

「えーと、横浜の陳少白さんの家でだったから、二年前（明治三十・一八九七年）の九月か十月だったな」

友次郎は息をのんで滔天の話に聞き入り、ついにその夜は小料理屋の二階に宿をとることになった。このことがあって、友次郎は二歳年上の宮崎滔天の盟友として、互いに強い絆で結ばれることになったのである。

その滔天から、唐才常の帰国壮行会の案内が届いたのは、十二月も押しつまったころだった。会場の芝紅葉館には、主催の梁啓超をはじめ、孫文も陳少白も、日本人では滔天を先頭に平山周、可児長一などの顔見知りが揃っていた。

唐才常は、康有為から数万両の軍資金を預かっていて、「正気会」を率いて清朝旧守派に戦いを挑むというのだった。革命派の孫文も旧態依然たる西太后の清朝を倒そうという正気会の戦略に共鳴し、いくらかでも加担しようという心づもりのようだった。

「唐先生、ご成功を祈ります」

盛大な会の終わり近くなって、友次郎はやっとそれだけを唐に告げることができた。

「剣禅さん、ありがとう、いつか北京で会いたいですな」

唐はそう言って、友次郎の手を固く握った。

唐才常を見送って、その感慨も消えぬうちに年はかわった。明治三十三（一九〇〇）年の幕が開いたのである。

友次郎の耳目に入ってくるのは、中国で義和団の運動が勢いを増している、という情報だった。

「義和団というのは、日本に楯突く集団だってな」

そんな評判も耳に入る。たしかに、ヨーロッパ列強の片棒を担いでいる日本は、「扶清滅洋」をスローガンにする義和団にしてみれば敵みたいなものである。が、今の友次郎は、そんな平板な評言に耳を貸すほど幼稚ではなかった。

いまや世界は、中国を舞台に激動の時代を迎えているのである。

そんな世界情勢を背景に、三月十日、日本では治安警察法が公布された。

治安警察法、その法の狙いは、大衆運動の弾圧にあった。社会主義者、民権運動家、そして大陸浪人と呼ばれる志士たちも当局から監視されることになったのである。

六　義和団事件

四月二十二日、義和団はついに北京に現れた。北京の西城に「電信・鉄道を破壊し、憎き洋鬼子を殺し尽くす」、という大きい看板が掲げられた。電信と鉄道は、列強の侵略の象徴であったからである。六月になると、各所で鉄道が破壊された。いずれも、義和団によるものであった。

六月十一日のことである、連合国軍二千の増援部隊を迎えに出た日本公使館書記杉山彬が、永宝門外で清国兵によって殺害された。この事件をうけて十五日、日本政府は義和団制圧のための派兵を決定する。十九日、西太后が列国に対し、北京から退去せよと声明を発し、翌二十日ドイツ公使ケッテラーが殺害された。その次の日の二十一日、清国はついに日本を含む西欧八ヶ国に宣戦を布告する。と同時に義和団を義民として清国軍の一翼に加えた。

七月に入ると早々、日本はイギリスの要請に応えて義和団鎮圧のための軍隊一万を派遣する。一方、広州の軍閥李鴻章は、清朝に加担するため北京に向けて出発する。

そんなあわただしい世情のさなか、中国に戻った唐才常は、正気会に加盟しようとする民衆を迎えて「自立軍」を編成し、その総指揮官となった。彼は、漢口を蜂起の拠点として、九月初旬の決起に向け着々と準備を整えていたが、八月十二日、湖広総督・張之洞の軍隊によって先制攻撃された。唐才常ほか二十名にのぼる幹部は捕えられ、十九日瀏陽湖畔でことごとく処刑された。処刑に臨み、唐才常は、「時局が日々に悪化してゆくのを救わんがため、皇上（光緒帝）をお守りして復権をはかったのだ。すでに事が露見したからには、ただ死あるのみ」と、昂然と言い放って刑場の露と消えた。

唐才常が処刑される前の八月十四日、列強八ヶ国連合軍は北京を占領し、拘禁されていた外交官など自国民を救出した。いまや危うしとみた西太后をはじめとする宮廷は、算を乱して脱出し、西安を目指して落ち延びていった。

着のみ着のまま、化粧をするいとまもなく北京を脱出した西太后は、八月二十日、連合軍に和を請うた。しかし、その四日後の二十四日、アモイ事件が勃発する。この事件は、アモイにある真宗大谷派の布教所が暴徒に襲撃されたというもので、日本は軍隊を派遣して暴徒を鎮圧した。しかし、この事件は日本軍が仕掛けたもので、少しでも義和団事件の実績を他国に喧伝しようとしたものだったという。

いずれにせよ、連合軍の北京占領によって義和団事件は終息した。「弾に当たっても死なない」というほどの信仰を背景に、西欧諸国の侵攻に抵抗した義和団だったが、やはり武力に差のある近代戦には敵わなかったのである。

「唐先生が処刑されたって?」

義和団事件の一部始終を知った友次郎は、肩を落として天を仰いだ。

七　恵州起義

暑い夏も終わり、十月になるとこんどは革命派が華南で蜂起した。恵州起義である。孫文は、この蜂起の資金を調達するため台湾に渡っていた。

もともと台湾総督府は、革命運動を援助すると約束していたので、孫文はその援助を受けるため台湾に渡っていたのである。ところが時の首相伊藤博文は、日本人が革命に加担するのを嫌い、援助の禁止を命じた。そのため、孫文が目論んでいた武器の調達ができずじまいになり、この蜂起、恵州起義は武力の差であっけなく敗れてしまった。しかし、鄭士良を司令とするこの恵州起義が、辛亥革命の第一歩となったのは事実である。

この起義に、一兵卒として加わった唯一の日本人山田良政が戦死する。のちの話であるが、山田良政の死を知った孫文は慟哭し、上野全生庵での追悼式に出席して切々たる弔辞を述べ、山田の郷里、青森県黒石市の菩提寺に、山田の事跡を刻んだ石碑を建てて彼を弔った。

恵州起義の失敗を知った友次郎は、矢も楯もたまらない気分に襲われたが、さて、どうすることもできず、折に会う同志と切歯扼腕するばかりだった。

師走の朝は寒い。昨夜の酒がまだ少し残っている。目覚し時計の音で飛び起きた友次郎は、急いで事務室へおりていった。

「昨夜はずいぶん遅かったですネ」

「うん、議論が白熱しちゃってな」

友次郎は、髭をなでながら賄婦の出してくれた朝粥をかきこんだ。

さて、と「萬朝報」を手にとって彼は息を呑んだ。孫文の台湾における武器調達失敗にからむ事実が、暴露されていたのである。「進歩党の煽乱家中村弥六の行為」という見出しで、中村の非行が暴かれていた。十二月三日の朝刊である。

萬朝報の報道はさらに続く。五日には、「中村の証書偽造　清国亡命客孫逸仙らの憤激」、八日には、「中村弥六の反省を促す　弥六の偽造せし証書」という具合だった。

「おい、宮崎滔天だがな、あいつ、こんどの恵州起義で大儲けしたっていうぞ」

「なに！　失敗で大儲けしたって？」

「そうよ、あの中村弥六と結託して武器調達の上前を撥ねたんだそうだ」

気のおけない同志の忘年会の席上、飲むほどに酔うほどに、恵州起義の失敗が話題の中心になるのだった。

「滔天さんとあろう者が、そんなことするわけがなかろう」

多少の怒気をこめて、友次郎が反論する。

「人間、欲には勝てんからな、滔天とて一介の匹夫だ、わからないぞ」

擁護する者、指弾する者、革命の本義を離れて議論はエスカレートする。

市井の志士のそんな憶測とはべつに、当の滔天は十二月十一日、犬養邸で孫文とともに事件について協議していた。

「フィリピン独立派から武器の譲与を受けたのは、全く正当な取引きです。その輸送を請負った中村が故意に業務を怠り、私腹を肥やしたというのは紛れもない詐欺罪です」

と、弁護士が意見を述べた。中村を推薦した犬養は、渋面をつくって困惑している。この三人の協議は、結局、弁護士の意見に従って中村を告訴することになった。

翌十二日、萬朝報は「弥六に対する制裁を求む」と、犬養邸での情報を流し、十四日には「弥六の詐取金額」の見出しが紙面におどった。

十二月二十三日、滔天は横浜・山下町一二一番地に孫文を訪ね、仲裁案として中村弥六の弁償いかんによっては、この事件に終止符を打つのはどうかと、協議した。

「弁償が、こちらの損害に対して余りに過小だったら告訴しよう」

と決めて中村と交渉した結果、十二月二十八日、中村が時価二万円相当の邸宅を処分して孫文に弁償するということで、この事件は落着した。

明治三十四（一九〇一）年の松も明けたある日、友次郎は滔天の来訪をうけた。おめでとうという年頭の挨拶もそこそこに、友次郎は滔天を馴染みの小料理屋へさそった。

「小室君、参ったよ」

いつもの豪快さに似ず、滔天はいささかしょげかえっていた。

「暮に、逸仙さんの使いで上海へ行ったんだが、その留守中に、僕が中村弥六から何千円もの金をせしめたという悪評が立っていると逸仙さんから聞かされたんだ。その逸仙さんに、心を大きく持って悪評を流している者たちに怒りの鉾先を向けないように、と諭されてな、そんなこと事実無根もいいところよとこっちは大笑いしたんだが、どうもどっか引っかかるところがあってな、次の日、犬養先生を訪ねて収まり切れない胸のうちを打ち明けたんだ。先生は、僕を見て幽霊が来たって大笑いさ。そして、同志間で悪口を言い合うのは感心しない、どうだ、皆で集まって酒でも呑んで話し合えよ。座敷はわしが貸す、肴だって用意するさ、といって頂いたのさ。その会が十五日と決まったんだ。剣禅さん、出てくれよ」

「その評判なら聞きましたよ。どうも世の中には鼻持ちならねえ奴がいるもんだ」

そいつは一体誰なんだと、友次郎は思い巡らした。

一月十五日の犬養邸である。滔天はじめ、平山周、内田良平、清藤幸七郎、可児長一、そして友次郎ほか数人の錚々たる同志の顔が揃っている。

宴の始めに、犬養が先ず口を開いた。

「会って話をしなければ、いつか互いの意志も食い違ってしまう。そこでこの会は、そうならないために、旧交を温めようとするものだ。飲みかつ談ずれば互いの誤解も解け、結束も固まるだろう」

犬養木堂を囲んでの会は、はじめ和やかに進んでいた。時折、木堂夫人も顔を出して若い連中に酌をしてくれたりする。その宴がだいぶ進んだところで、内田良平が滔天に話しかけてきた。

「背水（中村弥六の号）事件は決着したようだが、事件の詳しい経過を聞かせてくれよ」

「それはまあ、すんだことだから……」

滔天は口を濁した。

「それでいいのか、おい！」

内田が声を荒げる。

「内田君！　今夜は木堂先生のお心遣いで、同志結束の宴だ、未来を語ろうぜ」

友次郎が、内田に徳利を差し向ける。その徳利を払いのけて、内田はさらに滔天にくってかかった。

「貴様は背水の一味だろう、そうでなかったら、なぜ背水を殺さなかったんだ！」

内田の剣幕に滔天は背をかがめ、頭を垂れた。それというのも、この席が犬養先生の温情によるもので、こんな神聖な席を汚してはならないと胆に銘じていたからである。

「おい、もういちど聞くが、背水から幾らせしめたんだ？」

内田が恫喝する。

「そう疑うのは君の勝手だがな……」

「だったら、背水を殺せ！」

「そんな過激なことできんぜ」

「この野郎、ぶん殴るぞ！」

ここにいたって、滔天の腹は煮えくり返った。

「殴る？　よし、殴ってみろよ」

二人のあいだは、険悪になっていくばかりだった。

「おい、お二人とも止せよ、こんな子供の喧嘩みたいなこと、みっともないだろ」

友次郎があいだに入ったが、内田良平の眼はぎらぎら光るばかりだった。

「おい、殴らないのか」

と、こんどは滔天が挑発した、その瞬間だった、内田は手練の早業で小皿を滔天目がけて投げつけた。ぎゃっ、という悲鳴と同時に滔天の額から鮮血がほとばしった。

「内田君、なにするんだ！」

友次郎が、内田を押さえつけようとするいとまもなく、宴席は修羅の巷となった。滔天が立ち上がって内田に掴みかかろうとする、それを押しとどめる者、もう一皿投げつけようとする内田、その彼を羽交締めにして畳に押しつける友次郎、その友次郎を引き剥がそうとする者、もう、宴どころではなかった。

「だれか、医者を呼べ！」

滔天は、両腕を抱えられて別室に運ばれた。その間中、友次郎は内田を畳に押さえつけていた。

こんな光景を、犬養木堂は目を細めて眺めていた。友次郎と内田の寝技を楽しんでいるように、盃を口に運んでいる。

——若いもんの修羅も、たまにはいいもんだ、この覇気が新しい時代を築く源になるのさ……とでも、言いたげだった。

幾日かの後、友次郎は上野不忍に滔天を訪ねた。

「あら、剣禅さん」

この家の主、留香が素頓狂な声をあげて友次郎を迎えた。出てきた滔天は、顔半分に包帯を巻いている。

「面目ない」

「傷はどうだい?」

「医者の言うには、骨はなんともないからすぐ良くなるそうだ。それにしても、貴公が内田を押さえてくれなかったら、第二の皿が飛んできたか知れなかったぜ。それをまともに受けていたら、この僕の脳は微塵になっていただろうな」

「滔天さんの額はそんなヤワなもんじゃないとおもうが、いまの傷だけですんだのはなによりだった」

「木堂先生には、しばらく表に出るなと言われてな、僕もそうしようと思う。同志のあいだだ、すぐ仲直りできるさ、と先生は言ってくださった」

「ま、いっときの激情は誰にもあるもんだ。いまは傷を治すのが第一だぜ」

そんなところへ、留香が酒肴を運んできた。芸妓・留香は、ちょっとばかりほつれた鬢を掻きあげ、友次郎に酌をする。袖口から漏れる白い腕、宴席ではけっして見せない憂い顔、それはまぎれもない魔性の美しさだった。留香の注いでくれた酒をぐっと呷りながら、友次郎は包帯姿の滔天を眺めやった。

この髭面の巨大漢のどこに女を惹き付ける力があるのだろうか、女房子供を九州に放ったらかして、東京で芸者の居候になっているこの現実、留香は滔天の貧窮を見かねて、あなたの一人ぐらいなんとでもなるわよ、と自分の家へ引き込んだのである。

「留香さん、滔天さんを頼むよ。また金ができたら座敷に来てもらうけどな、今日のところは包帯代の足しでかんべんしてくれ」

玄関先まで送りにきた留香に、十円札一枚を渡して友次郎は路地を出た。

不忍池は寒々としていた。人影も疎らで、賑やかなのは池に遊ぶ鴨の群ばかりだった。


鮮血のほとばしった犬養邸での事件から、わずか半年ののちに内田良平は政治結社「黒龍会」を創立した。

「内田君も、いよいよ世界へ乗り出すか」

新聞でそのことを知った友次郎は、あらためて、滔天と内田の辿るであろう道の行く末に思いを馳せた。一方は世間から身を引こうとしている、もう一方は世間に打って出ようとしている、どちらも志士なのに、どうしてこうも違っていくのか。

――「俺は志士面を振りかざして、世間をわがもの顔に渡ってきた。が、それはみんな世間様のお情けだったんだ。木堂先生に、生半可な中国情勢を説いて、そのお情けで何千円もの資金をいただいて中国を闊歩し、その金を使い果たして帰ってからは、留香に食わして貰っている。これは志士たる者の特権だと自負していた。俺のこんな傲慢を、内田が打ち砕いてくれた。金に執着する不徳漢、悪徳代議士中村背水の一味と指弾されて、金の恐ろしさを知った。これからは、どんなときでも自分の稼いだ金で、生きなければならんと胆に銘じたよ」

あるとき滔天は、しみじみと述懐した。

「滔天さん、それは場合によるってものだ。政治の思念から調査費を国からせしめて遊ぶのも、惚れてくれた女から貢がれるのも、志士たる男の魅力っていうもんだぜ」

「そう言ってもらえるのは有難いが、俺はいま、誰からも後ろ指を差されんような者になる覚悟を決めたんだ」

「というと、どんな覚悟だい？」

「自分の特技を生かして稼いだ金で、逸仙さんの革命の後押しをしようとな」

それを聞いて、友次郎は唖然とした。この滔天さんに文筆の才はともかく、革命の他にどんな特技があるんだ？　が、まあそれはいい、滔天さんと一蓮托生と決めたんだから、こちらも力にならなければならんと思いあたった友次郎は、僕もできる限り協力は惜しまないぜ、と、どこかで吐いた文句をもういちど吐いた。

九月になった。義和団事件にかかわる損害賠償をめぐる交渉が、日本を含む列強八カ国と清朝のあいだで始まった。そして七日、「北京議定書」が調印された。いわゆる辛丑条約である。

この条約の内容が明白になるにつれて、市井では轟々たる非難がわきあがった。一万という列国一の兵を出した我が国の賠償が少なすぎる、というのである。結果的に、日本の賠償分配金は三千四百七十九万両という、全体の一割にも満たない額に落着くのだが、それは翌年六月のことである。

十二月十五日、赤城颪の吹きつける犬養邸に、当主と孫文、滔天、友次郎の四人が鳩首談合していた。話し合いの中心は、康有為らの保皇派とどう歩調を合わせるか、ということだった。

唐才常の蜂起が失敗し、康はカナダに逃れているのだが、清朝を立憲君主国として立て直そうと主張する保皇派は、華僑の富裕層から絶大な支持を受けて、政変の機を耽々とねらっている。

「保皇派は、これまで以上に支持者が増えているそうだな」

「清朝の甘い汁を吸っている連中は、アメリカやヨーロッパ、東南アジアにまで進出していますからね」

「孫君、この現実をどうみるね？」

犬養が孫文に問いかける。

「現実は現実として、認めねばなりません。しかし、この現実を許容するわけにはまいりません」

いつもの柔和な顔を引きつらせて、孫文が決然と応える。一瞬、沈黙が流れた。

「孫先生！」

にわかに友次郎が口を開いた。

「孫先生、先生が清朝にかわる新しい民主主義国家を建設するのだというその思想が、日本の朝野にはあまり知られていません。これは私の実感です。そこで先生、先生の思想的立場をはっきり表明することが、保皇派とどう対応するかというよりさきの、重要な問題だと考えます。先生、いかがですか」

これを聞いて、孫文は大きく頷いた。

「そうだ、そうですね、私たちの立場をはっきり世間に広めて、支持を獲得するのが先決でした」

この席の議論は、これが結論になった。

友次郎の提言をうけた孫文は、すぐ執筆にとりかかり、「支那保全分割合論」を脱稿すると、留学生の雑誌『江蘇』第六号に発表した。この論文は、留学生だけでなく、日本人の間にも大きな反響を呼んで、革命派を支持する者が増えるきっかけとなった。

八　牛右ヱ門誕生

年が明けた明治三十五（一九〇二）年一月三十日、友次郎は『二六新報』を見て目を瞠った。白浪庵滔天の筆名で〝三十三年之夢〟の連載が始まっていたのである。第一回は〈半生夢さめて落花を思う〉と題され、次のように始まっていた。

「響なば、花や散るらん吉野山。さりながら、誘う風にも散るものを、何ぞひとり鐘撞坊主の心なきをのみ恨むべけん。咲きそろう梢の花を、白雲と見て喜ぶものあり、散りゆく狂花を白雪と見て楽しむものあり、十人十色、人おのおのその心によって情を異にす、ただ花無心にして、これに関せざるのみ。余や、それ花とならんか」

――花となる？　友次郎は、顎を撫でた。

「花や可なり。観を白雲ときそう梢上の花となるも可なり、皎を白雪とあらそう狂花となるもまた可なり。ただ余においては、これみな過去の一夢想に属す。あにこれを再びすべけんや。余や、泥土にまみれる落花とならんかな」

――なに、泥土にまみれる落花だと？　友次郎は、柔道仲間の一人を思いうかべた。その男は、華奢な体型に似ず、立居振舞いはあざやかだった。投げ飛ばされて立ち上がるときの身のこなしは、猛者連の目を引いた。その男は、能楽師のはしくれだと自分で名乗っていた。彼は友次郎に襟首を掴まれながら、いささかも動じるふうがなかった。やっ、とばかり友次郎に投げ飛ばされても、すぐ、きりっと立ち上がった。

「能の芸というのは、花なのです。師匠にそう教えられています」

彼は、小さい手本を見せながら言った。手本の表紙には、『風姿花伝』とあった。それをいま、友次郎は思い描いているのである。

〈半生夢さめて……〉はさらに続く。

「ああ、半生夢さめて落花を思う。すなわち鏡に対して一笑していわく、君の容貌一癖ありそうにして、しかして何ぞ意気地なきの甚だしきや、君の風骨英霊なるが如くにして、しかしてその手腕なんぞ鈍なる、君の体躯いたずらに長大にして、しかしてその心なんぞ豆の如くなる、君の行為不羈磊落なるが如くにして、しかしてその情なんぞ婦女の如くなる、君はこれ、ついに天下の不英雄なり。ああ不英雄なるかな、天下の不英雄、君と我とのみ。ともに歌わん落花の歌、ともに奏せん落花の曲。武蔵野の花も折りたし、それかとて、ああ、それかとて……」

——ともに歌わん落花の歌ってなんだい、どうも滔天さんらしくないな、と思いながら友次郎は事務所へ足を運んだ。事務所で今日の仕事の手配をすませると、上野不忍へ向かった。今日の留香の家は、どうしたことか堅く錠がかかっていた。

事務所へ戻った友次郎は、もういちど『二六新報』に目をやって、女事務員に声をかけた。

「この記事は毎日載るから、忘れずに切り抜いておいてくれたまえ」

明日から友次郎は、箱根の現場に出る予定になっていた。

暖かい日と肌寒い日が、交互にやってくる四月になった。山麓の桜は散っていたが、中腹は盛りだった。そんなある日、友次郎は箱根の土産を持って留香のもとを訪れた。玄関が開いて出てきたのは、留香ならぬ、その母親だった。

「滔天さんいますか?」

「ああ、あのヤクザっぽ、もういませんよ」

「えっ?」

「せんだって出て行きましたよ」

留香の母親は、弾んだ声で言った。よくよく聞いてみると、なんでも滔天はなんとかいう浪花節語りの弟子になって出て行ったというのである。

「娘のおかげであたしは大苦労でしたよ。ああ、さっぱりした」

そんな恨みとも喜びともつかぬ声を背に、友次郎は踵をかえした。そうか、滔天さんは浪花節語りになって金を稼ごうとしていたのか、といま思い当たった。

〝三十三年之夢〟は、六月十四日の紙面をもって完結した。切抜きを読み返しているうちに、〈経綸画策ことごとく破る〉の項に目がいった。

「……母と妾と二人暮しなれば、来たりてひそみたまうに便ならんと。余、その意に従い、はじめて芸者の居候となる」

このくだりを読んで、友次郎は滔天と留香とのいきさつをはじめて知った。そのあとに続いて、あの犬養邸の惨劇がつづられている。それはもう、友次郎の体験そのものであった。

「おい、アヤ、誰か呼んでくれ！」

アヤに呼ばれてやって来たのは、一太だった。

「一太、たのみがある、髭の滔天さんが浪花節語りになったんだが、居所がさっぱりわからんのだ、仕事はいいから滔天さんの居所をさがしてくれ」

へえ、と二つ返事で一太は出て行った。そばで聞いていたアヤが問いかけた。

「あんた、その人、なんとかいう芸者の家にいるんじゃないですか？」

「それがな、芸人になるといって出ていったというんだ」

「まあ！」

アヤは目を円くした。このアヤ、押しかけ女房のつもりで、友次郎がこのごろ借りた矢来町十番地のこの借家に転がり込んで腰を据えたのだった。滔天という人は女の家から出て行ったのに、あたしはこの男の家に転がり込んだ、変な話、と彼女は頬をゆるめた。

「大将！」

一太が勢いよく飛び込んできたのは、三日ほどしてからだった。

「トウテンさんとかいう人、芝愛宕下の桃中軒雲右エ門という浪花節語りのところにいますが、今はあちこち地方巡業に出ているということです」

その報告を聞いて友次郎は、驚くとともに安心した。一太の言うあっちこっちというのは、川崎や横浜の場末の寄席であることがだんだんわかってきた。八月の横浜長島町の田中亭が初公演だったらしいが、いわゆるニッパチの不入りで、実入りどころか懐銭を出す始末だったという話も伝わってきて、友次郎は苦笑するばかりだった。

そんなところへ、桃中軒牛右エ門東京公演の案内が舞い込んだ。十月一日と二日、神田錦輝館でお披露目の公演があるというのである。

この公演は、〝三十三年之夢〟がこの八月に一冊の本となって公刊された、その出版記念を兼ねているという触れ込みだった。勧進元は出版社主清藤幸七郎、宣伝もよく効いて錦輝館は三百人を超す聴衆で埋まった。

友次郎は裏から手を回した特等席に、一太ともう一人の乾分二人を従えてどっかと陣取った。

この公演に師匠の雲右エ門は出演していなかったが、門下の風右エ門、筑前琵琶の森呑海などという、ある程度名の知れた芸人が賛助出演していた。呑海の「那須与一」が終わって、いよいよ真打滔天の登場である。

滔天が、黒紋付に身を包んで登場した。場内は拍手やらヒョーという口笛やら、牛右エ門！という掛声で沸きかえった。友次郎は二人の乾分に、精一杯応援しろよと命じておいて、自分は懐から二合壜を取出してちびりちびりやり始めた。

「やアッはっ、はァー」と曲師の掛声があって、三味線が奏でられる。出はここだっと客は固唾を呑む、が牛右エ門の声は出ない。曲師の掛声が五回目になってようやく「こ、ここは――」と、およそ三味線に合わないドラ声がひびきわたった。客席からは、どっと拍手と笑い声が起こる。

「よッ、牛さん！」

友次郎も、ドラ声に呼応した。

プログラムにある「慨世危譚」は、滔天の創作浪曲で、アメリカ大陸に侵攻してきたヨーロッパ勢に土地を奪われたインディアンの抵抗を描いた、いままでの浪曲にない新機軸の演目だった。

四十分に及ぶ浪曲が終わると、場内は割れんばかりの拍手に包まれた。演じ終わった滔天は、客席に向かって深く頭を下げ、さて、立上がろうとして立上がれず舞台に転がるという失態を演じた。これがまた、客席に爆笑を呼んだ。

幕が下りる。友次郎は滔天の失態に腹をよじらせながら楽屋へ向かった。

「牛さん!」

友次郎の呼びかけに、滔天は我にかえった。

「よう、剣禅!」

と返事はしたものの、彼はどうしていいかわからないらしかった。社主・清藤幸七郎をはじめとする記者連中に囲まれて、おどおどするばかりだった。そんな、およそ浪人らしくない滔天に、友次郎はますます惚れ込んでいった。

このお披露目興行は、ジャーナリズムの後援もあってまずは成功だった。

「滔天さん、これからは牛さんと呼んでいいかい?」

「いいともよ、ウシでもギュウでも、好きに呼んでくれ」

こんな二人の会話は、新聞記者や写真撮り(カメラマン)の右往左往するあいだの、ほんの隙をみての問答だった。

十月三日の読売新聞には、「白浪庵滔天は新体浪花節桃中軒を組織し、十月一日、二日にわたって興行せしが、牛右エ門の『慨世危譚』は演説口調の割鐘の如き音声、それはとても嫋々たる三味線の音に合わず……」と書かれ、勧進元の二六新報も、牛右エ門の芸評に、「滔天その人の理想を講ぜしが、聞く者にはよくわからずじまいとなるは甚だ遺憾であり、要するに浪花節語りとしては、半端でしかなかった……」と、書かざるを得なかった。

九　易水社

夜の神田の街を、傍若無人な一団がのし歩く。いわずと知れた、牛右エ門一座、称して「易水社」の面々である。飯屋の二階に陣取って、打ち上げの宴が始まった。集まる者は出演の芸人、それを取巻く野次馬記者、それに加えて友次郎をはじめとする浪人連中とその乾分ときては、宴は盛り上がる一方だった。このときのありさまを滔天は、「客は過分に来てくれたが、社中が酒を飲みながらの木戸番で、勘定合って銭足らずの始末なり。（軽便乞丐）」と書いている。

「牛さん、俺も易水社に入れてくれよ」

滔天一座が易水社と名乗っていたことをはじめて知った友次郎は、酒の勢いもあってそう申し入れた。

「剣禅さん、そう言ってくれるか、ありがたいな、じつはな、社の者に社長、社長とおだてられてここまでやってきたが、もう飽き飽きしてるんだ」

「そんなこと言わんで、桃中軒牛右エ門の易水社を世に出そうぜ。それが逸仙さんへのなによりの餞だ」

餞と聞いて、滔天ははっと牛右エ門になった初心を思いかえした。

「よーし、やるぞ！」

滔天こと桃中軒牛右エ門は、例のドラ声を張り上げた。

宴果てて、牛右エ門を囲んだ刎頚の輩は、昔なじみの塒、対陽館に転がり込んだ。もちろん友次郎もその一員だった。

一夜明けて夢が覚めてみると、河原乞食と蔑まれる浪曲師の前途は、そう明るいものには見えなかった。

「牛さん、牛さんが浪花節語りになるのを、ツチ子さんはどう思っているだろうな？」

「ツチか、ツチはそんな河原乞食になるより孫文さんといっしょにアメリカでもどこへでも行って、革命のお手伝いしなさいよ、それなら私は何年でも待つわよと言って、九州へ帰っちまったよ」

「俺も、ツチ子さんの言い分には賛成だ」

「いや、俺は俺の道を行くと決めたんだ、そうするより他に道はない！」

滔天の決意は固いようだった。それならと思い直した友次郎は、彼に言った。

「牛さん、寄席の案内、忘れずにくれよ」

そう言って友次郎は、滔天の手に何枚かの十円札を握らせて別れた。それからの友次郎は、欠かさず新聞に眼を凝らしたが、牛右エ門の記事は見当たらなかった。

ぐっと寒さが増した十二月の半ばだった、珍しく滔天から葉書が届いた。そこには、年越しも覚束なく、幾ばくかの金子拝借いたしたく……、と認められていた。さっそく友次郎は、ありったけの札を懐に対陽館へ急いだ。

「牛さん！　金は用意したぜ」

「剣禅さん、すまん」

滔天は、その柄に似合わず、ぐっと首をすくめてかしこまった
二人は、ここ対陽館はかかりが嵩むんで、どこか安い宿を探そうということになった。宿探しは友次郎が請負い、滔天は寄席の出演に励むことになった。

「一太、場末でいい、安い家を探してくれ」

「へい、かしこまりやした」

一太はすぐ飛びだしていった。一太が探しあてた宿は、東海道筋・鈴が森の一角の小さい借家だった。六畳二間に勝手付きというその借家は、障子を開ければすぐ前は海という絶景といえば絶景を備えた恰好の塒だった。

師走の一日、大森・鈴が森の埒に易水社の面々が顔を揃えた。縁側の障子を開けると思いのほか暖かい海風が吹き込んできた。

「市中には少し遠いが、景色はいいし、街道筋だから駅馬車もあるし、しばらくここに腰を据えることにしようぜ」

面々に異存のありようはなく、ここが新しい梁山泊になった。友次郎も折りにふれてはここに足を運び、無頼の宴に加わった。

「剣禅師……」

と、ある日友次郎は滔天に手招きされた。

「じつはな――」

滔天は少し口を濁しながら、じつは柿沼とよという愛人ができたのだと告白された。とよは、雲右エ門一座の下役で、座員の面倒をみている女だという。

「とよはもともと武家の出でな、俺が九州荒尾の郷士の出だということでウマがあって、いつの間にかこれよ」

滔天は右手の小指を立てて、ギョロ眼を細めた。そんな告白に、友次郎は少しも驚かなかった。自分にも押しかけ女房がいるんだからな……。

「牛さん、それもいいことよ、今夜は俺が奢るから品川宿へでも行ってみようや」

品川宿は、街道筋の宿場町であるが、一面では遊郭街だった。

「ここは、あの維新の志士連中も足繁く通ったというぜ」

友次郎は、どこかで仕入れたそんな話を披露した。

その年の暮、友次郎は滔天とともに大森の借家で越年した。

明治三十六（一九〇三）年、友次郎は三十歳になった。

正月の初め、犬養邸の恒例の新年会で、一年ぶりに顔を合わせた滔天と内田良平は、木堂の取り成しと、「よおーっ」という音頭で和解した。これで去年の乱闘事件の決着がついた。そうなると志士は志士同士、良平はすぐ滔天の公演を主催することになった。市場亭での公演は、盛況のうちに幕を閉じた。

「これでご両所の固めができたな」

友次郎が両者の間に入って、手を握り合った。

「支那ではな、興中会の連中が広州で旗上げしようとしたんだが、密告されて失敗に終わってしまった」

そんな情報を良平が伝えてくれた。

第四章　革命軍事学校

日野熊蔵

一　拒俄運動

「拙宅へお越し願いたい」という犬養木堂からの書信を受け取ったのは、残暑の酷しい八月二十一日のことだった。

この年の三月にあった第八回衆議院議員選挙に当選した犬養は、ますます政界に重きをなすようになっている。いったいなにごとなのか、と訝りながら友次郎は指定された二十五日の夕刻、時を違えず犬養邸へ向かった。玄関で案内を乞うと、ひょこひょこ出てきたのは、ほかならぬ犬養木堂本人だった。

「よう、小室君、久しぶりだな」

木堂は相好をくずして、友次郎を迎えた。応接間へ通されてみると、そこにはなんと孫文がいるではないか。

「逸仙先生！」

友次郎は思わず叫んだ。そしてもう一人、小柄だが眼光の鋭い一人の陸軍軍人がかしこまっていた。

「小室君、日野熊蔵君だ」

木堂に紹介されて、二人は互いに頭を下げた。

「じつはな……」

と、木堂が語り始めた。

「君らも知っとるだろうが、この春頃から留学生のあいだに拒俄運動が起きておる……」

拒俄運動というのは、満州に侵攻してくるロシア軍を排除しようという、いわば「反ロシア運動」だった。四月二十九日、留学生たちは「拒俄義勇隊」という組織をつくって、反露宣伝をくりひろげた。この運動は、忽ち清朝の要請による日本の官憲によって弾圧され、「軍国民教育会」などと名を変えてなんとか取締りを逃れようとしたが、結局、三カ月も持たず消滅の運命をたどった。

「留学生たちは、日本の教育制度の普及や、子供たちにまで滲みこんでいる愛国心を目の当たりにして、中国には国民はいない、少数異族に支配されている無数の奴隷がいるばかりだという認識に至ったのです」

重々しく孫文が口を開いた。

「運動に加わっておる学生たちは、弁髪を帽子にかくして、一回三十銭の身銭まで切って射撃場に通っておる。そんなところへこの七月、ベトナムから日本へ戻った孫君が、そのことを知って、これは軍事教育もゆるがせにできんと考え、わしに相談を持ちかけてきなすったのだ」

ここで木堂は、友次郎と熊蔵にじっと視線を向けた。

「革命には、やはり軍事が欠かせないことを知りました」

孫文が言う。

「孫君、そのとおりだ」

「日本の士官学校には官費留学生しか入れないのですが、軍事教育を受けたいという私費留学生が私の身辺に沢山いるのです。その者たちのための軍事学校を創りたいのです」

孫文は木堂に向かいながら、じつは二人に訴えかけるように言った。

「お二人、わかったかな」

木堂が言う。

「軍事教育と申しても、私にできるかどうか見当がつきませんが……」

「小室君は武芸者じゃろ、その精神を教えればいいだけさ、な、孫君」

孫文は、大きく頷いた。

一方の日野熊蔵は、鋭い視線を孫文に注いでいた。

二　日野熊蔵

陸軍歩兵大尉日野熊蔵は、熊本県人吉の出身で、二百石取りの武家の家に生まれ、長じて熊本英学校に学んだ。その頃から天才の誉れ高く、早くから発明家としての才能を現していたという。その後、陸軍士官学校に入り、明治三十一（一八九八）年、陸軍士官学校第十期の歩兵科三百六十六人中、十番という成績で卒業した。そして五年後の今年五月、兵器の研究を主任務とする陸軍技術審査部に登用された。

「日野君はどうだね」

木堂が訊ねる。

「去年、北京に駐在したのですが、そこで見ましたのは、彼の国の名状しがたい世情の混乱でした。こうして先生に孫文さんを紹介いただいたのも、滔天さんの、なにかの導きでしょう。よくわかりました、孫文さんにご協力できますのは名誉なことです」

熊蔵は、この決意を英語で披瀝した。

この約が成ったあと、孫文は芝の対陽館に軍事学の習得を熱望している留学生を集めて軍事学校創設の次第を説明するとともに、この学校の校則ともいうべき四ヵ条の誓約の署名を求めた。

その誓約は、一に『駆除韃虜（満人を追放する）』、二に『恢復中華（漢人による中国を回復する）』、三に『創立民国（新しい民主主義国家を創る）』、四に『平均地権（国土を国民のものにする）』というものだった。

この誓詞に署名したのは、十四名の私費留学生だった。この十四名の中には、のちに広東都督となる胡毅生、広東銀行頭取となる李自重、法律学校長となる区金釣などがいた。

学校といっても新しい校舎を建てるわけではない、学生になる者が金を出し合い、犬養や孫文も資金を拠出し、あとは有志の寄付に頼るというものだった。それでも、友次郎と日野の尽力で牛込に一軒の家を借りることができた。当時、日野は牛込・矢来山里町九番地に住んでいて、そこから砲兵工廠に通っていたし、友次郎の寓居も同じ矢来町である。

開校式は暑い日だった。横浜から孫文も駆けつけ、祝辞とともに先の四大綱領の実現を誓い合った。そして校長に日野熊蔵、助教に小室友次郎、数学教師に翁浩という「革命軍事学校」が発足した。

「小室さん、年下の私が校長とはちと面映いのですが……」

「大尉！　なに言うのですか、この学校の要は逸仙先生のあとを継ぐ若者を育てることです。大尉は正真正銘の陸軍大尉で、実戦の経験もある。校長には大尉しかいませんよ」

かたわらで孫文が微笑んでいる。

「大尉は軍事の専門家、私は武術の専門家、そして学生さんは革命の専門家になるんだから、みんな一心同体ですよ。でも、大尉は第一線部隊、私は後続部隊だ……」

アッハッハーと、友次郎はなんのわだかまりもなく笑いとばして、熊蔵の手を握った。

それでは、というので役目は決まった。

「剣禅さん、それはそれでいいのですが、学生たちの手前、やっぱりなにか欲しいですよ」

「逸仙先生がそうおっしゃるなら、私は退役陸軍少佐とでもいうことにしましょう。それなら大尉との年の差も目立ちませんからね」

こうして友次郎は自称、陸軍退役少佐ということになった。

実際の彼は、かつて士官学校を志し、なんどか受験したが、ことごとく落第してしまっていた。

革命軍事学校の日課は、昼間は一般の学問と日本語を自習し、夕方からが軍事学専門の時間だった。それというのも、昼間は正規の学校で学んでいる者もあるし、日野も友次郎も仕事の都合があったからである。

軍事教育は、日野が兵学や戦術を教授し、とくにボーア人が用いた散兵戦術やゲリラなどの夜襲作戦に力を入れた。友次郎は、主に軍人精神と武術を伝授した。また、兵器学や爆薬の製造法などの授業もあり、こちらは日野と友次郎が共同で担当した。

教師三名、学生十四名という小さな学校だったが、教えるほうも教わるほうも、その意気込みは凄まじかった。二週間も経つと、友次郎の剣の気合に真っ向からかかってくる者まで現れた。

「剣禅さん、どの顔も澄んでますね」

「まったくだ、大尉！」

学生一人ひとりを見ながら、二人は語り合った。

「ところで大尉、大尉は鉄砲の研究をしてるそうですね」

こんな話に始まって二人のあいだには、今、熊蔵が研究中の新式銃をなんとか事業化したいものだ、という合意が醸成されていった。

第五章 「小室銃砲製造所」

專賣特許七一六五號

小室自働拳銃要義
(一名日野式)

大日本東京府下豊多摩郡西大久保南裏

小室銃砲製造所
電話番町(千十五番)

銃砲火藥商 小室健次郎

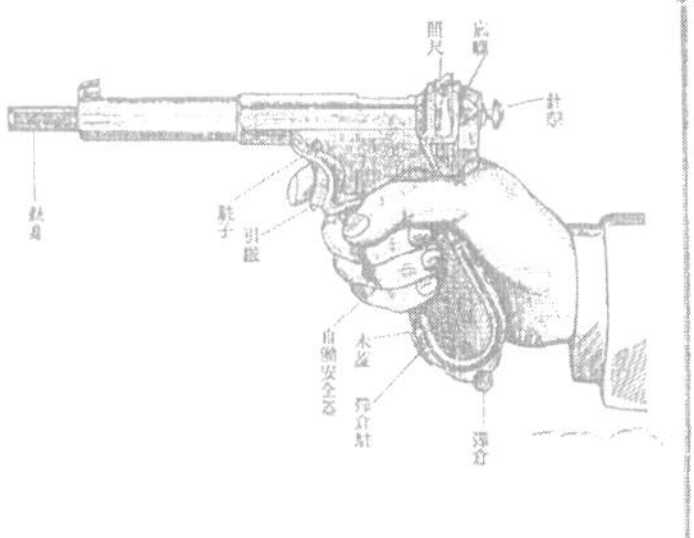

計數大要

口徑	五密米突	乃至八密米突
彈數	八連發	乃至十五連發
射程	貳千米突	
全長	十五糎	乃至貳拾七糎五
照尺	壹千米突	
便徹	松板八糎米	乃至三十二糎米
部具類	二十四個	

定價

壹挺		金四拾五圓
最小口徑	壹挺	金參拾五圓
彈丸	壹百發	金六圓
革嚢	壹組	金貳圓七拾五錢

小室式辞自動拳銃

一　工場成る

　牛込矢来町三番地の「小室組東京事務所」は、緊張に包まれていた。

「友次郎、この鉄砲というのはどこが新しいのだ」

　友次郎の拡げた設計図を凝視しながら、清五郎が問いかけてくる。

「銃身が前走式といって、撃ったあとの反動が少なくて、命中率が高いところです」

「それだけで売れる商品になるのか？」

　こんどは兄の健次郎が聞く。売れる売れないは、正直なところやってみなければわからないところであるが、兵器廠の気鋭将校日野熊蔵の設計とあって、陸軍にも採用されるのではないかと友次郎は踏んでいる。

「鉄砲などという物騒なものが、これからの世にどうしても必要なのかなァ」

　清五郎は、このごろ使い始めたダイナマイトという、掘削に欠かせなくなった爆薬のことに思いをめぐらせた。

「父上、いまロシアがさかんに満州に入り込んでますが、これは只事じゃないですよ。支那の留学生たちも、これではアジアが危ないと気がついてロシア追い出しに懸命です。そのロシアは日本にも、通商や外交で無理難題を吹っかけてきています。政府でも桂総理を中心に、どう対応するか議論しているようですが、これは遅かれ早かれ戦争になります。戦争となれば武器、武器といえば鉄砲です。父上、これはいい商売になります」

そうまくし立てた友次郎だったが、もちろん確信があってのものではない。

「友！　お前の言うのももっともかもな、土木請負ばかりじゃ先も知れている。新しい仕事を始めるのも、いいかも知れないな。お前の話を聞いているうちに、俺も鉄砲造りが面白くなってきた」

そう言った兄健次郎の口調は、少し興奮していた。

「健次郎、そんなこと言っていいのか？　鉄砲工場を建てるといえば、生半可な金じゃすまないぞ」

「父上、そこですよ、なにごとも腹をくくってやれば大丈夫です。な、友次郎、俺は賛成するから、お前はその日野大尉という人とじっくり研究してくれ」

父の清五郎は、まだ半信半疑だったが、いつのまにか総領の健次郎が気乗りなら、いずれ遺していく財産だ、ならば総領に任せるか、という気になっていた。

「父上、兄さん、そろそろ学校へ出なければならない時間なので……」

友次郎は柱の時計を見上げながら、おずおずと口を開いた。

「健次郎、友のやつ、学校とかなんとか言ってたが、それはいったいなんのことだ？」

「なんでも、支那の留学生に柔術や剣術を教えていると聞きましたが……」

こちらは友次郎である、どうやら父や兄を説得して工場を建てられる目途がついたので熊蔵に会うのが楽しみである。このごろ開通した路面電車が、なんとも遅く感じられた。

「大尉、折り入って相談したいことがあるので、今夜はここに泊まるというのはどうですか？」

「小室さん、遠慮しないでどんどん命令してください」

熊蔵は、その精悍な口元をほころばせて応えた。

「大尉！」

「なんです、少佐！」

少佐と呼ばれて、友次郎はくっと喉の奥で笑った。

「親父さんと兄貴に金を出させる目途がついたんですがね、商売の方はこちらに任せてもらって、研究の方は大尉、頼みます」

隣の部屋で、学生たちが中国語で議論している。それを小耳に挟みながら、二人は盃を合わせた。

それからの友次郎は、まさに席の暖まる暇のない忙しさだった。安い土地を探して西へ東へと足を運んだ。そして、戸山ヶ原を下った西大久保に、数百坪の恰好な借地を見つけた。

「大尉、ここはどうです？」

熊蔵の通う兵器工廠にはやや遠い感はあったが、熊蔵の了解もあったので、ここに工場を建てることになった。

土木建築となれば、友次郎の領域だった。足繁く、武州坂戸の清水勝次郎の製材場へ行っては、資材の手配をした。

「勝ちゃん、たのむぜや」

「若大将、任してよ」

そんな息の合った同士、工事はどんどん進んだ。

革命軍事学校が開校して二ヵ月も経った頃である、学校の周りをうろつき歩く人の数が増えた。なんの変哲もない民家なのに、昼となく夜となく弁髪の若者が出たり入ったりしていれば、近所に住む者にとっては、なんとなく不穏なものを感じたのだろう。

「剣禅さん、ここは賑やかすぎて、ちと目立ちすぎませんかね」

「大尉、じつは私もそう思っているところですよ」

牛込・矢来は、路面電車が開通したこともあって、人の往来も激しくなった。こんなに人目にふれるところで、もし不測の事態、たとえば留学生と日本人の喧嘩でもあれば、忽ち官憲の取締るところとなるだろう。革命軍事学校はもちろん地下の秘密組織であるから、当局に睨まれたら一たまりもない。

「逸仙先生は、ハワイへ行ってしまっているからな」

孫文は九月二十八日、組織強化と資金調達のためハワイへ旅立っていた。もし、孫文の留守の間にもしものことがあれば、折角の計画も水泡に帰してしまう。

「どこかいいところ、ありませんかね」

「探してみましょうや」

友次郎と熊蔵は、鳩首して次の策を練っている。

「大尉、別の話ですがね」

と、友次郎は腕を組みなおして熊蔵に話しかけた。

「工場の工事は、着々と進んでいます」

「それは！」

あとの言葉を呑み込んで、熊蔵は友次郎の八の字髭にじっと目をやった。

「これからの世に役立つ発明品とあらば、思いっきりやってみろ、金は出すぞ、と親父さんも言ってくれました」

「剣禅さん！　お互いに頑張りましょう」

思慮深く、日頃はあまり感情を表に出さない熊蔵が、このときばかりは、素っ頓狂な声を上げた。

革命軍事学校の場所探しと工場建設の二つの仕事が重なって、友次郎も熊蔵も寧日なく飛び回ることになった。

革命軍事学校の方は、青山高樹町（現・南青山）に移ることができた。ここならば、青山練兵場で毎日行われる近衛師団の教練を実地見学できるという利便も得られた。時を同じくして西大久保では、工場建設が急ピッチで進められていた。さすが小室清五郎の財力である、並みの工事の半分ほどの期間で工場が建ち、鉄工機械も備えられた。

「大尉、火入れは十一月三日と決めますが、どうでしょう」

友次郎に告げられて、熊蔵に異存のあろうはずはなかった。火入式には、兄健次郎も参加して、祓いの役を務めた。門の柱に『小室銃砲製造所』の看板を掲げたのは友次郎だった。

次の日から、もう鉄を打つ鍛冶の音が響きわたった。鍛冶職人、機械工相手に、友次郎もいっしょに働いた。熊蔵の設計図をもとに、銃身を削った。熊蔵とともに徹夜して改良を重ねたりもした。

拳銃本体の製造指揮は熊蔵だったが、第二工場では火薬の製造が始まっていて、そちらは友次郎が指揮をとった。工場には軍事学校の生徒が交替で訪れ、銃身の製造や火薬の調合を手伝った。それはいわば、課外授業ともいうべきものだった。工場と軍事学校と、この激務に耐え得たのは、友次郎三十歳、熊蔵二十五歳という若さがあったからだった。

今夜は空っ風が滅法強い。事務所の窓が音立てて揺れる。

「剣禅さん、翁・鄭二君が国へ帰り、劉・饒二君が官費留学生となって成城の士官学校へ移ったものですから、学校の台所が苦しくなってるのですが、困ったものです」

「そうだな、木堂先生にはあまり迷惑はかけられないし、逸仙先生はハワイへ行ってしまったからなァ。それに、こっちも今は出費だけで、収入ゼロときているからそうそう金は出せないし、大尉、ま、やれるところまでやってみることにしましょう」

「生徒を増やそうにも、四大綱領は孫文さんがいないとどうにもなりませんからね」

とにかく「革命軍事学校」は、秘密の地下組織である。校長・日野熊蔵、教授・小室友次郎二人の力ではどうしようもない部分があった。このことは、それとなく木堂の耳へは入れたつもりだったが、木堂からはこれという指示もなかった。

そんなこんなで、「革命軍事学校」は年が明けた明治三十七（一九〇四）年初頭に、僅か半年のいのちで終焉した。しかし、僅か半年とはいえ、革命の四大綱領が確立し、曲りなりにも軍事を学んだ者がいたということは、のちの辛亥革命に貴重な一歩を刻んだといえる。この、革命軍事学校解散の報をハワイで知った孫文は、天を仰いで慨嘆したという。

友次郎には、正月があったかどうかわからない新年だったが、別棟も完成した。事務員に雇った「ふさ」という女と、いつのまにか夫婦同然となっていた。あの、矢来町の寓居に押しかけてきたアヤは、忙しさにまぎれて友次郎が相手にしないうちに、別の男をつくって出て行ってしまっていた。

「頭領！　いよいよ完成ですぜ」

事務室で火薬調合の書物をめくっているところへ、職長の宮田が立派な試作品を持って現れた。柄は漆塗りで、竜の彫刻が施されている。

「おお、りっぱなもんだ」

ためつすがめつ試作品を眺めて、友次郎は目を細めた。その試作品を錦の風呂敷に包んで、彼は矢来町へ急いだ。

「兄さん！」

事務所に飛び込むなり、友次郎は兄の机の前に突っ立った。

「完成です！」

銃を手にとった健次郎は、その重さを楽しむかのように弄んでいる。

「それで、弾はどうなんだ？」

「それも実験して、ちゃんと撃てました」

「そうか」

しかし、これからが正念場だった。商品として世に出すためには、許可が必要だった。

あらゆる手を尽くして手続きをし、特許が下りたのは三月五日だった。

二　日露戦争

この特許が下りる前の二月四日、宮中では御前会議が開かれていた。その御前会議で、ロシアとの交渉を打ち切り、開戦することが決定した。八日には陸軍部隊が朝鮮の仁川に上陸し、十日、ロシアに宣戦布告して日露戦争が始まった。戦争はどうやら日本が優勢に進めているようだが、それを喜ぶと同時に、小室銃砲製造所では、製造に宣伝に多忙をきわめていた。

『「専売特許第七一六五号」「小室自働拳銃要義（一名・日野式）」「大日本東京府下豊多摩郡西大久保南裏　小室銃砲製造所　電話・番町千十五番　銃砲火薬商　小室健次郎」』

という宣伝文書（パンフレット）が出来上がった。工場主の名義が兄健次郎となっているのは、出資者として当然の措置だった。

『口径五ミリ〜八ミリ　弾数八連発〜十五連発　射程二千メートル　全長十五センチ〜二十七センチ五ミリ　侵徹（貫通力）松板八枚〜三十二枚』

『定価一挺金四十五円（最小口径銃金三十五円）　弾丸百発金六円　皮袋一組金二円七十五

銭』

これがパンフレットの仕様、価格の欄で、続いて拳銃の取扱要領が書かれている。

『小室自働拳銃（一名・日野式）　護身ノ利器タル拳銃ハ今ヤ進歩シテ自働式トナリタリ……と始まって、（一）弾薬の込め方　（二）撃ち方の用意　（三）安全法及び発射方』というふうに事細かに説明されている。

生産は軌道にのってきた。宣伝が効いたのか、地方の警察や自警団からの注文が舞い込むようになった。

「小室さん！」

ひょっこり、熊蔵が事務所に現れた。

「これは、これは大尉！」

「少しは売れるようになりましたか？」

「今日も五十挺の注文がありました」

「それはよかった――」

そんな情報を交わして、二人は工場を見てまわった。慣れない手付きで火薬の調合をしている留学生に、二人は手取り足取りして教え込んだ。

「剣禅さん、知ってますか？　支那の長沙に華興会という革命組織ができて、会長は黄興さんという人なのですが、長沙で蜂起して失敗したというのを……」

「いや……、それはいつのことですか?」

「二月の半ば頃のようです」

蜂起失敗と聞いて、友次郎はなにか重いものを感じた。

三　滔天との再会

少しずつ日が伸び始めた三月の末だった。久しぶりに滔天からの便りが届いた。

「舞い戻ってきたぜよ」

というのが、文面だった。その滔天こと桃中軒牛右エ門は、九州くんだりまで公演の足を伸ばしているとまでは聞き知っていたが、まさか東京に舞い戻っていようとは初耳だった。

すぐさま友次郎は、乾分の太一を差出先の芝・七福亭へ走らせた。

「頭領、手紙はたしかに渡して参りました」

「場所はすぐわかったかい？」

「へい」

と、太一は拙い筆で地図を書いた。

「滔天さん、達者なようだな」

太一の地図を頼りに探しあてた席亭で、二人は手を取り合った。

二人の話は、一年前の大森の宿から始まって尽きることはなかった。席亭の一室でのとよのもてなしは優しかったが、友次郎にしてみればツチ子さんが気がかりだった。

「牛さん、ツチ子さんは？」

とよが席を外した隙をみて、友次郎は滔天の耳元に囁いた。

「う、うーん」

滔天の返事は、煮え切らないものだった。

「牛さん、いつでも会おうと思えば会える、というのは心強いもんだ」

去り際の友次郎の言葉に、滔天は大きく頷きかえした。

日露戦争はますます激しさを増し、四月一日には戦争財源のための増税「非常特別税」が公布され、酒税、石油税などが増税され、地租は八倍となった。国民は、それを渋々とでも呑まざるを得なかった。

五月一日、第一軍が鴨緑江を渡り九連城を占領するや、国内は沸きかえった。さらに五日には第二軍が遼東半島に上陸した。この日本軍の快進撃に、民衆は熱狂した。八日、東京の日比谷公園を中心に、市民大祝勝会の提灯行列が練り歩き、混乱のあまり二十名もの圧死者を出すという大惨事も起こった。

「祝勝会もいいけど、踏み殺された人は憐れなもんだ」

友次郎はそう思ったが、新聞の論調はどちらかというと、犠牲者の不注意であると冷やかだった。

八月十日、日本の連合艦隊十二艘が、朝鮮への増援部隊を護送中の清国艦隊十四艘と黄海で遭遇し、海戦となった。この海戦は五時間ほどで清国の軍艦二艘を撃沈して、日本の勝利となった。この海戦の勝利で、黄海の制海権は日本が掌握するところとなった
——戦争に勝つのはいいが、その戦争の舞台となっている当の支那は、どうなっているんだい？　と、友次郎は思わずにいられなかった。それというのも、志士仲間の萱野長知が会員になっている玄洋社が、満州の革命派を支援するため、「満州義軍」という一団を組織して満州へ行こうとしているのを知ったからである。その義軍が新橋を出発するのを見送りに出た滔天は、駅頭で浪曲を唸り、一行を励ました。

その中国の革命運動であるが、十月十七日、長沙起義に敗れた黄興が、清朝の手を逃れて日本へ亡命してきた。その四日後の二十一日黄興とともに起義に加わった宋教仁がかろうじて上海へ逃れ、日本への亡命を図った。そして十二月三日、友人の住む神田香澄館に旅装を解くことができた。その時の宋教仁は二十三歳である。

そんな最中の十二月七日、両国常盤亭は大いに賑わっていた。

「牛さん、今日の客筋は違うんだってな」

「そうなんだ剣禅さん、今日は平民社の皆さんが聴きにきてくれるんだ」

「あの、堺利彦さんの平民社かい？」

「そうなんだ、だから緊張してね」

滔天は、堂々とした恰幅に似ず、そわそわしていた。その日の牛右エ門の浪曲、〈浮世が仮になるならば、乞食に絹の着物きせ、車夫や馬丁を馬車に乗せ……〉という「落花の歌」は、出来はどうあれ場内は喝采でどよめいた。

四　旅順陥落

新しい年明治三十八（一九〇五）年は、二百三高地の激戦をなんとか制して、ロシア軍が乃木大将率いる第三軍司令部に降伏してきたというニュースに始まった。二日に降伏文書に調印し、十三日、日本軍は旅順に入城した。この旅順攻防戦で、日本は六万人近い死傷者を出した。これが伝わると、国内では勝利を喜ぶより犠牲者のあまりの多さに悄然とする空気さえ流れた。

友次郎は、旅順戦より萱野長知の満州義軍の方が気懸りだったが、その情報はなかなか見つからなかった。

ともかく年が明けて、小室銃砲製造所は活気に満ちていた。毎日のように一台、二台と荷馬車が出て行く。その荷馬車を見送るのが友次郎の役目といえば役目だった。

「旦那さん、お茶が入りましたよ」

一仕事終えて、事務所の椅子に身を投げだしたところへ、ふさが茶を運んできた。

「ふさ、どうだい？」

「なにがですか」

「だから……、馴れたかときいてるんだ」

「東京には馴れました」

「東京にじゃなくて、ここにだよ」

「ええ、すっかり……」

ふさは素直に首を縦に振った。

「そうか、それはよかった。じゃ、まず兄貴の健次郎に会ってくれ」

友次郎が馴れたかと聞いたのは、俺に馴れたかと聞いていたのだった。

十五日の小正月を待って、友次郎はふさを伴って矢来町へ出かけた。

「兄さん、ふさだ」

「おお、ふささんか」

健次郎は快く迎えてくれた。三人は神楽坂の健次郎馴染みの小料理屋で、楽しいひとときを過ごした。

「早いとこ、川角にも顔を出すんだな」

健次郎は、友次郎にそう注文をつけてこの宴は終わった。

健次郎のすすめに従って、ふさを連れて川角へ向かったのは、二月半ばの寒い日だった。川越までは汽車が通じていたが、その先は馬車に頼るほかなかった。聞くところによると、川越から先にも軽便鉄道の工事は始まっているが、さて、いつ開通するやら……、というのだった。

赤城颪の空っ風に、ふさは身を縮めるばかりで、川角へ着くまで口からハンカチを放さなかった。朝は早く出たのだが、川角に着いたのは冬の陽が西の山に沈む頃だった。馬車駅から家まで人力車を雇った。家には、友次郎を迎える親類縁者が集まっていた。

「おっかさん、ふさです」

座敷に落着いて、友次郎はあらためてふさを紹介した。

「ふささんかね、さぞお疲れでしたろ」

とくは、両手を突いて頭も上げられないふさに優しく言った。その母親とくの鬢はすっかり白くなっていた。

囲炉裏を囲んでの団欒は、ふさをすっかり気楽にさせた。

「あの若い人もこっちへ呼びなさい」

「ああ、あれは乾分だからあれでいいいぜ」

「だめです！　乾分さんを大事にしない人はろくな者になれません！」

とくの一喝で、土間の隅でちびちびやっていた太一も囲炉裏の仲間に加わって、座はいっそう賑わった。

「おっかさん、お父っつぁんとあにさんのおかげで工場は忙しくやってます」

「そうかい、それはいいことだけど、造ってるのは拳銃とかいう物騒なものでしょ?」

とくは口を濁した。

「ここには父上も兄上もおいでじゃないが、いまの友次郎さんの言ったこと聞いたら、お二人とも喜びますぜ」

作男の一人が、盃を掲げて言った。

久しぶりの実家の寝床である、隙間風に紛れ込んでくる煤の匂いも懐かしかった。

「ふささんを大事におしよ!」

母とくにそう念を押されて、露払い太一を先頭に門を出ると、そこには村人が大勢集まっていた。友次郎は一人ひとりに手を振って村を離れた。

「旦那さまのお生まれになった村というのは、ずいぶん田舎ですのね」

川角から帰って何日か経った頃、茶を運んできたふさがいたずらっぽく言った。

「ふさ、その旦那さま、というのはよくないな、せめて友さんとでも呼んでくれ。それになんだ、俺の生まれ在所がずいぶんな田舎だとは——」

「あら、ご免なさい、友さま！」

ふさは、口を覆って逃げていった。そのふさがなにも言わずに机の上に置いていった紙片を手にとって見ると、それは、滔天からの公演招待状だった。

「三月十六日神田・松本亭。共演者辰雄・痴遊」とあるその招待状を友次郎は、財布の奥に収めた。

三月十六日の夜席は、百人ほどの客で埋まっていた。あのバンカラ声もだいぶ磨きがかかって、落花の歌も涙と笑いを取れるようになっていた。

「牛さん、お見事！」

楽屋に顔を出した友次郎は、懐から祝儀を出してまずは労った。公演が果てて、二人は屋台に並んで座っていた。酒を酌みながらの話に、二月のはじめ息子の龍介と震作がツチ子の命で上京したので新宿・番集町三四番地に家を借りて移った、と滔天は明かした。

「それで……あれは？」

あれは？　というのは、滔天の愛人柿沼とよ母子のことである。

「因果をふくめて、出て行ってもらった」

「そうか――」

どこへとも聞けなかったのだが、とよ母子は、本郷・神明町の借家に移っていた。

「ツチ子も四、五日のうちにこっちへ着くことになっている」

「そうか、それはよかった。ツチ子さんの父上、前田案山子さんが亡くなったのはいつだったかな」

「去年の七月だった、もう半年以上になる」

「父上という後ろ楯がいなくなれば、あとは牛さんだけだ、な、牛さん……」

友次郎は、滔天の肩をぽんと叩いた。

第六章　雲南の風

イ族の少女

一　千崖土司・刀安仁

工場を一巡りして事務所へ戻った友次郎は、少し疲れた顔を窓の外に向けた。低い家並と田圃が点々と交錯するむこうに、戸山ヶ原の台地が見える。その構図は、すこしも変わっていないのに、ちょっと見ぬまに台地の木々はすっかり芽吹いて、眩しいほどにきらきらと揺れている。田圃の稲も四、五寸にのびて、もう田面は見えないくらいだった。

――うーん、もう春か！

友次郎は呟いた。ふと、生まれ在所の武州川角の風景が眼裏に浮かんだ。ここから西へ十五里ばかり、武蔵の山々の裾にひろがる武蔵台地もあたらしい粧いをこらし、野良仕事もたいへんな時だな、と思いめぐらしているところへ内妻のふさが入ってきた。

「ご主人、お客様です」

「どなただ？」

「なんでも、支那から来られたとか……、お名前はわかりません」

支那と聞いて、友次郎は椅子を蹴って立ち上がった。妻を急かして別棟の自宅へ戻ってみると、そこに立っていたのは二人の男だった。一人は従者らしく二、三歩後ろに控えていたが、もう一人は友次郎と同じぐらいの年恰好で、立襟の白いシャツにネクタイを締めていた。どちらかといえば丸顔で、すっと伸びた細めの眉の下に涼やか眼が大きく開いていた。そして、鼻下の髭が威厳を添えている。

「こ・ん・に・ち・は……」

その男は友次郎に向かって合掌し、片言の日本語で挨拶した。友次郎は咄嗟に、この男はただものではないと見抜いた。

「やあ、いらっしゃい。どうぞこちらへ」

相手に通じるかどうかわからぬままに、友次郎は日本語でそう言うと手招きで二人を客間へ案内した。

「わたしは郗安仁（シ・アンレン）と申します。明帝から授かった名では刀安仁です」

そう名乗って彼は、ふところから一通の手紙を取り出すと友次郎の前にうやうやしく置いた。

「孫逸仙先生からのご紹介状です」

「なんですと！」

取り上げてみると、たしかに見覚えのある孫文の筆跡だった。

——親愛なる同志　剣禅・小室友次郎君
という名指しに続いて、手紙は次のように認められていた。

『ここに、干崖土司刀安仁宣撫使をご紹介申し上げます。刀安仁使は我が国雲南において一国の主として所領を統治いたしております。

貴下もご承知のように、施政能力を失った清朝政府は、列強諸国に奪われた財をいまや雲南の少数民族から奪いかえそうと軍隊を送りこみ、武力をもってほしいままの略奪を繰り返しています。

不肖孫は、刀安仁使と懇談するに及び、ともに民主革命に立ち上がることを確約いたしました。

刀安仁使がここシンガポールに出てまいりましたのも、東洋の先進国日本に遊学いたし、日本の実状をつぶさに視察するとともに政治の何たるかを学ばんといたしたからです。刀安仁使は、ともに革命の同志です。同使が貴下を訪ねました折には、なにとぞご援助、ご指導下さるようお願いいたす次第です。

一九〇五年四月
シンガポールにて

孫逸仙』

読み終えて友次郎は、刀安仁と固く握手を交わし肩を叩き合った。

「刀さん、なんなりとご相談にあずかりましょう」

そこでわかったことは、刀安仁が一家をあげて来日したことだった。

「で、皆さんはどこにおいでで？」

「横浜のホテルです」

「ホテルですか？」

「はい」

「いつまでも、ホテル住いとはいかないでしょう。わかりました、私がなんとかしますからご安心ください」

友次郎は、なんの屈託もなく言った。

「ありがとうございます」

刀安仁は、深々と頭を下げた。

「熊蔵さん――」

一心不乱に拳銃の設計図を引いている日野熊蔵に、友次郎は呼びかけた。

「はい、なんでしょう？」

「一昨日のことですが、孫文先生の紹介状を持って雲南の刀安仁という土司が私を訪ねて来たんです。一家六人に文案官（秘書）一人を連れて、いま横浜のホテルに止宿しているというので、これから行ってみたいので、一日留守にしますけど、あとを頼みます」

「雲南の土司ですって？」

「そうですよ」

「よくは知らないんですが、土司といえば一国の主ということらしいですよ」

「どうもそうらしい、孫文先生の手紙にもそう書いてありました」

「わかりました、行ってらっしゃい」

熊蔵は、快く送り出してくれた。

横浜へ着いて人力車夫にNホテルと告げると、車夫は心得たとばかり車を走らせた。左手に海を眺めながら走ること二十分ばかり、Nホテルの玄関前に着いた。ホテルは三階建てで、煉瓦造りの立派な建物だった。

ロビーで刀安仁を待つあいだ出入りする人間に目をやると、半分は西洋人だった。

「小室さん、お待たせいたしました」

刀安仁は、片膝をついて挨拶した。

「家族の者が別室でお待ち致しております。どうぞこちらへお越しください」

二人の会話は、互いに片言の中国語と日本語、英語、そして筆談である。そんな様子を、脇を通る西洋人は珍しそうに眺めていた。

別室で紹介されたのは、妻と弟、娘三人、それに見知りの文案官だった。

西洋式の菓子とコーヒーで、一時間ばかりあれこれしゃべった。

はじめ身を硬くしていた娘三人も、友次郎のおおらかな話しぶりに心を開いたらしく、彼が愛嬌のあるギョロリとした目を向けると、口を覆って笑った。

横浜から帰った友次郎は、日を措かず新宿番集町の滔天を訪ねた。

「滔天さん、このへんに、いい空家がないかね」

「空家かい、そりゃ、探せばあるだろうけどいったい誰が入るんだい？」

「刀さんといってな、雲南の土司、つまり領主なんだが、一家六人と秘書一人、都合七人が住むんだ」

それから二人は盃を傾けながら刀安仁の来日のいきさつ、今の孫文の状況など熱く語り合った。

「孫文先生も、近いうちに日本へ来るらしいぞ」

刀安仁との、横浜での話を整理しながら友次郎が言う。

「ともかく孫逸仙さんが来なけりゃ、革命もなにもありゃしないぞ」

したたかに酔って滔天が息巻く。友次郎もいっしょになって拳を上げる。

「おーい、ツチ子！」

滔天が妻を呼んだ。

「剣禅が家を探している、たのむぞ！」

そう言うと、滔天はごろりと横になり、鼾をかきはじめた。

「剣禅さん、案ずるより生むが易しですよ」

ツチ子がやって来たのは、あの日から三日ののちだった。

「隣って言っていいくらいのところに、いい空屋敷があるんですよ。ちょっと贅沢な家なんだけど、条件さえ合えば貸してもいいって言うんですよ」

話はすぐ決まった。四月の終わりには、刀安仁一家は、その屋敷に移り住んだ。


「剣禅さん」

いつ覚えたのか、事務所へ入ってくるなり刀安仁は友次郎をそう呼んだ。

「おかげさまで、私も弟も無事入学できました」

「そうですか、それはよかった」

友次郎もほっとしたようで、相好をくずして微笑んだ。

「それで、学校は気にいりましたか？」

「ええ、それはもう……」

二人が法政大学へ入学するには、友次郎の並々ならぬ尽力があった。刀安仁等の旅券に不審をもった大学は、入学に難色を示した。もちろん刀一行の旅券は正式なものであるのだが、中国から続々押しよせる留学生のなかには不正な旅券で入国している者もいたからである。

それを知った友次郎は、さっそく犬養毅のもとへ駆けつけた。彼は、犬養に孫文の紹介状を見せて言った。

「刀は、中国雲南という僻地からこの日本の文明を勉強しようと参った者です。その心意気だけは買ってあげてください。閣下のお声で刀が入学できましたあとは、このわたしが責任を負います」

犬養は、にっこり笑った。

「小室君、わかった、まあ、奥で一杯やっていきなさい」

友次郎が引き下がると、入れ違いに数人の男が応接間に入ってきた。

犬養毅がどういう手を打ってくれたのかわからないが、ともかく刀安仁とその弟は法政大学へ入学できたのである。

「小耳にはさんだのですが、アメリカの大統領ルーズベルトがお国とロシアの両国に講和をすすめているというんですが、本当でしょうか？」

刀が首をかしげながら訊く。

「うーん、この戦争はもともと清国の弱味につけこんで、満州の利権を争って始めた戦争だから、日本も露国もいい仲介があればいつでも手を引こうとしているのが本当のところかもな。なにしろ清国には大迷惑なことだから、一日も早く終わることを願うね」

友次郎はあてずっぽうに言った。刀は、友次郎のあてずっぽうを見抜いたかのように眉をひそめた。

「刀さん、その辺りをぶらぶらしようか」

友次郎は安仁を散歩にさそった。稲はすくすくと伸びている。穂が出始めているのもある。

「雲南の稲は、今頃どうなっているんですか？」

「もう、稲刈りもすんでます」

「え？」

「干崖は怒江《ヌー・チアン》の豊かな水と太陽に恵まれていますから――」

友次郎の頭のなかに、お伽噺の桃源郷の姿がうかんだ。

「米は年に二回穫れます」

米が年に二回も穫れるとは……、友次郎は溜息をついた。

そんな話をしながら歩いているうちに、二人は戸山ヶ原の台地に立っていた。この戸山ヶ原一帯は、富国強兵を標榜する明治政府の方針で陸軍の練兵場にもなっていた。昼下りの今は人影も見えないが、やがて徴兵された若者が現れるかも知れない。

かつては士官学校を志した友次郎である。それが、明治大学に入り法律、政治、経済を学び、学友たちと隣国清の国情を論じあっているうちに、狭い日本を飛び出して大陸に壮大な夢を画いている者たちがいるのを知った。志士――この言葉に友次郎は酔った。

「二六新報」紙上で、主筆である鈴木天眼の『独尊子』なる一文を読むに及んで、彼は士官学校のことなどすっかり忘れ、大陸浪人と呼ばれる自由の生活に憧れた。

「腹へったな」

「そうですね」

どちらからともなく言い、どちらからともなく同意して二人は町へ戻った。

「お嬢さんたちどうだい?」

「だいぶ日本の生活にも慣れてきました」

「そのうち女学校に上げないとな」

二人は、めしを食いながらそんな話をして別れた。

それからすぐだった、六月九日アメリカ大統領ルーズベルトの日露講和勧告を、次の日の十日に日本が受入れ、その三日後ロシアもそれを受諾した。時に、明治三十八（一九〇五）年だった。両国が勧告を受諾しても、なをしばらく戦争は続いたが、日本軍が樺太に上陸するや、七月一日ロシアは日本に降伏した。

日露戦争に勝って、日本は一等国になったと国中が沸きかえっている。

「そんな一筋縄にはいかんのにな」

と、友次郎は世間と違った目を向ける。そんなことより、日野熊蔵と研究開発している自動拳銃の進捗状況と、刀安仁の娘たちの方が気がかりである。

「ふさ、お嬢さんたちの様子、どうだった」

「はい、すっかりこちらの生活にも馴れましたようで、いちばん上のお嬢さんなんか、日本の着物を着てはしゃいでおりました」

「えーと、ランファちゃんといったかな」

「そうですよ」

「いい名前だ」

友次郎は、鼻下の髭を撫でまわした。

「いやー、暑い暑い！」

大汗をかきながら友次郎が帰ってきた。井戸端で頭から水を浴び、双肌脱ぎの上半身を拭うとやっと人心地がついた。

「よしよし、めでたく済んだ」

麦茶を運んできたふさに語りかける。

「さすが閣下の口添えだ、法政大学もそうだったが、実践女学校も快く寄宿舎に入れてくれたよ」

「それはよかったですね」

「うん、下田歌子女史はランファちゃんを一目見てね、お利口そうな子だと喜んでいたよ」

こうして雲南土司・刀安仁一家の、二年に及ぶ日本での生活が始まった。

二　宋教仁

「剣禅君！　孫先生がもうすぐ日本へやって来るぞ！」

駆け込んでくるなり滔天は、着物の襟をはだけてそうわめいた。

「え！　ほんとうか？」

「こ……、これは秘密情報なんだがな、孫先生がシンガポールを出て、日本へ向かってるというんだ」

「その情報っていうのはどこからだ？」

「もちろん、同志からさ」

「そうか――」

「十九日には横浜に着く予定だそうだ」

孫文は、今を去ること八ヵ月前の一九〇四（明治三十七）年十二月、ヨーロッパの中国留学生の要請をうけて、その頃革命運動の拠点だったサンフランシスコを離れてヨーロッパへ向かった。

ロンドンに着いた孫文は、留学生の代表から多額の滞在費をもらい、ベルギー、フランス、ドイツを遊歴して革命組織を次々と立ち上げることに成功した。その誓詞は、「満族を逐い、中華を回復し、民主国家を創立し、地権を平等し、信を失った汚吏を排する」というもので、賛同する各人の署名を求めた。このヨーロッパの組織には正式な名称がなく、仮に「革命党」と名付けられたが、のちに「中国同盟会ヨーロッパ支部」となる。この成功は、孫文に大きな自信を与えた。

こうした成果を残してフランス船トンキン号でマルセイユを発った孫文は、途中シンガポールに立ち寄った。刀安仁と会ったのはそのときである。

刀安仁は孫文に先立って日本へやって来たが、孫文は「図南日報」の社主陳楚南など当地華僑の重鎮と革命の策を練ったのちシンガポールを発ったのである。


「剣禅君！　この頃面白い奴に会ってな」

滔天は髭面をにやっとゆがめて、友次郎に語りかけた。

「宋教仁といってな、黄興さんが会長をしている『華興会』に入会して長沙反乱に参加したんだが、その反乱が官憲に洩れて失敗したんで、日本へ亡命してきたっていう人物なんだ」

「ほうー、それでまた、どうして滔天さんと縁がつながったんだい？」

「浪曲さ」

「あっ、そうか」

「その宋君というのは二十三だっていうんだが、好奇心の旺盛な若者でな、神田の寄席で俺の講談調の浪曲を聞いてえらく感激して、なんとか俺と会って話をしてみたいと思ったらしいんだ。ほら、剣禅君も知ってるだろ、あの程家檉さんに連れられてやって来たんだ」

「ハッ、ハッ、ハァ、その宋さんとやら、滔天さんの蛮カラ声にすっかりやられちまったんだ」

「そうかもな、だがその宋君、えらく文がたってな、華興会の書記をやってるんだ」

宋教仁、一八八二（明治十五）年陰暦二月十八日、中国湖南省桃源県に生まれる。秀才の誉れ高く、二十一歳の時武昌両湖学院で黄興の満州族排除の演説を聴いて感動し、革命運動に加わる。そして、華興会が企てた「長沙起義」、これは一九〇四年十一月十六日の西大后七十歳誕生祝賀会を期して長沙で反乱を起こそうというものだったが、事前に発覚し、官憲に追われて日本へ亡命してきた。東京に着いたのは、その年の十二月四日だった。

――来る八月十三日飯田町富士見楼に来られたし、という滔天からの知らせを受け取った友次郎は、入念に髭の手入れなどして昼近く家を出た。新宿から、去年開通した甲武鉄道に乗って飯田町に着いたのは二時頃だった。富士見楼に着いてみて、友次郎はびっくりした。留学生が溢れかえっているのである。

「小室さん、こっちこっち――」

戸惑っている友次郎に、声をかけてきたのは滔天の乾分だった。彼に案内されたのは二階の奥まった狭い座敷で、すでに滔天と末永節が控えていた。

「おお、剣禅さん、待ってたぞ」

滔天が声をかける。友次郎は二人に挨拶して、その席の者となった。入れ替わり立ち代わり人が出入りする。そのなかに、鼻の高い白皙の若い男がいた。

「あれが、宋教仁だ」

滔天に教えられた。

「なかなかいい男だ。孫先生のいい片腕になるかもな――」

「そうなるといいな。そもそもこの孫文歓迎会も……」

と滔天が語り始めた。

――孫文が僕の陋屋を訪ねてきてね、中国の留学生がずいぶん増えたようだけど、なかに面白い人物はいないかねと聞くから、それならこんな偉い奴がいるよと、黄興の話をしたんだ。すると孫文が、すぐ会ってみたいといいだして、それならと僕が黄興のところへ使いを出そうとしたら、孫文は、そんな手間はかけずに二人で訪問しようと言うんだ。そこで二人して神楽坂の黄興の寓居を訪ねたんだよ。孫文を格子の外に待たせて、僕が玄関先で黄さんと呼ぶと、すぐ黄と末永の二人が顔を出してね、外に立っている孫文を見て、「孫さん！」と叫ぼうとしたんだ。僕は、あわててそれを押しとどめたよ。誰かに聞かれてもよくないし、家の中には大勢の学生がいて、その学生たちに騒がれても困るから孫文と外で待っていると、すぐ黄興、張継、末永の三人が出てきた。そこで、連れだって鳳楽園という支那料理屋へ行ったんだ。

初めて会う孫文と彼らはすぐ旧知のごとく革命の議論を始めたよ。中国語のよくわからない僕と末永は盃を傾けていたんだが、支那の英傑がここに揃って手を握り合ったことに喜んだな。酒にも肴にも手をつけず二時間ほども義論していたが、やがて盃を上げて乾杯したんだ。

そのあとすぐ黄興が孫文歓迎会を企画してね、末永と僕がこの会場を確保し、宋教仁、張継たちがすぐ通知状を配ったんだ。それが今日の孫文歓迎会さ。

「いや、それは大変だったな、早く知らせてくれれば、俺も少しぐらいは手伝いできたのに……」

と友次郎は悔やんだ。

「でもな、こんどの会は中国の志士に花を持たせて、こっちは黒子に徹しようということになったんだ」

滔天のその説明に、友次郎は納得した。

会は、宋教仁の司会で始まった。来賓という名目の滔天、末永、友次郎の三人は短い挨拶をした。そのあと数人の留学生が歓迎の辞を述べたあと孫文の演説が始まった。

――諸君、今日はありがとう。……諸君がこの日本に留学したのは、日本の文明を学ぼうとしたからであろう。しかし、日本の文明は決して固有のものではない。中国五千年の歴史を学び、かつ、近代西洋の文明を吸収して今日があるのである。今、中国が世界の文明を取り入れれば、中国五千年の歴史が生き、たやすく世界の文明を凌駕することができるであろう。ではなぜ、今中国が世界に遅れをとってしまったのかといえば、君主専制の政体が保守固陋に陥り、官僚が既得の利益に便々としているからである。この旧弊を破り、全国民一致して新しい思想のもとに立ち上がれば、中国は新しい黎明を迎えることができるであろう……。

私は、諸君が中国振興の責任を双肩に負うべきことを願うものである。この日本の維新も、初めはほんの数人の志士の情熱が原動力になっているのである。今諸君が、一致した思想と情熱をもって改革を進めるならば、すぐ中国は新しい世紀を迎えるであろう……。

今、世界の国々は、専制から立憲君主制へ、立憲君主制から民主制へと進化をとげている。しかしこの進化の道程においては、幾多の尊い犠牲がはらわれている。私は、犠牲を好むものではないが、政体が一足飛びには変わらないというこの現実の前では、同じ血を流すなら、直接「共和制」を目指すべきだと考える。

諸君が、この私の論に賛同し、誤った思想を淘汰浄化し、改革に加わってくれるならば同胞としてたいへんありがたいことである。

集まった千三百人の留学生は、この演説に聞き惚れ、演説が終わるや、いっせいに立ち上がって喝采をおくった。

黄興はこの時、帽子を目深にかぶり、片隅の椅子に座ってニコニコと微笑んでいた。

「これで中国の薩長同盟ができたな」

留学生の拍手を聞きながらそう呟くと、滔天は身震いするほどの感動に打ち震えて友次郎、末永の手をかたく握った。友次郎は、もしや刀安仁が来てはいないかとざわつく会場を眺めたが、見つけることはできなかった。

それから一週間のちの八月二十日、赤坂葵町（現在・ホテルオークラ敷地内）の坂本金弥伯爵邸に孫文、黄興、張継、宋教仁、内田良平、滔天らが相寄って協議し、興中会（孫文）、華興会（黄興）、光復会（章炳麟）を合して「中国同盟会」を結成することで協議が一致した。

この中国同盟会が、のちの辛亥革命の中心勢力になるのである。

三　中国同盟会

秘密結社「中国同盟会」の結成を知った清国政府は、日本国内での革命運動に対する監視を厳しくするよう要請してきた。桂内閣はそれを受け入れ、「清国人ヲ入学セシムル公私立学校ニ関スル規程」を公布した（一九〇五年十一月二日）。

この規程には「選定された公私立学校は、清国人を寄宿舎あるいは学校の監督の及ぶ下宿に宿泊させ、校外の活動の取締りを厳しくすること（九条）」、「性行不良のために退学させた清国人を、入学させてはならない（十条）」という条文があった。

これは、留学生の外泊と自由な活動を禁じたもので、この規程によって留学生の自由は奪われ、革命運動は制約されざるを得ないことになった。

この規程に対して、東京に在住する留学生から反対運動が起こった。なんで外泊しちゃいけないんだ、性行不良とはどういう意味なんだ、とその筋に対して抗議したのである。

十一月二十六日、宋教仁を主筆とする中国同盟会機関誌『民報』が創刊された。そして十二月八日、その民報の執筆者である陳天華が、「かの国が中国留学生取締りの規則を発布したのは我々の自由を奪い、我が国の主権を侵したことというまでもない。しかも、日本の新聞は我々を烏合の衆と罵り嘲り、朝日新聞などは、あからさまに『放縦卑劣の輩』だと我々をとことん軽蔑した。我々はこうした日本政府と新聞に抗議し、我々の恥をそそぐために、ぼくは自ら死をえらぶ」という〝絶命書〟を残して大森海岸に身を投げた。

やがて、新しい年が明ける。明治三十九（一九〇六）年である。友次郎は三十三歳になった。

「刀安仁さんがみえました」

正月早々のこととて工場も休みで、友次郎は座敷で揮毫の筆を走らせていた。べつに、他人に頼まれたものでもないので、〝革銃一閃〟とか〝孫黄滔友〟とか思いつくままの書初めである。

「おお、そうか」

彼は机の上を片付けて、刀安仁の入ってくるのを待った。

「小室大人、明けましておめでとうございます」

どこで覚えたのか、刀安仁は日本風の挨拶をした。

「刀さん、今年もまた忙しくなりそうだ、お互い力を尽くそうじゃありませんか」

「はい、そうですね。同志の連絡によりますと、雲南でも中国同盟会の支部をつくろうという機運が盛り上がっているようで、わたしもおちおちしていられません」

「ほう！　情報は早いんだな」

友次郎は、忸怩たるものを感じた。

「大人、雲南から届いたものです」

そう言って刀が差し出したのは、雲南の酒だった。琥珀色に澄んでいる、いかにも旨そうな酒である。

「こりゃ、珍しいもんだ」

友次郎は酒壜を差し上げて相好を崩した。

ふさが料理を運んでくる。日本の酒と雲南の酒を交互に酌みながら、二人の話ははずんだ。

「岩本君と毒水はどうしているかな、ここんとこちょっとご無沙汰なんだ」

いささか酔った友次郎が、眉根をよせる。

去年八月のことである、刀安仁に我が領の顧問官として干崖に来ていただけないか、と相談を受けた。仕事は？　と問うと、日本の文化、法律、言語、軍事等を我が領民に教えていただき、われらが革命の何たるかをひろめていただきたい、というのである。ならばひとつ、滔天さんの蛮カラ講談でもやって、雲南の人に聞かせてやるか、という遊び心も芽生えて、友次郎は即座に承知した。彼の思惑のなかには、このごろ厳しくなった官憲の監視もあった。いつのころからか、彼の身辺にも官憲がつきまとうようになった。官憲につきまとわれては、革命党への武器供与も思うにまかせず、それならばいっそ刀安仁の雲南へ行って、革命の一翼を担おうと考えたのである。

しかし、いままで干崖へ足を運んだ日本人はいない。見知らぬ土地へいきなり踏み込んでもどんな仕事ができるか、かえって刀安仁の足手まといになりはしないか、と危惧しているところへうってつけの話が舞い込んできた。その当時、シャム、ラオス、安南など東南アジア探検家として知られていた退役陸軍大尉岩本千綱がインドシナ旅行から帰って、友次郎の友人である田代強八の家に寄宿して無聊をかこっているというのである。友次郎はさっそく田代の家に赴き、岩本千綱に干崖の実地踏査の相談をした。

「それはいい話を聞いた。軍を退いてから暇を持て余していたんだ。俺も一度は干崖の方へ行って見たいとは思っていたんで、ちょうどよかった」

と、岩本は二つ返事で承知した。彼は大阪にいる友人で、相場師の「嶋徳」のもとへ旅費の工面に出かけた。嶋徳の工面した旅費では不足だったので、友次郎が五百円の足し前をし、乾分の熊田毒水を供につけて雲南へ送り出したのが八月末のことだった。

四　岩本千綱

それから半年の歳月が流れている。岩本千綱と熊田毒水が帰ってきたのは、二月になってからだった。

二人の疲れがとれるのを待って友次郎は、新宿の料理屋に二人を慰労する宴を張った。

「いやー、日本は滅法寒い！」

大声をあげて千綱が入ってきた。宴席には大火鉢が三つ据えつけられ、そのどれにも炭火がかんかん熾っている。

「おお、毒水くん、面白かったな」

友次郎の隣に毒水がかしこまっているのを見て、千綱は手を振った。毒水が立ち上がろうとするのを制して、友次郎は立って千綱を迎えた。

「岩本さん、さ、こっちへ座って下さい」

千綱と友次郎が並んで座ると、すかさず乾分の一人が、「岩本千綱大尉殿のお着きでございます」と席につらなる者に告げた。

「岩本さん、刀安仁使は少し遅れるそうだ」

それだけ言うと、友次郎はポンポンと手を叩いた。すぐ数人の仲居が酒と肴を運んできた。

ここに集っているのは工場（小室銃砲製造所）の職人が主で、なかに二、三人の中国留学生が混じっているだけである。いわば内輪の慰労会で、気楽といえば気楽な会である。

「小室……剣禅……さん」

少し酒のまわったところで、千綱があらたまって口を開いた。

「こんどの探検では、いろんな面白いものを見せてもらいましたよ――」

千綱は語り始めた。

――「横浜を出て上海、香港、シンガポールを回ってビルマ（現・ミャンマー）のラングーン（現・ヤンゴン）に着いたのはいつだっけな、毒水君」、「たしか、十二日目でしたよ」、「そうだったか、上陸できたのはシンガポールだけだったが、船旅の疲れを癒してくれたのは、夜の街の別嬪さんだったたな、毒水君」、「………」、「ま、それはともかくラングーンで怪しまれないためには、坊さんになるにしくはないと思ってな、船の中で頭を剃ったよ、な、毒水君」、「いやー、大尉殿のお考えにはびっくりしました」、「しかし、あれは正解じゃったろ」、「はい、おっしゃるとおりでした」。「大尉、頭を剃ったんですか？」

あまりの突飛さに、友次郎は思わず問いただした。

「あのへんはなんといってもチベットに近いんで、仏教の天地でね、仏教徒を装えばたいがいのことは通るんだ」。「はあ？」と友次郎は首をかしげた。

「ラングーンからはイラワジ河を舟で上ること六日、ヒマラヤの支峰シラカンバの大高原を越えて干崖に入るんだが、ラングーンから二十日はかかったな、毒水君」。「大尉、でも楽しい旅でしたよ。ビルマの人たちはみんな親切で、行き交うたびに掌を合わせて挨拶されるので、びっくりしました」。「毒水君、それが仏教国の特徴なんだ。だからわしらも坊さんに化けたんじゃないか」

それを聞いて、わっはっは……という笑い声が起こった。大尉はともかく、毒水が他人に掌を合わせられるなど彼を知っている者には想像も及ばなかったからである。

「毒水、いい思いをしたな」

友次郎は、毒水の苦労を思いやって、そう声をかけた。

「だがな、剣禅さん、干崖はすばらしい所ですぞ」

と千綱は続けた。

「マンダレーという辺りで舟を下りてシラカンバ高原へ向かうんだが、登るにつれて灼熱の大地が涼しくなってな、峠の頂上から見晴らす情景といったら息を呑むぐらいだ。遠くエベレストを望んで、目を下に移すとそこは広大な山峡の大地で木々がうっそうとしげっている。山の斜面には段々に築かれた田圃が並んでいて、その山峡を抜けた向こうは広大な田園地帯だ。そんな盆地や川沿いの平地を『壩子《バーツ》』といってな、そのバーツの一つ一つが国みたいなものさ。そこは一年中木の実は成る、稲はもちろん二毛作、三毛作で野菜なんぞというものはそのへんの山野にいくらでもある。その野草はみんな薬だといっていいくらいでね、剣禅さんも『田七』とか『冬虫夏草』なんていう薬草を知ってると思うけれど、そんなのが何百種ってあるんだ。あそこは、わたしにして見れば、まさに桃源郷だね」

夢のような話を聞いて、友次郎は生まれ故郷の川角村を思い描いていた。

おいらがとこの川角村も、木はいっぱいあるし山野の恵みには事欠かないが……。

「岩本大尉、ありがとう――」

友次郎は、千綱の手を固く握った。

いつ来たのか、末席に座って職工たちと盃を交わしていた刀安仁は、二人のそんな場面をうれしそうに眺めていた。

岩本千綱（号・清風）と毒水の雲南踏査が終わって、さて、どうするかという思案の日々が続く友次郎だが、「小室銃砲製造所」の仕事はおろそかにできない。日野熊蔵との共同設計も、実験してみると改良点はいくらでもあった。

半月ほど日野と二人、研究に研究を重ねてようやく満足のいく自動拳銃ができた。

「日野さん、これならうんと売れそうだ」

「十連発の威力を大いに宣伝すれば、軍にも使ってもらえるだろう」

二人は、打ち揃って工場へ足を運んだ。職人の一人一人に、新しい設計図を見せてまわった。何日も経たぬうちに試作品もできた。工場の地下深くに設けた試射場での実験の結果も、満足のいくものだった。

「教官殿――」

売込み先をあれこれ考えているところへ、二人の若者がやって来た。

「やっ、葉君、幹君！」

友次郎はびっくりして、二人を迎えた。

彼らが友次郎を教官と呼ぶのは、三年前の一九〇三（明治三十六）年、孫文が牛込に開設した「革命軍事学校」の生徒だったからである。友次郎は犬養毅の推薦でその学校の教授となり、武術や軍事を教えていた。

「教官殿、今日は折り入ってご相談いたしたいことがあるのです」

「ほうー。ま、ゆっくり聞こうじゃないか」

友次郎は、二人を工場と別棟になっている自宅へいざなった。応接間へ招き入れて、ふさに茶を出させると、友次郎はあらためて二人と向き合った。

「教官殿……」

葉が切り出した。

「これは同盟会の極秘情報なのですが、湖南省の同志が決起を謀っているのです」

葉は続ける。

「あの、長沙蜂起（一九〇四年）の失敗で処刑された馬（福益）首領の恥を雪がなければという同志がたくさんいるのです。指揮官だった黄興将軍はいま日本に亡命していますが……」

「それはわたしも知ってるが……」

「その黄将軍が、馬首領の業績を綴りました『革命軍記』を読んで、同志は復讐を誓い合っているのです。そこで、教官殿、拳銃一千丁、都合していただきたいのです」

そう言って葉は、周囲を見回した。そして懐から部厚い紙包みを取り出すと、友次郎に手渡した。そこに包まれていたのは、五千両（テール）の札束だった。

製造所はいっきに忙しくなった。夜を日に継いでの作業である。真夜中というのに、鍛冶の音が野面をわたることもあった。

そんなある日のことである、ふらりと外へ出た友次郎は、工場の周りをうろちょろする三、四人の男を見た。はじめ彼は、雇ってもらいたくてうろついているものとばかり思っていたが、彼らは友次郎の姿を見ると、すっと消えてしまうのだった。

やがて、その男たちが、実は当局の密偵であることがわかった。

「うるさい奴らだ」

そう思いつつも、小室銃砲製造所はれっきとした看板を掲げた事業所である。なにも恐れることはないと、胸をはった。

桜の咲き始める頃、世間は鉄道を国有化するかどうかでもめていた。この年の二月に結成された堺利彦らの日本社会党が、政府とことごとく対立していたからである。

「鉄道の国有化は、富国強兵の政策には欠かせないのですかね？」

日野熊蔵が言う。

「鉄道が国有になると、そりゃ、政府の側から見ると便利だろうけれど、運賃のほうは政府の意のままになるからな、国民にとっちゃあまり歓迎できないかな」

そう答える友次郎にも、実のところ賛否はわからないのだった。

それはともかく、銃の製造は急がねばならない。次々と仕上がってくる銃の一つ一つに目を通しながら、この銃が中国の革命にどんな役を演じるのかと想像すると、しぜんに友次郎の手に力が入るのだった。

「親分、今夜、警察の手が入ります！」

乾分の一人が、飛び込んでくるなりそう告げた。

「なんだと！」

友次郎は、思わず試作中の雷管を机の下に隠した。机の下に隠したとて警察の目に触れてしまえばそれまでなのだが、咄嗟にとった彼の行動は本能的なものだった。

雷管と火薬、これは銃のいわば心臓部である、これだけは押収されてはならない、別のところへ移さなければ……、と臍をかためた友次郎に、ふと浮かんだのはツチ子だった。

日の暮れるのを待って、友次郎は妻のふさに乾分をつけて雷管を宮崎滔天の家へ運ばせた。

その夜の臨検は、見馴れた製品ばかりでとくに怪しいところはないとして無事に終わった。

しかし、警察の目はそんなに甘くはなかった。ふさと乾分が滔天の家へ飛び込んだのをちゃんと見届けていたのである。

「なんだか、へんな奴がいますね」

「うん、ありゃ密偵だな」

滔天、ツチ子夫婦のそんな会話も、嗅ぎつけられているかも知れない。

「あなた、剣禅さんから預かったこれ、どうしましょ」

「そのへんに捨ててしまえよ、あとのことは俺がなんとかする」

酒に酔った滔天は気楽に言う。

ともかく警察の手の入らないうちに処分したほうがいいと悟ったツチ子は、使いの者を友次郎のもとへ走らせた。

「先方では、そのへんの沼にでも捨てて下さいということです」

使いの者の返事を聞いたツチ子は夜陰にまぎれて、雷管を着物に包むと二丁ばかり走って泥の深そうな田圃に放り込んだ。

雷管は田の中に沈んでいく。ツチ子が帰ろうとすると、突然ブッブッという不気味な音がして田圃に白煙が噴き出した。驚いたツチ子は、我が家を忘れて友次郎のところへ駆け込んだ。

「いやぁ、女史、たいへんなご迷惑をおかけしました」

友次郎は、ツチ子に両手をついた。

「剣禅さん、あれでよかったんですかネ」

「ええ、しばらくのあいだ官憲の目から隠せれば、あとはなんとかなります」

小室銃砲製造所の火薬庫は、武州比企郡松山（現・東松山市）にある。ここに火薬庫を持ってきたのは、兄健次郎の発案だった。とにかく物騒なものは人のいない所へ持っていくにしくはないということで、川角村から近からず遠からずの松山の山中にしたのである。

「これからの実験は松山でやります」

友次郎は詫びた。

そんな事件はあったが、末永節の尽力などもあって、銃は横浜の港を出ていった。上海に着いて、やがて銃は、湖南の衡陽《ホンヤン》、醴陵《リーリン》、江西省の萍陽《ピンシアン》の同志の手に渡るだろう。それが中国の――、いや、日本を含むアジア諸国の民主化の役に立つのを願うばかりの友次郎であった。

「さすがのツチ子女史も、火薬の暴発には肝をつぶしたんだな」

ふさの肌をまさぐりながら、友次郎はあの夜のツチ子の蒼白な顔を思い出していた。

五月になった。新緑のさかりである。中国留学生「葉」と「幹」に注文された仕事を終えて、ほっと一息つく友次郎だった。ツチ子女史が暴発する雷管にびっくりして逃げ出した有様などあれこれ思い描いて、かれは髭を撫でまわした。それにしても、火薬を投げすてられた田圃はどうなっているか、気がかりでもある。無事に田植がすんでいればいいのだが、不浄の田だと放棄されているとすれば、さてどうしたものかと思案しているところへ、戸越しに聞きなれた声がした。

「大人、お久しぶりです」

訪ねてきたのは刀安仁だった。

「おお、刀使、よく来てくれた」

友次郎は快く迎える。

「わたしは日本国がこんなに美しいとは、正直知りませんでした」

刀安仁は周りの田畑を眺めやって、ため息交じりに言う。

「そうかね、こんなところがそんなに綺麗かね。岩本清風さんの話じゃ、お国のほうがよっぽど美しくて豊かだと言ってたがね」

「それは有難いことですが、日本国にくらべると千崖はまだまだ野蛮国です」

「……」

「清朝の圧政に唯々諾々と従っているだけの領民を見るたびに、私は胸が痛むのです。大人のおっしゃるとおり雲南は豊かな自然に恵まれていて、飢えるということはありません。耕さずとも山野は食糧の宝庫です。しかし、それだけでいいのでしょうか、やがて清朝はわたしたちの人権を奪います。苛酷な税を取り立ててきます。そうなった時、雲南の山野は荒れ、わたしたちは飢えなければなりません。そうならないために、孫文先生の唱えられる『民族・民権・民生』の三民主義を奉じて起ち上らなければならないのです」

「うーん、それはごもっともだな」

「わたしはこのたび、中国同盟会への入会を許されました」

「刀使、それはおめでとう！　これで逸仙先生の革命も一歩前進だ」

「そして、雲南にも同盟会の支部ができることになりました」

「支部ができる？　それで、どのくらいの勢力なのかね」

「わたしたちタイ族にイ、ジンポー、ハニ、ワ、アチャン、リス族など瀾滄江と怒江沿岸のパーツが連合しました。はっきりした同盟会員の数はまだわかりませんが四、五千の勢力にはなる見込みです」

刀安仁は、この雲南支部を組織するために昨秋、雲南に行ったという。すると現地で岩本千綱、熊田毒水の一行と出会っていたかも知れない。それを質すと、刀安仁は首を横に振った。

「わたしはごく隠密の行動でしたから……」

——湖南の蜂起は、やがて雲南にも及ぶだろう、よし、もっと銃を造らなければ……と友次郎は臍を固めるのだった。

「孫文さんの広東と刀使の雲南が結びつけば北の清朝は、冷汗をかいて降ってくるでしょうよ」

「でも、そう簡単にいかないのが、政治でして……」

「刀使、それもそうだろうが、ともかく孫先生の『天下為公』に向かって戦わなければならんでしょう」

友次郎も、いつの間にか「天下為公」の思想を身に帯していた。

「刀使、いよいよアジアの夜明けだ！」

二人は、固く手を握って乾杯した。

「それはそうと、奥方やお嬢さんたち、みんな元気かね」

「はい、おかげさまでみな元気です。娘たちは実践女学校で日本語を覚えるのに夢中になってます」

「そうかそうか、なにしろ実践女学校は自由平等を唱える下田歌子女史の学校だから、なんの差別もしないかわりに授業は厳しいと聞いていますよ」

「はい、その厳しさが娘たちには新鮮なようで……」

二人は、ふさの手料理で夜更けまで語り合った。

その夜、友次郎は興奮ぎみだった。ふさを抱く手に力はこもっていたが、思いはあらぬかたへとんでいた。そこには、まぎれもなく孫文の掲げる人間像が写っていた。

五　清五郎病む

思いがけない電報が飛びこんできたのは、暑いさかりだった。

——スグコイ

という短い電報は母親のとくからだった。

友次郎は、身支度もそこそこに故郷へ向かった。この七月（明治三十九年）、大宮から川越へ通ずる「川越電気鉄道」が開通していたのでだいぶ便利にはなったが、それでも川越へ着いたのは昼もだいぶ過ぎた頃だった。駅前の飯屋で腹ごしらえをして鉄道馬車で坂戸へ行き、そこから人力車をとばして川角へ着いたのは日も暮れる頃だった。

家に着くと、門前には数人の村人が額を寄せ合って、なにごとか囁きかわしている。彼らは、友次郎の姿を見るとさっと道を開いた。

「友次郎さま、おかえりなさせえまし」

顔は覚えているが、名は忘れてしまった小作の老人が深々と頭を下げた。

「友次郎さま……」

濯ぎの水を運んで来たのはレイだった。今のレイは小作の一人に嫁いでいたが、昔とかわらぬ下女勤めをしている。

「おお、レイさん、お久しぶり、いいおかみさんになったんだってな」

レイは、顔を赤らめながら友次郎の足を拭った。

しんと静まりかえった廊下を急いで、父親の臥せている病間の重い襖を開けると、そこには家中の者が揃っていた。

父清五郎の脈をとっていたのは、一族の医師小室潜庵だった。潜庵は友次郎が入ってくるのを見ると、子細ありげにうなずいた。

「ようやく落ち着かれましたによって、あとは静かにおやすみいただくのがいちばんです」

そっと立ち上がる潜庵に続いて兄健次郎、妹しづ、隅にひかえていた松造、そして友次郎があとに続いた。妻のとくだけが残った。

デイの間には、レイがしつらえた膳が並んでいた。

「先生、どんな按配ですか？」

「うん、長年の苦労で肺と気管がだいぶ傷んでいると診たが、療治さえしっかりすればちゃんと治りますよ」

健次郎の問いに、潜庵はそう答えた。

小室潜庵、嘉永二（一八四八）年秩父郡白鳥村に生まれ、やがて江戸へ遊学する。四谷荒木町の医師安藤文沢の玄関番となり、程なくして門下生に取り立てられ済生学舎に学んで医師の免状を得る。さらにお茶の水順天堂に入って研鑽を重ねた。そこへ、小室家から養子の縁談が持ち込まれた。その話をもってきたのは、誰あろう師の安藤文沢だった。師の命とあらばいかんともし難く、小室とよと結婚したのは明治十四（一八八一）年の春だった。

潜庵の妻とよ（豊女）は、友次郎の祖父七左衛門の妹登起の娘で、清五郎とは従兄妹であった。

「こんな田舎では満足のいく治療はできんから、東京の病院へ入ってもらいましょう」

潜庵はそう宣言した。潜庵の尽力で、清五郎は東京大学病院へ入院することになった。付添う妻とくは牛込矢来町三番地の東京事務所へ移った。

「剣禅さんよ、父上のご病気はどうだい？」

「や、滔天さん、ご心配かけました。ここんとこだいぶ落ち着いて、食もだいぶすすんでいるようだ」

「そりゃよかった。なにしろ剣禅さんはお父上に迷惑ばかりかけてきたんだから、こんなときこそ親孝行しないとな」

「はっ、はっ、は、滔天さん、それはお互いっこじゃないかね」

「そうか……」

滔天は、長くのびた顎髭をしごいて苦笑いした。

「ところで、『革命評論』のほうはうまくいってるかね？」

友次郎が訊く。

八月、滔天は中国同盟会の機関誌「民報」を側面援助する目的で、「革命評論」を創刊した。編集所は新宿番集町三四番地の自宅で月二回発行、記事の内容はもちろん中国革命を紹介宣伝するもので、民報が主に中国留学生に向けて出されているのに対して、革命評論は日本人向けのものだった。

「章炳麟さん歓迎の記事は大いに反響があったよ」

章炳麟（一八六九〜一九三六年）、中国同盟会の機関誌「民報」の主筆である。その彼が来日したので、七月十五日神田錦町の錦輝館で歓迎会が開かれた。

「俺も出たかったんだが、なにかと忙しくて残念だった」

章の歓迎会に出られなかったのは、まさに残念としか言いようがなかった。会へ出ていれば初対面だったのである。章は、すぐ上海へ帰ってしまった。もう対面は叶わないだろう、それが残念なのである。

「なんにしても、お父上の看病だけは手厚くな……」

「ありがとう、そこまで送ろう」

「そうか、それなら工場を見せてもらおう」

友次郎の案内で、滔天は工場を見てまわった。職工の器用な手許をじっと眺めて、「ほー」と感心している。

「熊蔵さんが、アメリカの特許をとろうというので、今、その筋の手続きを研究中だ」

友次郎が言う。

「アメリカの?」

「そうなんだ、なんにしてもメリケンの特許をとればうんと売れるからな」

二人は、工場の騒音も吹き飛ばすような声で笑った。


九月（一九〇六年）になった。清国政府は光緒帝の名で「立憲準備の詔」を発布した。それは、帝政から立憲政体へ改革しようとする清国政府の画期的な政策転換だった。朝廷内の改革派である康有為を中心とする「保皇会」は色めきたった。清国にまず憲法を制定し、その憲法に従って光緒帝を君主に戴き、立憲君主国家を創立しようというのが彼らの最大の目標となった。「保皇会」は、「帝国憲政会」と名をあらため、潤沢な資金力を背景に「政聞社」を設立して機関誌「政聞」を創刊した。

「詔」の出た翌年の一九〇七年頃には、日本に中国留学生が一万人近くいたが、その留学生のあいだにも、「種族革命派」と「政治改革派」の二派があった。種族革命派は、革命によって清朝政府を倒し、満州族の支配を終わらせ漢族の国家をつくろうという派で、政治改革派は立憲政治を実施して政治を改革しようとする派だった。

十月十七日、神田の錦輝館で「政聞社」の結成大会が開かれた。その席には来賓として大隈重信、板垣退助、犬養毅、尾崎行雄らが連なっていて、彼らはそれぞれ祝辞を述べた。会がたけなわになったときである、突然何者かが乱入してきた。「中国同盟会」の張継らだった。たちまち、両派入り乱れての乱闘になった。急報を受けて日本の警官が駆けつけた。ひとまず事態は収拾したが、このように孫文派と立憲派はことごとく対立していたのである。この対立も、一九〇八（明治四十一）年十一月十四日の光緒帝の崩御によって新しい段階に進むのであるが、それはのちのことである。

そろそろ秋風の立つ十月になった。

ここは、小室銃砲製造所の事務所である。

「日野大尉、いや、熊蔵さん、アメリカっていう国はえらいもんですね」

「なにがですか？」

「聞くところによると、義和団事件の賠償金を清国に返還するそうですよ」

「ほう、ずいぶん昔の話ですが、いったい幾ら返すっていうのですか」

「なんでも、アメリカは二千四百何万ドルかの賠償金をとったといいますが、まだ未払いの一千百万ドルだかを帳消しにしようっていうことらしいですよ」

「へえ、アメリカって、ずいぶん豪儀な国なんですね」

「そのくらいの豪儀さで、こっちの銃の特許もくれるといいんだが、三百代言（弁護士）の話じゃ、大いに望みがあるっていうことです」

「そうなってほしいですね」

そんな話をしているところへ、ふさが茶を運んできた。

「これは奥方、すみませんな」

「なにおっしゃるんですか、日野さまはここの長《おさ》じゃないですか」

「長？　いや、これはまいったな、ここの長は剣禅、起倒流柔術の達人、小室友次郎師ですよ」

「おいおい、大尉、そんな恥ずかしいことばらすなよ」

茶を飲みおえて、日野熊蔵は演習があるからと、ふさのとめるのも聞かずに帰っていった。

「ご主人さま――」

その夜、床に入るとふさは友次郎の耳元にささやいた。

「刀さんの奥様が、お子をお産みになるんですすとよ」

「な、なんだと？　誰に聞いたんだ」

「決まっているじゃありませんか、ツチ子さまからですよ」

「うーん、そうか。それはめでたいな」

めでたいな、と言いながら友次郎は一抹の不安を感じた。はたしてどんな医者にかかっているのか、生まれた子は無事に雲南に帰れるのか、あれこれ考えると頭が冴えてしまうのだった。

生まれてくる命は、うれしくも尊いものだ。それは日本とて雲南とて同じであろう。雲南の医術を見たことのない友次郎だが、岩本千綱師の土産話では、雲南は漢方の療治が普及していて、人々は少しも困っていないという。雲南は薬草の宝庫だそうだから、それはわかるのだが、東京ではそんな漢方療治はできないだろう、とすれば日本の医者にかかるしかないのだが……。ふと、潜庵先生の顔が浮かんだ。しかし、潜庵先生は遠すぎるうえにあまり名医とは見えなかったが……と、父清五郎の東京大学病院入院に尽力してくれた潜庵先生をそんなふうに評した。評したあとで、これはすまなかったと髭をひねっているうちに眠ってしまった。

「ふさ、ちょっと矢来へ行ってくる」

翌朝、朝飯を終えると友次郎はあわただしく家を出た。新宿から市ヶ谷まで電車に乗り、あとは歩いて三十分たらずで矢来に着く。矢来の家には事務員が一人いるきりだった。

「おっかさん、いないのかい？」

「はい、奥方さまは朝早く病院へ行かれました」

「そうか、わかった。私も病院へ行く」

それだけ言うと、彼はさっさと事務所を出た。途中、神楽坂の商店街で旨そうに見える西洋菓子を買って、鉄道馬車に乗り込んだ。

本郷界隈は上京以来馴染んだ町の一つである。懐かしい食堂は昔のままだったが、なじみの古書店は消えていた。そこは道幅が拡がっていて、路面電車の線路を敷く工事の真最中だった。

病院の廊下は静まりかえっていた。看護婦詰所に寄った友次郎は、出てきた顔見知りの看護婦に丁重な挨拶をした。

「おっかさん、来てますか？」

「ええ、お見えですよ」

「では、失礼蒙りやす」

そう言う彼の田舎弁には、顔に似合わぬ愛嬌があって看護婦もつい釣りこまれたのか、口を覆って笑いをかみ殺した。その看護婦の手に神楽坂で買った菓子の一折をのせて、彼は病室へ向かった。

「おや友次郎、よくおいでだね」

とくがはしゃぎ声をあげる。

「お父っつぁん、気分はどうかね？」

母親を無視して友次郎は父に話しかけた。

「うん、ここんとこだいぶ力がついた」

清五郎は痩せた腕を叩いたが、誰が見ても力があるようには見えなかった。それからしばらくは、親子三人のとりとめのない話が続いた。

「これは、わが家の新米ですよ」

昼近くなって、清五郎の粥をつくりながらとくが言う。

「ほう、家の新米か」

友次郎はつくづくと眺めた。粒が大きい。白さも白い。炊きあがった粥はふっくらとしている。

「田は、松造がしっかり守ってくれていますよ」

松造か——、ここ何年も会っていないが、いったいいくつになったのだろう？　と、友次郎は思いをめぐらした。父よりたしか五つ六つ上だったはずだから七十に手がとどこうという齢だな……。そう思うと、彼の高い鼻梁の奥がじんと沁みてくるのだった。

「友、鉄砲はどうなってるんだ？」

「だいぶあっちこっちから注文がくるようになりやした」

事実、中国同盟会からの注文はあったのだが、目論んでいた日本の軍部からの注文はまだない。

「もうすぐアメリカの特許がとれます。そうしたらお父っつぁんから借りた金も返せるってもんです」

「返す、返さぬはいい。おまえは次男坊で田畑を相続するわけにゃいかんのだから、わしはおまえの立派な独立だけを願ってきた。そのための金はいとわんつもりじゃ」

「お父っつぁん！」

「だがな、健次郎の苦労も考えにゃいかんぞ」

父の言葉に友次郎はうなだれた。

「それにしても友、今いっしょにいる女子《おなご》はどうするつもりなんです？　ちゃんと籍を入れるならいれるで、はっきりさせなければなりませんよ」

横からとくはそう言うと、友次郎をきっと見据えた。友次郎はただ首をすくめるばかりだった。

その時、トントンと扉を叩く音がした。友次郎が扉を開けると、そこに立っていたのは清水勝次郎だった。

「勝つぁん！」

「おや、友次郎旦那！」

二人は、互いに歓声を上げた。

「勝つぁん、見舞いに来てくれたんかい」

「はい――、ご報告かたがたです」

報告と言われると、友次郎も身を引かざるを得ない、勝次郎に自分の椅子をゆずって、彼は片隅の床几に腰をおとした。

勝次郎は清五郎の耳もとに口を寄せて、ひそひそと何事か報告している。清五郎は、うんうんとうなずいている。そんな時間が五分もあっただろうか、報告を終えた勝次郎はあらためて友次郎に頭を下げた。

友次郎と勝次郎の二人は、矢来の家で向き合っていた。

「小川社長の一周忌もすぐだな」

ぽつり、と友次郎が言う。

小川平吉に連れられて東京へ出てから、十数年の星霜が過ぎている。その歳月のうちには、友次郎にも平吉にもさまざまな出来事があった。平吉の製材所は年ごとに繁栄し、彼は地元の名士に名を連ねるようになり、事業の方は勝次郎に委ねることになった。

この清水勝次郎は小室家の縁戚の者で、清五郎について土木請負の修業に励んでいたが、そののち平吉の請いで彼の製材所に移り、今はその製材所を継いでいるのであった。

「勝つぁんにも、だいぶ迷惑をかけたな」

友次郎が言う迷惑とは、仕入れた材木の支払いを滞らせていること、そして実家に無心に行くたびに清水製材所に泊まり、気分を代えてから川角へ向かうのを慣わしとしてきたことを指している。

「なにしろ、勝つぁんとこで一服させてもらわんことにゃ、おやじさんに無心する決心がつかなかったものな、ハッ、ハッ、ハ……」

豪快に笑いとばす友次郎に、勝次郎もいっしょになって手をうった。

「ところで……」

と友次郎は真顔になって勝次郎に問いかけた。

「平吉社長の法事はいつなんだ?」

「忙しいもんで、まだ決めてません」

「そうか、決まったらすぐ知らせてくれい」

勝次郎は神妙にうなずいた。

仕出しでとった肴もおおかた無くなった。したたかに酔った二人は、押入れから蒲団を引っぱり出すとゴロリと横になった。どうやら母のとくは病院に泊まるらしい、掛時計が十二時を打った。

六　刀安仁・宋教仁初めて会う

それから幾日かあとだった、刀安仁がやって来て一冊の雑誌を友次郎に手渡した。それは「雲南雑誌」と題されていた。

「雲南の李（根源）さん、張（耀曽）さん、呂（志伊）さんたちが出した雑誌です」

刀安仁の説明によると、彼らは雲南出身の中国同盟会会員で、思想的には、一貫して英仏帝国主義の辺境侵略に反対しているのです、という。全文が漢語で、友次郎には簡単に読めなかったが、刀安仁がすすめるままに貰っておいた。

「刀使——」

と呼びかけて、友次郎は口を噤んだ。聞こうとしたのは夫人の出産のことだったが、それは女共に任せておけばいいと思いかえしたからだった。

その刀安仁が再びやって来たのは、北風が肌にしみるようになった十一月の半ばだった。

「剣禅大人、宋教仁君をご存知ですよね」

「ああ、知ってますよ」

友次郎は、去年八月の飯田町富士見楼の熱気を思いかえした。若いなりに、宋の司会はてきぱきしていて気持よかった。こんな若者が、と思わないでもなかったが、会をどんどん盛り上げていく話術の巧みさには感嘆するほかなかった。なにしろ、緩急自在なのである。興奮のあまり絶句する仲間を彼は巧みなユーモアで助け、ただ喚くだけの者には叱咤の声をとばした。そんな盛り上がりがあって、孫文の演説はいっそう精彩を放ったのである。

「その宋教仁君が、わたしを訪ねてくれたんです」

「え！　それで、初対面なんですかい？」

「はい、そうです」

「そうか……」

友次郎にはちと信じられなかった。

この、宋教仁と刀安仁の対面をとりもったのは他でもない滔天の妻女ツチ子だった。

「宋さん、同盟会会員で刀さんって知っています？」

ふらりと遊びに立寄った宋教仁にツチ子が聞いた。

「……？」

宋はしきりに思い出そうとしているふうだった。

彼は、日本へ亡命してからの二年間のあれこれを思いおこしていた。

長沙起義に失敗し、亡命者として横浜へ辿り着いたのは二年前の一九〇四年十二月十三日だった。それから……、雑誌「二十世紀之支那」の発刊に関わり、順天中学校で日本語と英語を学び、法政大学に入学し、神田の寄席で宮崎滔天の浪曲を聞き、二十世紀之支那社で孫文と会い、中国留学生の孫文歓迎会で司会をし、中国同盟会の創立に参画し、「二十世紀之支那」が発禁処分を受けると警察の取調べを受け、一九〇六年の元旦には滔天宅を年賀訪問し、東京日日新聞に掲載された「露国の革命」を訳し、公使館に呼ばれて変名を糺され、神経衰弱で田端の脳病院へ入院したことなど、あれこれ思い浮かべたが、ついに刀安仁の影はなかった。

「会ったことないのなら、わたしが連れていってあげますよ」

ツチ子は気さくにそう言って、宋教仁を筋向いの家へ連れていった。

「安仁さん、ご在宅？」

玄関を開けてそう呼ぶと、出てきたのは安仁自身だった。

「安仁さん、こちらが同盟会司法検事の宋教仁さんです」

「や、これは――」

十歳ほども年上の刀安仁は、式台へ飛び下りると教仁の手をとった。

「こちらが、雲南干崖の宣撫使刀安仁さんですよ」

ツチ子にそう紹介されると、二人はたちまち昔からの知己のように肩を抱き合った。

「刀先生のご先祖は?」

「私の先祖は南京上元の者で、明の時、沐英の雲南征服に従い、そのまま干崖宣撫使に命ぜられ、それから代々後を継ぎ今日に至っています」

「それはまた由緒の正しいことで——。そういう刀先生が同盟会に加わって下さったというのは、希望が開けたということです。それで、雲南の人民の様子はいかがですか?」

「雲南の民智はあまり開かれてはいません。人民はみな土着の者なので、漢人は「白夷」と呼んでいます。その白夷、雲南には四、五百万人いますが、中国語に通じている者は多くありません。今後、中国文化を普及させるには、教育の振興を図らなければならないと考えています」

それを聞いて宋は、刀の並々ならぬ思想と指導力のあるのを知った。それが、一九〇六年十一月十一日夕刻のことだった。

「そうか、ツチ子女史がね」

友次郎も感無量だった。異国人とはいえ、新しい国を創ろうとする彼らの情熱に接するたびに、友次郎はできる限りの協力をしようと誓うのだったが、民権運動家の前田案山子を父にもっツチ子が、刀安仁と宋教仁を引き合わせたということは、よほど父親ゆずりの情熱なんだな、と友次郎は眼を閉じてツチ子の姿を追った。〈因みに、ツチ子、ツチ又は（槌）の姉卓（つな）は夏目漱石の「草枕」の主人公「那美」のモデルである。〉

「宋君は湖南省の桃源県生まれだそうで、革命は南からが持論だと言っていました。貴州を挟んでいても湖南、雲南は『南』のつく隣同士なんだからいっしょに戦おうと誓い合いました」

事務所を訪れた刀安仁は、宋と語り合った興奮を全身に表してそう報告した。

「それはよかった。まぁ、いっぱいやりましょう」

いつものように、ふさの手料理で酒を酌み交わした。

「刀さん、ご夫人いかがですか？」

ふさが訊く。

「え？　ええ、お、おかげさまで……」

ふさが訊きたいことを察した安仁は、照れくさそうに雲南訛りで答えた。

「車が来ました」

と、下女の声がした。

「じゃ、刀使、気をつけてな」

安仁を門まで送り出して、友次郎はキッと辺りを見回した。門灯のかげになんとない殺気が漂っている。

「刀使——」

と呼びとめて、彼は安仁の耳もとにささやいた。

「どうやら密偵がそのへんをうろちょろしているらしい、気をつけてくださいよ」

刀安仁は、さっと身構えて人力車に乗り込んだ。

次の朝、友次郎は使いの者を安仁のもとへ走らせた。使いの報告では、安仁は無事だったという。彼はひとまず安堵の胸をなでおろした。

七　民報発刊一周年

工場を一巡りしてくると、机の上に一通の封書が置いてあった。切手が貼ってないところをみると、誰かが届けたものらしい。

開けてみると、十二月二日神田錦町錦輝館で開かれる「民報発刊一周年記念大会」の案内状だった。孫文の講演がある、とも書いてあった。孫文の顔を見るのも久しぶりだからこれは是非行かねばなるまいと、暦に書き入れた。暦を繰ると、孫文とはもう一年余りも会っていない。民報の記事で孫文の動静はわかっているが、こんどの会では握手ぐらいしたいものだ、と友次郎は思わずにはいられなかった。

今日は朝から木枯しが吹き荒れている。股火鉢で帳面付けをしているところへ、乾分の毒水がやって来た。

「頭領、民報の大会であたしはどんな役をするんですか？」

「決まってないよ。こんどの会では、孫文先生の話を聞くだけでいいだろう」

はい、と言って毒水が出て行くのと入れ違いに思わぬ客がやって来た。兄の健次郎である。彼は羽織袴という正装の頭に、鳥打帽をかぶっていた。

「や、兄さん！」

「友、どうもここんところ父上の容態がよろしくない」

「なんですと？」

「ここ二、三日咳が止まらぬうえに何も口にできなくなった」

「それで、おっかさんは？」

「寝ずの看病だ」

「医者はなんと言ってるんです？」

「新しい薬の注射をしたから、しばらく様子を見ようと言ってる」

「お父っつぁんはあれでなかなか芯は強いほうだから、大丈夫さ」

そう言いながら、友次郎は病院へ駆けつけた。

「おっかさん！　父上はどうだい？」

「いま、よくおやすみですよ」

友次郎が覗き込むと、清五郎は昏々と眠っている。息も苦しそうに見えない。兄さんの言った新しい薬が効いたのか、と友次郎はひとまず胸をなでおろした。

十二月二日、神田錦町の錦輝館には数百人の留学生が集って、会はいやがうえにも盛り上がっていた。

控室には、孫文がいる、黄興がいる、宋教仁がいる、滔天がいる、刀安仁もいた。友次郎は次々に呼ばれて、どこへ座っていいかわからないくらいだった。もちろん、孫文とも固い握手を交わした。

やがて、孫文の「三民主義と中国民族の前進」と題する演説が始まった。民族、民権、民生の三本柱で民主主義国家を創り出そうという演説は、いつもどおりの喝采を浴びた。

八　清五郎没す

民報発刊一周年記念大会の余韻がおさまらない十七日後、小室清五郎は死んだ。明治三十九（一九〇六）年十二月十九日、享年六十三歳だった。

武州川角村は、村中がなんとなくざわついている。暮も近いからであるが、それだけではない、元締小室清五郎の葬儀が執り行われているからである。

「友次郎さんが見えねえようだな」

門前に群をなす村人の口の端に、そんなささやきが洩れる。

「なんでも、友次郎さまは警察に捕まったんだというぞ」

「えっ、あの坊っちゃまが？」

「おお、怖い怖い！」

「しっ！　めったなこと言うもんでねえ」

人の口に戸は立てられなかった。

「友次郎さんは支那に肩入れしてな、大旦那の財産をだいぶ食ったというぞ」

「鉄砲造りをすりゃ、そりゃ金もくうだろうさ」

「へえ、どんな了見なんだかな」

「そりゃ、金儲けさ」

「はぁ、それで、うんと儲かったんかい?」

「さあて、どうだかな」

「あの友次郎さんのこんだ、立派な八の字髭で押し出しゃ、軍でもどこでも買い入れるんでねいか」

「それがな、あん方ァ、剣禅とかなんとか名乗ってかっこつけるだけで、金儲けなんてのは次の次だぐれえにしか考えていねえそうだとよ」

どこから流れ出し、どこで広まったのか、そんな噂話が流れる。

昼近く、とくと健次郎を先頭にした葬列が墓地に向かった。金襴の布に覆われた柩が冬の陽を反射する。白鷺が数羽、葬列の上を飛び去った。

そんな時、友次郎は坂戸の清水勝次郎の家に半ば閉じ込められていたのである。

一昨日の夜、彼が坂戸に着くや、密偵に尾行された。ひとまず勝次郎の家に隠れたのだが、たちまち二人の警官に見張られた。はじめ、明日の朝になればいなくなっているだろうと多寡をくっていたのだが、彼のそんな思惑をよそに見張りの手は緩まなかった。彼は今の状況を手紙にして若者を川角へ走らせた。

「友次郎さん、どうします?」

「どうもこうも五月蝿いゴマのハエだが、平気な顔して一番の馬車に乗ろう」

「そうですね、そうしましょ」

友次郎と勝次郎の相談は一決した。

家を出ると、二人は制服の警官と二人の密偵に前後を囲まれた。どちらも無言のまま馬車の駅に着いた。この混雑なら警官も乗り込んでこまいという思惑をよそに、警官と密偵は、二人にぴったり寄り添って乗り込んできた。

友次郎は、勝次郎の袖をそっと引いた。二人は立ち上がると、矢庭に出発しようとしている馬車から飛び下りた。続いて警官と密偵も飛び下りる。車中の乗客は、いったい何事が起こったのかと身を硬くして逃げる者と追う者の姿を追った。

「どうも、あんな邪魔者を連れて川角へは帰れんな」

清水製材所の長椅子に身をよせて、友次郎は天井を仰いだ。

「私一人ならどうでしょう」

勝次郎が言う。

「駄目だろよ、勝っつぁんも狙われているからな」

でも、と押し切って、勝次郎は二番の馬車に乗ろうと駅へ向かった。狙われていると思った勝次郎には、警官の姿も密偵の影もなかった。

川角へ着いた勝次郎は、健次郎に一昨夜からの一部始終を語った。

「友次郎さまは、村の人にもしものことがあったらと、それればかり気にしておりました」

「その筋の者を連れてきてもらっても、こっちも困る」

こうしてついに、友次郎は親の葬儀に参列できなかったのである。

とくと健次郎を先頭にした葬列の中に、羽織袴を着こなした一人の端正な青年がいた。どちらかといえば丸顔で、眼には微笑みを湛えている。どこから見ても、上品な日本人だった。

清五郎の柩が、静かに土中に埋められていくあいだ、その青年は深く頭を垂れ、合掌していた。

葬列の一行が屋敷へ戻ったのは、赤城颪が冷たさを増した夕暮れ時だった。

「黄興さん、本日は本当に有難うございました」

仏壇に線香をあげ、位牌に手を合わせている黄興に健次郎が声をかけた。

「さ、こちらへ――」

健次郎にいざなわれて黄興は、弔問客の屯する客間へ足を運んだ。

膳に座った黄興に、とくはなにも言わずただ頭を下げるばかりだった。

「友次郎殿にはなんと申しましても、筆舌に尽くせないご支援をいただいて、孫文も深くお父上を悼んでおられます」

そして黄興は語り始めた。

「……滔天さんが筑土八幡の高野長雄、いえ孫文のところへ飛込んできたのは、お父上の亡くなられた次の日でした。私は孫文にすぐ呼び出されまして、私の代わりに葬儀にはぜひ参列してもらいたい、と頭を下げられました。私はお尋ね者だ、うかつに外を歩けないのだ、頼む、というのが孫文の本当の気持でした。私に異存はありません、たとえ孫文に頼まれなくとも、剣禅殿のお父上のご葬儀とあれば、なにがあろうと参列させていただくつもりでした」

「有難うございます。親父も泉下で喜んでいます。帰られましたら、孫文さんによろしくお伝え下さい」

健次郎は、ここにいない弟の姿を思い浮かべながら黄興の前に手をついた。

一晩を川角に過ごした黄興は、次の日の朝早く、健次郎はじめたくさんの村人に見送られて帰りの馬車に乗り込んだ。

九　刀保四生まる

消える命もあれば、新しく生まれてくる命もある。年があらたまるというのも、そういう自然の摂理の一つかも知れない。

明治三十九（一九〇六）年は、父清五郎を送るに送れない無念が残った年だったが、年が明けると早々、うれしい知らせが飛びこんできた。刀安仁の夫人が出産したというのである。

「そうか、それはめでたい！」

友次郎は細い眼をさらに細めて喜んだ。

「それで、ふさ、どんなお子だった？」

「どんなって、それは可愛らしいお子でしたよ」

「まあな、乳呑児ってのは、みんな可愛いもんだが、男の子かい、女の子かい？」

「男のお子さんでしたよ」

「ほう、すると刀使にもいい跡継ぎができたわけだ」

雲南の家族制度を詳しく知らないが、刀安仁の語るところやら、健脚坊岩本千綱師の踏査報告やらを突き合わせてみると、どうも日本と大差ないらしく、男子出生とあらば、当然親の跡を継ぐもの、と考えるのが自然なようだった。

「そうか、わしもお子の顔を見に行ってくるかな……」

半ばためらいながら、友次郎は新宿へ足を運んだ。

内藤新宿は相変わらず賑わっている。まだ正月気分が抜けないのか、辻々に大道芸人が唄に合わせて踊っていたり、手品師が怪しげな手品で見物人から小銭を集めたりしていた。そんな繁華街を一歩入ったところが、番集町である。友次郎は、まず滔天の家の戸を叩いた。

「あら、剣禅さん、おいでなさい」

迎えたのは、ツチ子女史だった。勝手知ったる滔天の家である、友次郎はさっさとあがった。

「やあ、牛さん!」

炬燵に足を入れて寝そべっている滔天に、声をかけた。

「おお、剣禅さん、ま、入れや」

そう言って滔天は、炬燵のフトンをまくった。

「牛さんは相変わらずのんきなもんだ」

「のんきなもんかい、今、えらい考えごとをしているところだ」

「考えごとは滔天さんの生きがいみたいなもんだが、それで、どんな考えごとだい？」

友次郎は、呼びかけを牛さんから滔天さんにかえた。

「戸籍のことさ」

「戸籍？」

「そうさ、剣禅さんも知ってるだろうが、刀さんに男子が生まれてな」

「知ってるもなにも、今日は刀さんにおめでとうを言いに来たんだが、この家の前を素通りできなくて、こうして寄らしてもらったわけさ」

「それは有難忝けなぁ、いまし入日の時だにも、ツチをば供につかわさん……」

滔天は、浪曲調の節をつけておどけた。

「剣禅さん、じゃ、行きましょか」

行くといっても、すぐ筋向いである。

「刀さん、あがるわよ」

玄関の戸を開けて、ツチ子が大声で奥へ呼びかける。なんの返事もないのに、ツチ子は友次郎の手をとって座敷へあがった。

「これはこれは、ツチさま、小室さま、さ、こちらへ――」

出てきた秘書が丁重に頭を下げる。彼に案内されるまでもなく、ツチ子は廊下を渡って刀夫人の臥せている部屋の襖を開けた。

「ご夫人、いかが？」

安仁の妻女は、あわてて身を起こした。彼女の胸の中に嬰児の頭が見える。

「ご夫人、でかした、でかした」

友次郎は、嬰児の頭をそっと撫でて、へんに武士風の声をかけた。夫人は、彼の声の調子にびっくりしたふうだったが、やがて口許に含み笑いをうかべて「謝々」と応えた。

この刀安仁の息子は、「駿造」という名を付けられて滔天、ツチ子夫婦の三男として、日本の戸籍に入籍する。戸籍上の出生年月日は、明治四十（一九〇七）年二月二十日である。これとは別に、刀安仁は「刀保四」という中国名をつけた。

「滔天さん、刀使の子を自分の子として届け出たそうだな」

「おお、それがいちばんあの子のためになるんでな」

滔天は、無精髭を撫でながら、自信ありげに言う。

「刀夫妻も、子の出生の届けをどうしたらいいかわからなくてな、僕が相談に乗ったんだ。とにかく日本人としておくのがいちばんの身の安全で、あとのことは僕が責任をもって面倒みることにしたんだ」

友次郎は深く頷いた。

「おい、ふさ、刀使の子供な、滔天さん夫婦の子になったぞ」

「まあ、そんなこと——」

「とにかくツチ子女史はえらい！　生まれた子の届けをどうしたらいいか相談をうけてな、私たちの子として日本政府に認めさせるから安心して、もちろん養育だって引受けるわよっていう気風《きっぷ》のよさだ」

ふさは、呆気にとられるばかりだった。

そんな折、友次郎の耳に驚くべき情報が届いた。

一〇　萍瀏醴の役

去年（一九〇六）十二月四日、揚子江流域で三万人の民衆が決起したというのである。この決起は、「大中華帝国」を建設しようと叫んで清朝に戦いを挑んで、空しく命を落とした馬福益の偉業を継ぐんだという革命分子の呼びかけで起こった暴動で、中国同盟会の会員はもとより農民、炭鉱夫、鉄道工夫らが呼応して起ち上がったものだった。その背景には大飢饉があったとはいえ、清朝政府の圧政にたまりかねた民衆の怒りが爆発したものだといえる。

「剣禅さん！　去年暮の揚子江の決起で、お主の銃が大活躍したというぞ」

滔天がとんできてそう伝える。

歴史上、この騒動は「萍瀏醴（ひょうりゅうほう）の役」と呼ばれている。

「えっ！　そうか」

友次郎は絶句した。銃が役に立ったのは嬉しいのだが、その『役』があっけなく敗れたという事実に、どう応えていいかわからなかったからである。

その役を東京で知った孫文と黄興はいよいよ蜂起の時だと思い定めざるを得なかった。二人は蜂起の計画を練った。そして蜂起は、湖南省で起こすことに決した。湖南省といえば、黄興の出身地である。作戦の手始めとして黄興、胡瑛ら同志七人が湖南へ向かうことになった。

「小室さん」

工場を訪ねてきたのは、末永節だった。彼は孫文、黄興の蜂起計画を明かしたあと、「銃を頼む」と拝むように言った。

今や「日野・小室式自動拳銃」は、十連発の威力をもつまでになっている。小型の機関銃といってもいいくらいだ。友次郎は一も二もなく承諾した。

日野・小室式自動拳銃と爆薬を隠し持って、黄興らは勇んで出発した。攻撃の目標は湖南省の総督張之洞である。張を亡き者にすれば湖南は革命軍のものになる、という目論見だった。

しかし事はそう簡単にはいかなかった。各地で激しい局地戦を展開しても、革命軍の連携がうまくいかず、総督府に攻め入ることはできなかった。その間に清朝政府は、袁州からの兵力一万六千に袁世凱の新建陸軍の精鋭部隊を加えた兵力を湖南に差し向けた。張之洞率いる湖南軍合せて五万五千の兵力の前に革命軍は各地で敗れ、万を数える犠牲を払う事態におちいった。

黄興たち日本から向かった七人は、清軍に捕えられた胡瑛一人を残して日本へ逃げ帰らざるを得なかった。

役そのものはそれから一年近くも続くのだが、清朝政府はこの乱の元凶が東京に本部をおく「中国同盟会」であるとして、日本政府に孫文追放を要求してきた。

この要求を受けた伊藤博文は、「追放」ではなく「自主退去」という形をとって孫文に日本から出て行ってもらうことにした。

孫文自主退去の仲介役になったのは、内田良平だった。彼は、命を受けるや滔天をともなって牛込筑土八幡町に孫文を訪ねた。

「孫文先生……」

内田は、これまでの清朝政府と日本政府の交渉の経緯をこまごまと伝え、清朝の慶親王からの親書を受取った伊藤公が、熟考を重ねた上で先生を「自主退去」という形で日本を去っていただくことになった、と語った。

しばし沈黙ののち、孫文は了承した。

「内田さん、滔天さん、たいへんお世話になりました。深く感謝申しあげます。我が国はやがて改革を達成して世界の一員となりましょう。その時、中国と日本は新しい友好国として固く手を握ることになるでしょう。それまでの、しばしのお別れです」

「逸仙さん！」

滔天の、いかつい顔に涙が流れた。

「これは日本政府からのご餞別です」

同道した外務省政務局長山座円次郎が、七千円を差し出した。

「これは先生の送別会の費用に……」

と言って内田良平は、七千円のうち千円を抜いた残りの六千円を孫文に渡した。

二月二十五日（一九〇七年）、真冬の寒さを吹きとばすような熱気で、孫文の送別会が赤坂の三河屋で開かれた。黄興、宋教仁、章炳麟など同盟会の精鋭、発起人の内田良平を筆頭に宮崎滔天、和田三郎、もちろん友次郎も加わっていた。

「滔天さん、孫先生を追い出して日本はあとで臍を噛むことになるぞ」

友次郎の口角から泡が飛ぶ。

「いまの日本は列強の尻馬に乗って清朝一辺倒だからな、逸仙さんの革命が成功すれば、さて、日本はどうなることやら……」

そうならないために、われらは力を尽くそうと滔天と友次郎は腕を撫した。

一方、孫文の追放を知った財界は、色めき立った。賛否交々ではあったが、義憤に駆られた孫文旧知の梅屋庄吉、鈴木久太郎は孫文に一万円の餞別を贈った。

この一万円と日本政府の六千円の内二千円を「民報」の事業費として残し、あとの一万四千円を武装蜂起の資金として携え、孫文は日本を去ることになった。

送別会から一週間しか経っていない三月四日、孫文は横浜港を出航した。目的地は香港を経由してシンガポール、サイゴン、ハノイだった。

見送る者は、当局の眼を恐れてか、三々五々という有様だった。友次郎も港へ駆けつけたが、人々に紛れてそっと手を振るだけだった。

孫文が日本から姿を消すと、同盟会の空気はいっぺんに沈滞した。

「剣禅さん、いるかえ?」

孫文を見送った次の日、珍しく滔天が友次郎を訪ねてきた。

「やあ牛さん、なんか浮かぬげだな」

「うん、どうも気が晴れんのだ」

「やっぱり……、孫先生がいないと、吸う空気も白々しいな」

「そうだろ、僕もそうなんだ」

滔天は顎の髭を撫でながら、鼻孔をいっぱいに拡げた。それは、浪花節を語るまえの息づかいにそっくりだった。

「牛さん、一節やるか――」

友次郎は、滔天の茶碗になみなみと酒を注ぎながらそう嘆けた。

「一節もいいけど、どうかね剣禅さん、あとに残った連中の慰労をかねて孫逸仙先生を語る会、なんどという集まりを開きたいんだけれど」

「おお、それはいいね、ぜひやろうじゃないですか」

友次郎に異存のあろうはずはなかった。相談は一決した。

「世話は滔天さんに任せるよ。そのかわり、こっちは任せてくれ」

友次郎は、右手の親指と人差指で丸をつくって目を細めた。

約束の日、明治四十（一九〇七）年三月九日だったが、春を思わせる柔かい風が吹いている。滔天と友次郎は、一時間も前から神田鳳楽園に陣取って、招いた連中の来るのを待っていた。まずやって来たのは黄興だった。

「ご両所、今夜は遠慮なくよばれます」

「今夜は黄さんが主客なんだから、思う存分語りましょうや」

滔天と友次郎が黄興と手を握り合っているところへ、張継と宋教仁が連れ立ってやって来た。少し遅れて章炳麟も着いた。

「まずは乾杯だ」

滔天の音頭でグラスを合わせた。中味は琉球の泡盛である。話はたちまち弾んでいく。滔天と友次郎にはよくわからなかったが、同盟会の旗印、つまり国旗をどうするかというような議論が白熱している。青天白日旗というあたりはそれとなくわかるが、それから先のことは二人にはわからない。

「ところで――」

自分たちの議論を遮って宋が声を上げた。

「旗と関係ないけど、一昨日、おばさん（前田つな）たちと梅を見に行ったんだけど、よかったよ」

「へえ、どこへ？」

「ほら、天華が身を投げた大森っていう方なんだが、梅屋敷という昔の大名屋敷があってな、そこに二百本もの梅が植えられていて、それが花盛りだったんだ」

「梅か……、そういえば教仁、あんたの出身は桃源県だったな」

それがきっかけで、しばし故郷の自慢話に花が咲いた。

「私の故郷はな、武州川角といって、ここから西へ二十里ばかりのところだが、梅林もたくさんあって花時はとても綺麗ですよ、こんどはこっちへも来てくれ給えよ」

友次郎も自慢話にのった。後年、彼の父清五郎の墓碑建立の法要に、黄興が列席して碑文を揮毫しているが、それもこんな梅談議が機縁になったのかも知れない。

「孫先生は今どのへんかな？」

しばしの沈黙のあと章が呟く。

「まだ、琉球までは行ってないんじゃないかなあ」

滔天がグラスを傾けながら言う。

「ま、孫先生のことだ、すぐいいニュースを送ってくるさ」

黄興の一声で、この宴は終わった。

一一　宋教仁の渡満

小室銃砲製造所の操業も、四年目に入っている。

――護身の利器である拳銃は長足の進歩を遂げ、今は自働式となって、その命中率は飛躍的に向上した。発射速度は手動の比ではなく、まさに拳銃の一新生面をひらいた。

と宣伝文で自讃する「日野・小室式自働拳銃」は、陸軍の採用する正式武器とはならなかったが、警察や自警団などに採用されて需要は伸びている。一挺四十五円、弾は百発六円という価格はけっこうな利潤を生んだ。

忙しく立働く友次郎の耳に、宋教仁さんが満州の馬賊を組織するために日本を出発したという消息がもたらされた。出発したのは鳳楽園での会から二週間ほどしかたっていない三月二十二日だったという。

「まあ、なんと忙しいんだい。それで宋さんは、満州の馬賊を同盟会に入れるとでもいうのかい？」

友次郎は呆気にとられるばかりだった。

「ああ、いい湯だった」

梅の湯から戻った友次郎は、玄関に入るなり肩にした羽織を座敷へ放り投げた。

「あら、おかえりなさい」

「ふさ、銭湯というのもいいもんだな。でっかい湯舟につかって、三助に背中を流してもらってなぁ、えらく豪儀なもんだ」

ここ西大久保界隈も、しだいに開けてきて工員や職人、小商人といった庶民が住む町になり、銭湯がぽつぽつ建つようになった。樽まがいの据風呂にくらべると、ゆったりした檜の浴槽と豊富な湯は、一日の疲れを癒すにはかっこうの場所だった。

「三銭は安いな」

友次郎は気楽に言うが、その三銭も庶民にとっては馬鹿にならない銭で、職工風情では三日に一回ぐらいしか行けないのがあたりまえだった。友次郎は三銭というが、彼は三助に背を流させている、それは入浴料とは別料金で十銭だった。

ふさのしつらえた膳で、友次郎は盃を傾け始めた。

――今頃宋君は馬賊とどんなやり取りをしているのかな。

二十五歳の中国青年、俺より九つも若い者が、満州を股にかけて暴れ回っている馬賊に歯が立つものだろうか、と訝る友次郎だった。その夜、彼はしたたかに酔って床についた。

思わず寝過ごしてしまった。四月の太陽はうららかな暖かさをあたりに運んでいる。

「剣禅大人！」

夢うつつに聞こえたが、ふさに揺り起こされた友次郎は、あわてて顔を洗い、髪を梳き、羽織の襟をただして事務所に出てみると、そこに待っていたのはまぎれもない刀安仁だった。

「やあ刀使、すまんすまん、実はゆうべ、宋君の馬賊を組織するという作戦はうまくいくのかなという議論をおっかあとして、つい深酔いしてしまってこんな始末だ。かんべんしてください」

いささか二日酔いの頭を振り振り、友次郎は刀安仁の手を握った。

「大人、お休みのところ起こしてしまってすみません。実は大人に折り入って……」

と、安仁は語り始めた。

「去年、同志の呂志伊君が同盟会雲南支部を結成したことは大人もご存知のところですが、まもなく一周年を迎えようとしています。ここのところ呂君から早く帰ってくれという要請がくるようになりまして、実は、ついこのあいだ滔天大人にご相談いたしましたところ、それがいいだろうというご意見でした。そんなことで、順序が逆になりましたが、大人のご意見をうかがいたいと、お邪魔いたしたしだいです」

「おお、そうですか。そんな気使いは無用ですが、そりゃ、お国だって領主が一年も二年も不在じゃ、不都合が起こるのはあたりまえでしょ。私は刀使の同志、私にできることならなんでもするから、遠慮なく言ってくださいよ」

「大人！　干崖の民を救ってください！」

そう言って安仁は、やにわに椅子から下りると地面に手を突いて深々と頭を下げた。

「刀使、なにするんです！」

びっくりした友次郎は、あわてて安仁を助け起こした。

「（岩本）清風さんに、干崖を見てきてもらって、私も刀使の招きがあればいつでも行く肚はとっくに決めているのですが、工場のことやらなにやらがあって、こちらから言い出せなくて……」

刀安仁が何を言いたいのかわかった友次郎は、細い眼をますます細めて安仁の手をとった。

「大人！」

刀安仁は、もういちど友次郎の手を固く握った。

刀安仁が、雲南へ向けて神戸港を発ったのは、明治四十（一九〇七）年七月十三日だった。

その二月ほど前から友次郎、滔天の二人には忙しい日々が待っていた。

五月には孫文が広東省黄崗、恵州七女湖で武装蜂起したが、すぐ清軍に敗れたという報が入ってくる。

「革命軍はほんの二百人ばかり、三千の清兵に反撃されてはひとたまりもなかったそうです。それに、軍資金も底をついていたということです」

情報をもたらした同盟会の留学生は、そう報告して頭を垂れた。

「軍資金か――」

友次郎は、腕を拱いて天を仰いだ。そのことを憂える一方、彼は刀安仁一家の日本を離れるための手続きに忙殺される。滔天は、安仁とともに雲南開発調査のために同行する人士の人選に追われるという具合だった。

「剣禅さんよ、奥宮さんと山本さんが同行してくれることになったぜ」

「それぁ、心強いな」

奥宮健之、土佐出身の志士で大江卓の知遇を受けている。友次郎も顔見知りだった。山本安太郎は、かつて滔天がタイへ渡ったとき知り合ったシャム浪人だった。

余談であるが、この山本安太郎は雲南に入るや、刀安仁の帷幄にあって清国軍との戦闘で活躍し、しばしば清国軍を破った。彼はそれから十年のあいだ、雲南にとどまって、雲南・ビルマの天産物や鉱山開発に努めたという。

一二　刀安仁雲南へ帰る

神戸港に近い西村旅館は、いつになく賑わっていた。

「刀さん、孫文先生といっしょに犬養先生の邸に集まったのはいつでしたかな」

滔天のどら声が響く。

「孫先生が日本を離れたのが三月四日ですから、その十日ほどまえでした」

「そうだ、えらく寒い日だった」

その日、明治四十（一九〇七）年三月四日犬養邸では孫文を中心に滔天、内田良平、友次郎など日本側の志士と黄興、宋教仁、刀安仁など同盟会側の者が集まって、孫文が去ったあとの善後策を協議した。その協議のなかに干崖対策も含まれていた。
①　雲南省の革命軍に武器を供給するために、干崖に武器製造所を創立する。
②　干崖土司領の富国強兵を図って干崖を一大土司領とし、孫文の南清における革命軍に呼応せしめる。

③　刀安仁を盟主として周辺十三土司領を統一する。
という三項目が合意されたのである。

「あの合意、刀使！　なんとしても実現しましょう」

友次郎が力をこめて安仁を励ます。

盛んな宴が果てたのは、夜半に近い頃だった。

明けて七月十三日、神戸港は重い雲に覆われていた。岸壁で見送る友次郎の前に、刀安仁一行が姿を現した。一行は、甲板でなにごとか大声で喚き手を振っている。声を聞きとることはできないが、その声は海風にふくらんで見送り人の胸に響いた。それに応える見送人も帽子を振る。安仁の隣には夫人が立っていて、その胸には生まれて半年ばかりの駿造が抱かれていた。駿造は、あらためて刀保四という名で母国へ帰っていくのである。

「奥宮、山本、頑張ってくれよ！」

浪曲で鍛えた滔天の声も、ここからではとどかない。

「小室のおじさま、さようなら！　むこうで待ってます」

その、ランファちゃんの声も友次郎にはとどかない。声はとどかなくても、互いの気持だけは通じあっていた。

ブオー、と汽笛が鳴って、船は岸壁を離れた。一行十人を乗せた船は、やがて水平線の彼方へ消えていった。

「みんな無事に着いたかな?」

そんなことを考えているところへ、満州へ渡った宋教仁が無事に日本へ戻ったという報がもたらされた。四ヵ月ばかりの満州行脚だったが、五月には馬賊の頭領、呉崑らを中心とする「同盟会遼東支部」を組織し、あとの地ならしをして戻ってきたのだという。

「宋さんの腕は見事なもんだな」

「頭脳明晰、弁舌さわやか、彼にかかれば馬賊もころりでしょうね」

「それにしても、清朝の拠点満州に同盟会の支部が誕生したというのは革命の一歩前進だな」

「一歩どころか、二歩も三歩も前進ですよ」

日野熊蔵が強調する。それに友次郎が同調する。

その同じ七月のことだった、立憲君主制を目指す梁啓超が「政聞社」という結社の創立を画策し、その結成大会を十月十七日、神田錦輝館で開く。犬養毅も招かれ、祝辞を述べた。

政聞社と同盟会は、路線が正反対だ。七月に安慶蜂起、九月には欽廉蜂起、そして十二月一日には鎮南関蜂起というように同盟会は蜂起を繰り返す。鎮南関蜂起には安南のハノイから孫文、黄興、胡漢民、日本人の池亮吉らが駆けつけたが、九日にはあえなく敗れる。こんなにあっけなく敗れたのは、孫文が一万ドルを武器調達資金として日本人志士萱野長知に渡したのに、日本人同士の内紛で武器が届かなかったからである。

政聞社の梁啓超は、同盟会のそんな蜂起を冷やかに眺める。

こうして、明治四十年は暮れた。

十三　黒龍会

漢文雑誌を発行したいので、この企画にぜひ参画して欲しいという招請状を受け取ったのは、翌四十一（一九〇八）年の、ようやく春の兆しが見え始めた三月だった。十七日に黒龍会事務所へお運び願いたいというのが文面だった。

内田良平が「黒龍会」を結成した明治三十四（一九〇一）年二月以来の同志である内田の招請とあっては、黒龍会の正式会員ではないというものの、友次郎は威儀を正して事務所である内田良平宅へ向かった。

赤坂の内田宅の応接間には主筆となる権藤成卿、執筆者武田範之はじめ十数人の黒龍会会員がすでに顔を揃えていた。友次郎と同じく正式会員ではないが、宮崎滔天も招かれていた。

「剣禅さん、孫先生の首に二十万元の懸賞がかかったということだ」

滔天が耳打ちする。

「フランスは清国からどんな甘い話をもちかけられたのかな」

友次郎が聞き返す。滔天が首を傾げているところへ内田良平が入ってきて、やあ、皆さん、と語り始めた。

――孫文がシャム（安南・現ベトナム）を追放された。フランスの植民地であるシャムから追放されたということは、フランス当局が清国政府の要請を了承したからにほかならない。われら黒龍会は、孫文を支援するために、日本に留学中の中国青年に革命がいかなるものであるかの真実を伝えなければならない。そこで、彼らを啓蒙するための手段として漢文雑誌「東亜月報」を発刊したいが、諸氏のご意見をお聞きいたしたい……。

発刊の主旨に異を唱える者はなかった。漢文雑誌というからには全文が漢字でなければならないが、そんな漢文を書ける者がどのくらいいるのか、という質問が出た。そんな質問に、良平は顎を撫しながら、人材には事欠かないと答えた。そう答えた彼の頭の中には、張継や宋教仁などの顔が浮かんでいたに違いない。

沸騰する議論をじっと聞き入って、俺にゃ読めねえかも知れんが、内田君の言わんとしているところはよくわかるわ、と友次郎は一人頷いた。

「僕と武田君は韓国併合の準備で飛び回らなければならんので、留守が多くなります。そこでこのたび滔天さん、小室さんにも参加していただいた」

内田良平が、そうしめくくった。

「東亜月報を出すに異存はないんだが、資金は大丈夫ですかぃ？」

この協議の席上、友次郎が発言したのはこの一言だけだった。

その会合から旬日ののち、友次郎は矢来町の兄の事務所で健次郎と向き合っていた。

「兄さん――」

友次郎は、切羽詰まった口調で健次郎に呼びかけた。

「なんだ？」

「雲南の刀安仁使から電報が届いたのです」

友次郎が差出した電報なる紙片に目を落とした健次郎だったが、漢文の電報に馴れていない彼は、すぐその紙片を友次郎に返して、なんと書いてあるんだ、と訊いてきた。

「『一日も早く当地においで願いたい』と書いてあります」

「それで？」

「一刻も早く雲南へ向かいたいのですが、工場の始末をどうするか迷っています」

小室銃砲製造所は、日野熊蔵の努力もあって生産は順調に伸びている。村田銃に押されて軍に採用されるまでに至っていないが、アメリカの特許も近いうちに取れる目途もついている。

この問題さえ解決すれば、今すぐにでも雲南へ飛び出したいのが友次郎の今のいつわらない気持だった。

──黄興さんが欽州で蜂起したが、武器の不足で敗れて安南に逃げ帰った。雲南ではヤオ族の黄明堂さんが河口の合戦に勝って、銃一千挺を分捕ったという情報をつかむにつけ、友次郎の心は昂ぶっていたのである。だが、友次郎のそんな気の昂ぶりは健次郎にはわからない。

「しばらく考えよう」

健次郎のその一言で、矢来町の事務所での話は終わった。

矢来町から西大久保の工場へ帰る道は長かった。友次郎は、夜の新宿の町でしたたかに飲んで、家に帰りついたのは夜半に近かった。辺りは漆黒の闇である。探偵の気配もない。友次郎が玄関を開けるより早く、手燭を持ってふさが出てきた。

「ふさ……」

営みの動悸もおさまらない、荒い息の下から友次郎はふさに声をかけた。

「ふさ、しばらく里に帰ってもらうぜ」

「えっ？」

ふさは友次郎に覆いかぶさって、なんで、なんで、と身をよじった。う〜ん、それはなぁ、と友次郎はふさの豊かな乳房を弄びながら、目を閉じた。

……考えてみれば、それもこれも自分のなした業である。孫文の「革命軍事学校」で一緒になった発明家の日野熊蔵大尉と自働拳銃製造所を始めたのも、朝鮮をめぐって清国と争っている現実に、武器を造れば儲かるだろうという思惑があったのは隠せない事実である。その拳銃を孫文の革命軍に売るつもりが、孫文さんに私淑している身として金など取れるかいと、何万円かの銃を無償で提供した。その借金は、兄健次郎の身にふりかかったのである。

この借金を兄に押付けて自分は雲南へ行く決心をした、と言える義理ではないと迷いつつも彼は自分の意思を貫きたかった。

「兄さん、工場を頼む」

「うーん、この工場はおらぁの名義だからな」

小室銃砲製造所の名義は、資本を出した健次郎になっている。だから、無下に知らんとも言えないなと健次郎にもわかっている。

が、ここで甘い表情を見せては弟をつけあがらせるばかりだと、健次郎は「しばらく考えよう」と軽くあしらったのである

そんな兄の、しばらく考えようという一言の裏にひそんでいる、こいつのためなら……、という兄の気持を友次郎は汲み取っていた。だから今、ふさに里へ帰れと言ったのである。

途切れ途切れの寝物語であったが、ふさは友次郎の雲南行きを止めることはできないと悟った。

「ランファちゃんも保四ちゃんも、元気にしてるんでしょうね」

ふさは、今、自分の胎内にもうごめくもののあるのを感じながら、刀安仁夫妻の子に思いをめぐらせた。

五月二十三日、上野三宜亭は若者であふれかえっていた。雑誌「日本及日本人」の愛読者親睦会が開かれているのである。

この雑誌は宮崎滔天が、激動の時代に生きる我が同胞日本人を清国のみならずヨーロッパ諸国に喧伝しようとして発刊した、いわば宣伝雑誌だった。これが清国留学生はいうに及ばず、日本の若者に受けて、思いがけない成功をおさめていたのである。

「牛さん、お見事だ!」

舞台裏で、友次郎は滔天にまず祝福の言葉をおくった。

「それもこれも剣禅さん、おまえさんの気合が入っているからよ」

「わたしゃ、なにもしておらんですよ」

「してくれてるぜ、今日の席に出てきてくれた、それだけで充分さ」

友次郎がこの愛読者親睦会に出たのは、滔天への義理以外のなにものでもないと思っていたのに、滔天は深々と頭を下げたのである。

「牛さん、なに言うんだ」

友次郎は畳に突いた滔天の手をとって、あらためて彼の髭面を眺めやった。そこに友次郎が見たものは、滔天の潤んだ眼だった。

席がひときわ盛り上がったところで司会の若者が、いよいよ滔天先生こと牛右ェ門師のご登場ですと大声で呼ばわった。すると、三宜亭も崩れんばかりの拍手が起こった。

「よっ、待ってました！」

寄席まがいの掛声がかかる。滔天は張り扇も勇ましく、持前の蛮声を張上げて十八番の志士奮迅談を唸った。やんやの喝采を背に滔天は裏座敷に戻ってきた。

「牛さん、お見事！」

友次郎も、今日の蛮声には一段と熱がこもっていたと感じて滔天の肩を抱いた。

「剣禅さん！　雲南行きはどうなった？」

まだ荒い息をしながら滔天が訊く。

「兄に工場を継いでもらう目途がついた」

「そりゃよかった。剣禅の兄さんも、けっこう新しもの好きのようだから、工場もうまくやっていくさ」

「そこなんだけどな、先だってアメリカの特許がおりたんだ」

「えっ、そうか、それはめでたい。アメリカの特許とあれば、世界に通用するだろうよ」

「そうなれば、安心なんだが」

日野・小室式自働拳銃にアメリカ特許が下りたのは、つい半月ほど前の五月始めだった。

それからほんの一週間も経たない五月半ば、雲南最南の都市河口（ホー・コウ）で蜂起した革命軍はあえなく敗れ、日本人志士萱野長知を含む孫文、黄興、胡漢民らは算を乱してシンガポールへ逃れたという。

そんなニュースを友次郎が知ったのは、日本の梅雨も明けようとする六月の末だった。なんでこう敗れてばかりいるんだろうと訝る友次郎だったが、そこへ滔天からの移転通知が届いた。小石川区小日向第六天町四十五番地〈因みに、そこは現在の文京区小日向二丁目、地下鉄江戸川橋駅の近くである〉に引っ越すというのである。

「新宿の番集町なら近くてよかったのに、なんで引っ越すんだい？」

「なあに、家賃が払えなくなってな、追い出されたんだ」

屈託なく滔天は笑う。

「金かい、――うーん」

友次郎は腕を拱いた。

「なんでもねえ時だったら融通もできたんだが、俺にも雲南の準備があってなぁ」

ま、新宿で会えるのも今夜ぐらいかな、と二人の意見は一致して、遅くまで盃を酌みかわした。

一四　雲南への旅立ち

滔天と別れてからの友次郎は、渡航の準備に忙殺される。工場の引継ぎ、雲南へ同行する同志との連絡、金の工面、そして内妻ふさの帰郷の世話という具合である。

「あなた……、お腹の子どうします？」

「なに言うんだ、ちゃんと産んで、りっぱに育ててくれや」

ふさを送って名古屋へ行き、ふさの親族とも挨拶をかわしていよいよ帰るという名古屋の駅頭で、二人はそんな話をかわした。

東京へ戻った彼は、その足で鉄脚坊岩本千綱を訪ねた。

「鉄脚さん、坊にお願いした事前調査のおかげで参加の面々もそろいました。大江卓先生のお声がかりもあって花咲陸軍中佐のほかに田代さん、有田さん、山本安太郎さん、横田さん、藤掛さん、家庭教師の春田政子さん、医者の天置さん、教師の天童さん、通訳の謝さん、大工の天井さん、農業の天田さん、それに鉄脚さんと私を加えて総勢十四名です」

〈この人数構成を「乙秘第九四号　清国革命党嫌疑者に就いて」という明治四十二年三月二十三日付警視総監亀井英三郎から外務大臣小村寿太郎に宛てた文書は、次のように述べている。『……小室友次郎ハ雲南省干崖ノ土司刀安仁ニ雇レ同地ニ渡航セリ而シテ目下刀安仁ニ雇ハレ居ル者ハ本人ノ外横田某、藤掛某、岩本某、有田某、山本某、田代某、花咲陸軍中佐、春田政子（家庭教師）並ニ医師、教師、通訳、大工、農夫各一名ナリト云フ』〉

「そうかそうか、会ったこともない人もいるけれど、これから仲間になると思うと楽しみなもんだ」

岩本千綱は、持前の剽軽な仕草をつくって呵呵大笑した。それからしばらくは、酒を酌みかわしながらの雑談になった。

「ところで……」

と千綱が訊いてきた。

「毒水君は行かんのかい？」

「毒水は会社勤めもあるし、こっちに残って万一のための金の工面やらなにやら頼むことにしました」

「そうか、それもいいだろうな、毒水君は保険会社の腕っこきだというからな」

千綱は納得したようだった。

顔ぶれは決まったが、出発の準備は一筋縄というわけにはいかなかった。十四人の思惑は十四通りだった。胸底に、革命を支援するんだという気概は共通していても、軍事的な情報収集、雲南の産物調査と商路開拓、単に報酬目的と、あからさまに口外しないとしても、接触しているうちに一人一人のおおよその胸のうちはわかってきた。主導者である友次郎は、そんな一人一人の思いを汲んで準備しなければならなかったのである。

「天田さん、日本の農業はあっちでも通用しますかね?」

「あたしはネ、一万尺の高地の農業ってどんなもんだか見てみたいんだ」

「そうだね、それは一見の価値がある」

友次郎も同調した。

春田政子は、実践女学校の教師だった。ランファに泣きつかれた安仁が、とくに懇請して干崖行きを承知してもらったのである。

出自も職業もさまざまなこの一行の渡航費を含めての準備万端は、友次郎が負わねばならなかった。

時はまたたく間に過ぎて九月の初め、友次郎のもとへ滔天から手紙が届いた。四日の消印の手紙には「近う目的に向けご出発の由大慶に候。つきては首途を祝するため、一杯いや一椀半皿のご馳走を呈したく、多忙中の事あるもお繰合せのつく日時お示しの上ご来駕下されば幸甚に候。弟滔天／剣禅我兄」と書かれていた。

それから五日後の夕刻、小石川区小日向の滔天の家に岩本千綱を伴った友次郎が現れた。

「おいでなさい、お待ちしてましたよ」

ツチ子が出迎えてくれる。

「これはまた立派な家だ」

ぐるりと庭を眺めわたして、千綱が感嘆の声をあげる。家は七間もある広い家だった。

「家賃はどのくらい？」

ぶしつけに千綱が訊く。

「まあ、いやだ。でも……三十二円よ」

この広い家には、息子の竜介兄弟に中国留学生の黄一欧、前田九二四郎、平井三夫といった親戚の同居者があって、いつも賑わっているという。

「滔天さん、今夜は遠慮なくご馳走になりますよ」

「岩本坊がいっしょでよかった。まずは乾杯だ！」

それからの三人は、せんだって清朝が出した〈欽定憲法大綱〉というのはどんなものなんだ、という話題から始まって談論風発、ときどきツチ子が酒や肴を運んできて話に加わる。

「剣禅さん、出発はいつですの？」

「十九日に神戸と決まりました」

「じゃ、あと十日しかないんですネ」

驚いたツチ子は、「お気をつけて」と一言残して出て行った。

「えーと、再確認だが、神戸から上海、香港に寄って次はシンガポールで孫先生に面会して、ラングーン、ビルマのバーモから干崖だよな」

滔天が訊く。

「そのように手筈を決めたがね」

友次郎が答える。

「道中は長い、シンガポールで逸仙さんに会ったら、こっちはどんなことをすればいいか聞いてくれ。それから刀さんにはくれぐれもよろしくな。剣禅、千綱両兄の壮途を祝い、旅の無事を祈る！」

滔天の音頭で盃を合わせ、友次郎と千綱の二人はツチ子と龍介の見送りを受けて帰路についた。

明治四十一（一九〇八）年九月十四日、一行は神戸を出港した。

「比企さん！」

東シナ海で、猛烈な時化に遭った。台風に巻き込まれたのである。この季節、台風に遭わないほうが珍しいくらいで、こんどの航海も早速その自然の洗礼を受けたのである。それはそれとして、一行は船酔いに喘いだ。友次郎は何回かこの海を渡っているので、幸いにも船酔いしなくなっていた。健脚坊岩本千綱も、船旅には馴れているので船に酔いはしない。しかし、初めて船旅を経験する同志には生きた心地もしなかったろう、と友次郎は心中に思った。その時化も、夜が明ける頃にはおさまった。

朝飯の合図のドラが鳴る。腹をへらした友次郎は、仲間の顔色をうかがって一人食堂へ向かった。おきまりの朝飯をすまして甲板へ出て見ると、ゆったりうねる海を太陽が照らしている。彼は大きな伸びをするや、やっ、とばかりに柔術の稽古を始めた。そんな時に声をかけられたのである。

「比企小次郎さん！」

肩を叩かれた友次郎は、はっ、と後ろをふりむいた。そこに立っていたのは、家庭教師の春田政子だった。

「これはこれは、春田先生、ご無礼いたしました。どうも、比企だ、小次郎だと呼ばれましても、ぴんときませんで……」

春田政子は、そんな言い訳をする友次郎の顔を眺めて、くくっ、と喉のおくで笑った。その時の友次郎は、ギロリとした眼を剥いて八の字髭の下の口をぱくぱくさせていたに違いない。それはまるで陸に引上げられた怪魚そっくりで、引率者としての威厳などまるでなかった。そんな友次郎のあわてた仕草がおかしかったのである。

「先生、昨夜はどうでした？」

友次郎——いや、小次郎は怪魚の口を開いて訊いた。

「いまやっと、船酔いがおさまったところです」

「それで……朝飯は？」

「とても、とても……」

「そうですか、ま、しばらくのご辛抱です、上海に着いたら陸でゆっくり休みましょう」

それからしばらく、二人は海を眺めながら前途を語り合った。これからの旅が楽なのか苦しいのか、問われても友次郎には的確な返事はできなかった。健脚坊や毒水の報告では行路こそ厳しいが、雲南の天地は気候といい自然といい、日本よりよほどいい所だと聞いている。しかし実見していない今は、そんな甘いことは言えなかった。

「やっぱり、蛮地でしょうからな……」

と答えるのが精一杯だった。

「わたしは、一日でも早くランファちゃんに会いたいんですよ」

そういう春田政子の横顔を眺めながら、友次郎は髭をねじった。

「比企さん、わたしはどんな苦難でものりこえる覚悟です」

そんな一言を残して、彼女は船室へ戻った。

――そうか、俺は比企小次郎になったんだ。

友次郎はあらためて頬をひきしめた。小室友次郎から「比企小次郎」へと変名したのは少しでも当局の目を瞑まそうとしたからだった。それというのも、この夏頃、宮崎滔天が内務省の「要視察人名簿」に載せられ、彼は常に監視される身になった。その滔天と交友のある友次郎であってみれば、滔天と同じぐらいに監視されていると見ていい。現に、西大久保の工場では、常に二人の刑事に見張られていた前歴もある。そこで同志の助言もあり「比企小次郎」と変名して、船の切符もその名で買った。

「比企か……」

友次郎はその由来を回想して、思わず唇をほころばせた。比企とは、生まれ在所である武州入間郡の隣の郡名である。その比企郡の松山（現在の東松山市）には火薬庫がある、そこで姓を「比企」とした。名の「小次郎」は、佐々木小次郎をもじったものである。武蔵でもよかったのだが、小次郎のほうが本名の友次郎と語呂も合い、宮本武蔵に遠慮したところもあった。

上海に着いた。一週間ぶりに陸に上がった一行は、上海市街に目を見張った。横浜でも神戸でも見られない高い建物がそびえ、人があふれかえっていた。

「頭領！　こりゃ、すげえね」

大工の天屋が、友次郎の前に立ちはだかって嘆声をあげる。

「すげえだろ！」

友次郎は軽くあしらって、歩をはやめた。今夜の宿は、港に近い黄浦公園の一角にあるＹホテルである。ここは、いわば上海の商業地帯の中心で銀行、ホテル、料理店などが軒を並べている繁華街である。

一同を引率してホテルに入った友次郎は、荷物を置くのももどかしく、古城公園に馬車を走らせた。

夕暮れの古城公園は、一日の仕事を終えた市民の憩いの場だった。辻々に露店が出ていて、肉を焼く煙が漂い、人々はその肉を肴に酒を呑んでいた。

中国同盟会上海支部は、そんな町の一角にあった。軒の低い土壁の、なんの変哲もない民家だった。

「ニイ・ハオ、剣禅さんですね。よく来てくださいました」

迎えてくれた数人の同盟会員が、口々に歓迎の言葉をかけてくれた。片言の中国語と英語、そして筆談で、友次郎は知っている限りの情報を伝えた。

「謝謝――」

一時間ほどの会談を終えて、椅子を立った友次郎に、旅費の一部にしてくれと二百元が贈られた。

「孫先生によろしく――」

と言って委託されたのは、孫文への軍資金一万元だった。友次郎は、その一万元を懐へしっかりしまうと支部を辞した。

上海に二日、乗り換えた英国船で香港に向かい、同盟会香港支部と連絡をとり、シンガポールに着いたのは十月の二日だった。神戸を出港してから二週間が過ぎていた。

シンガポールへ着いた友次郎は、ホテルで旅装を解くと、休むまもなくオーチャード・ロード百十一号の張永福の別邸へ向かった。

張の別邸は、聞きしに勝る豪邸だった。頑丈な門扉の上には龍がわだかまっていて、固く閉ざされている。門の左手に小さい潜戸があって、そこにベルがしつらえられていた。

友次郎は、恐る恐るベルの紐を引いた。四、五分も待っただろうか、支那服をまとった若い女が、そっと門を外して顔をのぞかせた。

「どなたですか?」

「今日は、わたしはこういう者です」

片言の中国語で自分の名を名乗り、孫先生に会いに来たのだと来意を告げ、名刺を差し出した。それを受け取って女は奥へ戻った。

「やっ、剣禅さん！」

ぼんやり辺りを眺めていた友次郎の耳に聞き覚えのある声が聞こえた。

「おお、鳳梨さん！」

そこに立っていたのは、鳳梨（パイナップル）こと萱野長知だった。

この五月、雲南の河口蜂起に失敗した孫文と黄興らは香港から安南を経てシンガポールへ逃れた。この河口蜂起に萱野長知は唯一の日本人として参戦し、孫文らと行動をともにしているのである。

「孫先生も貴公の雲南行きに、大いに期待しているぞ」

門から玄関まで五十メートルはあろうかという敷石の道を歩きながら、萱野が言う。

建物は、二階建ての立派な西洋館だった。

「剣禅さん！」

孫文は、双手を拡げて友次郎に抱きついてきた。孫文より背の高い友次郎は、孫文の肩を叩いて互いに会えた喜びにひたった。

「黄明堂君が指揮したヤオ族の挙兵は残念ながら失敗してしまったけれど、銃や弾薬はたくさん分捕ったから、剣禅さんが援助してくれた二千挺の銃とともにこれからの革命戦争は有利になるでしょう。このへんの事情を刀安仁君にもしっかり伝えてください」

「たしかに承りました」

孫文と友次郎は、かたく握手をかわした。

「これは上海支部から預かった軍資金です」

預かった一万元を無事に渡して孫文との会見をすませた友次郎が一行の待つホテルへ戻ると、ロビーで待ち構えていたのは健脚坊岩本千綱だった。

「孫さんは相変わらずかい?」

「ええ、相変わらずでした」

二人の話はそれだけだった。

——剣禅一行は、上海に至りて革命同志と会見し、香港に着いて革命支部を見舞い、シンガポールに行いて孫逸仙に面会し、さらにラングーン、ビルマ地方の革命支部を歴訪してバモー(八募)に出た。

と、宮崎滔天は記述している。が、本当のところは中国同盟会の連絡網が、孫文や刀安仁の要請で護衛をかねた案内役を買ってでたものだろう。ともかく一行はマラッカ海峡を北上し、ビルマ（現・ミャンマー）のラングーン（現・ヤンゴン）に上陸すると、徒歩やアイヤワディ河の舟運でマンダレーを目指し、バモーに着いた。

このラングーンからバモーまでの二週間ほどの旅は、物珍しさもあって一行を喜ばせた。

「比企さん、比企さん！　でっかい魚が泳いでいますよ」

大工の天井透が指差す方に目をやると、なるほど一メートルもあろうかという巨魚が浮きつ沈みつ泳いでいる。

「いや、でかいな、なんという魚だい？」

一同を見回しても、答えられる者はいなかった。

バモーで舟をおりて、いざ国境を越えて千崖へ向おうとするとき、そこに意外な使者が待ちうけていた。使者の招きで通訳の謝天々が呼ばれ、二人はしばらく立話をしていたがやがて謝が戻ってきて友次郎に耳打ちした。

「くわしくは宿でお話ししますが、ともかく今夜はここにお留まり下さいとのことです」

それに逆らうことはできず、ともかく一行は使者のあとについて宿へ向かった。

そこに待っていたのは、他ならぬ刀安仁だった。彼は一行に深々と頭を垂れて、長路の旅をねぎらった。しばし酒食のもてなしがあって、安仁は友次郎を別室へいざなった。いっしょに呼ばれたのは、花咲中佐と健脚坊岩本千綱だった。

「大人、じつは……」

と、刀安仁は、あたりをはばかるように声をひそめた。

「三つの街道が、ぜんぶ清軍に閉鎖されてしまったのです」

「閉鎖とは？」

「はい、雲南総督の兵が百名ずつ、峠で大人一行を捕まえようと陣を張っているのです。もし衝突してしまいますと、むこうは武装していますのでたいへんなことになります」

なぜこうなってしまったのか、実は去年（一九〇七）七月の刀安仁帰国を知った大阪のある新聞が、千崖国王刀安仁が日本留学を終え帰国することになった、と大々的に報道した。新聞社が、刀安仁を「国王」と表現したのは別に悪意があったわけではなく、むしろ彼を称揚しようという気持からだったのだが、この新聞記事がどういう経路をとってか清朝政府の手に入った。これを見た清朝政府は刀安仁を異図ある者とみなし、雲南総督に監視を命じた。そして、こんどの友次郎一行の雲南入りを探知した総督府は「比企小次郎なる者を首領とする日本人の一隊が千崖に向かっている、それを阻止せよ」と命令し、三百名の軍隊を派遣したというのだった。

「この際、無用の衝突は避けたいのです」

刀安仁の言うことはもっともだった。

「ここまで来て引っ返すなんてできない相談だ！」

花咲中佐が声を荒げる。

「はい、ごもっともです。そこで、ここはひとつ間道に迂回していただきたいのです」

刀安仁は手を突いて謝ったうえで、懐から一枚の絵地図を取り出した。

「バモーから干崖までは、ふつう五日か六日の行程なのですがヒマラヤ山脈越えでは三、四倍かかるかも知れません。道案内と荷駄は十分用意しましたので……」

「わかった、わかった、安仁さん、ヒマラヤ越えをするなんて面白いじゃないか」

千綱が膝を叩いて喜ぶ。さすが冒険好きの健脚坊だな——と友次郎は腹の中で笑った。

刀安仁と別れ、一行は間道へ向かった。

「比企大将、こりゃ険しい道だな、これが街道かい？」

農夫の天田が口を尖らして言う。

「日本とは違うからな、しばらく辛抱してくんなさい」

「小次郎さん、用意した傷薬、心細くなりましたよ」

医師の天置が、肩にした薬箱の蓋を開けて心配そうに言う。それほど岩に手を突いたり滑ったりで、擦り傷を負う者が増えている。友次郎自身も、膝と後頭部に赤チンキを塗ってもらった。

山を登り谷に下り、小さい集落の小屋に寝泊りし、ときには河原で野宿することもあった。神戸を出てから二ヵ月近くが経っている。一行の疲労は、その極に達しているといってい い。

「おい、比企さん！　わたしはあんたに騙されたよ、雲南に日本の教育文化を伝えて、雲南から支那革命の狼煙をあげようなんどと言葉巧みに誘われて、それに乗ったわたしも馬鹿だったけど、こんな旅になるなんてあんた一言も言わなかったじゃないですか」

「天道先生、すまんです。犬養先生に孫文さんを紹介され、その孫文さんに雲南の志士刀さんに力を貸してくれと懇請され、こんどのこの旅となったわけですが、もうしばらく辛抱してくださいな」

友次郎は、みんなにも聞こえるように声高く謝った。その夜は森の中の野宿だった。得体の知れぬ野獣の遠吠えを聞きながら、友次郎はそっと千綱に囁いた。

「坊、まさか街道を清軍に封鎖されたからとも言えんし、私も心配になってきた」

「剣禅さん、弱音を吐くなよ、あとはこの坊に任せてくれ」

それからというもの、なにか事があると千綱は奇声を発して唄い踊り、安南の探検で身につけた阿呆陀羅経で説教し、一行の鬱憤を晴らした。

バモーを出てから二週間に及ぶ苦難の旅を終えて、一行は干崖の土を踏んだ。

「おおっ!」

雲南の天地を眺めて、誰も彼も今までの苦難を忘れて感嘆の声を上げた。

一五　干崖の日々

十二月の干崖は、日本とは違う別天地だった。標高千五百メートルを超える高原には、さんさんと降り注ぐ太陽の光と、ヒマラヤ山脈から吹き降ろしてくるさわやかな風があった。眼下はるかな峡谷に、怒江が一筋の白い線となって流れている。

作家・司馬遼太郎は、「雲南は僻地などというなまやさしいものではなく、天涯であった」と書いている。それも、一九八七（昭和六二）年六月の頃、旅客機で省都昆明を訪れたときの感慨である。友次郎一行の雲南入りは一九〇八（明治四一）年であるから、それより八十年も前ということになる。しかも干崖は昆明から西へ六百キロはあろうという山間である。ここそまさに、天涯というにふさわしいと言える。

「比企さん！　こんな風景、日本にあるかしら？」

「春日先生は、たしか信州のお生まれでしたよね、信州とくらべてどうですか」

「規模が違いますわ。信州の景色なんて、こんなに雄大じゃありません」

そんな話をしながら山道を抜けた街道を進んでいると、むこうから三騎の人影が駆けてくるのが見えた。

「大人！」

騾馬から飛び降りて地に膝をついたのは、まぎれもなく刀安仁だった
「刀使！」

二人は固く肩を抱き合った。今は何も言うことはなかった。安仁は片時も忘れず、一行の無事到着を天地に祈っていたし、友次郎は、どんな艱難にあっても干崖を目指すという意志に燃えていたからだ。

馬から降りた安仁と友次郎は、並んで一行の先頭に立って市街へ向かった。沿道には千人にも及ぼうという人々が、赤や白の花の小枝をかざして一行を迎えている。

人々の歓呼を受けて、一行は干崖の街に入った。木と石を組合わせた頑丈そうな家が建ち並んでいる。

「大人、今夜は干崖あげての歓迎の宴をひらきます」

「刀使、そんな心配しないでください」

「いや、これは人民全体の気持なんです」

安仁が群衆に手を振った。どっと歓声があがる。

「中佐、今夜は街あげての祭になるそうですが、中佐にも一言挨拶をおねがいします」

「俺は雲南語を知らんが、日本語でいいのかい？」

「もちろんです、通訳の謝さんがいます」

こうして花咲中佐の挨拶に始まった歓迎の宴は、今たけなわである。政庁前の広場には赤々とかがり火がたかれ、雲南の楽器が奏でられる。

十二月半ばといえば、川角村では北風が吹き荒れ、とても戸外で宴など開くどころではないのだが、ここではインド洋からの風がやさしく肌にふれる。

「坊！　あれをやってくださいよ」

いささか酔った友次郎が、健脚坊をそそのかす。それに応えて千綱があの阿呆陀羅経を唄い、踊り、跳ねる。不思議なことに、それが雲南の銅鼓の音に合う。広場はどっと沸き立った。

空にぽっかり月が浮かんでいる。日本で見る月より蒼っぽい。安仁が注いでくれる酒を口に運びながら、「滔天さん、干崖に着いたぜよ」と、友次郎は胸のうちで報告した。

揺り起こされて友次郎は、はっと目を開けた。

「おじさま、朝になりました」

友次郎の目に飛び込んできたのは、ランファのつぶらな瞳だった。

「ランファちゃん！」

寝台を飛び降りた友次郎は、ランファの頬にごわごわの髭面を押し当てた。

これが千崖政庁顧問・小室友次郎こと比企小次郎の初仕事だった。

ランファにいざなわれて口をすすぎ、朝の粥を食い終わって小次郎は刀安仁の執務室へ向かった。

「比企大人！」

安仁が、胸に手を組んで頭を下げる。小次郎も両手を合わせて、深々とお辞儀をする。

「大人、清朝の目がうるさいので、これからは比企さんと呼ばせていただきます」

「そりゃ、もちろんですよ」

そんな合意ができて、さっそく会議が始まった。

宣撫使刀安仁の下には、十一人の閣僚がいた。どの閣僚も三十八歳の刀安仁より年配らしく、白髪交じりの髭を蓄えている。そんな閣僚に向かって、安仁は口を切った。

「比企大人は日本国の志士です。孫文先生の革命思想に共鳴いたし、新しい中国の建設に力を貸そうと、こうして私の要請に応えてここまで来てくださいました。日本の文化・文明は、いまや清王朝をはるかに超えヨーロッパ諸国と肩を並べています。政治的にはデモクラシー、産業的には機械文明、文化的には教育制度の充実と、これこそ我らが目指さなければならない国家の姿です。いま、先進国日本から比企大人をはじめ日本各界の代表者をお迎えできたのは、我が干崖の曙といっていいでしょう。皆さん、ともに学び進みましょう」

いっせいに拍手が起こった。

閣僚が退席したあと、安仁は机に一枚の絵地図を広げた。

「大人、これが雲南の地図です」

地図には、二十幾つもの色分けがしてあって、それが少数民族の分布図だという。

「ここ（干崖）に接して東にはイ、西にジンポーとアチャン、北はリス族の地になっています」

「ほほう！　刀使が治めているのは、そんなにいろんな少数民族の住む、こんなに広い領地なんですか、これは驚きました」

その面積はおよそ二万平方キロ。これは、日本でいえば北関東の四県、つまり埼玉・群馬・栃木・茨城を合わせたほどの面積である。もちろんそこには幾つものバーツ（村落のある平地）があり、バーツごとに首領がいる。そうした首領を統轄しているのが刀安仁だった。

地図を眺めながら安仁の説明を聞いているところへ、護衛の兵に守られて一人の鉱夫が入ってきた。彼は一礼をしただけで、携えていた皮袋を置いて出ていった。皮袋の中身は砂金だった。鉱夫のあとに牧夫が来た。彼が携えていたのは、見事な水牛の角だった。そんな様子を眺めて友次郎は、思わず犬養木堂に甘藷を持ち込んだ自分の姿を思いうかべていた。

それから一週間ほどは、身辺の整理に忙殺された。一人一人の宿舎が決まり、荷物の整理もすんだところで一同は友次郎の宿舎に集まることになった。草を編んだ敷物の敷かれた三十畳ほどの広い部屋にいざなわれた一同は、長髯の長老に迎えられた。

「いかがですか、お疲れはとれましたか?」

長老は丁重に頭を下げた。

「もう退屈がはじまりましたぜ、いますぐにでも野良へ出たいくらいです」

農夫の天田稲造が大声で応える。

長老は、そんな稲造に微笑みかけ、奥に向かって手を振った。その指図で女たちが酒肴を運んできた。酒は米を醸したもので日本酒によく似ているが、なにか薬草が入っているらしく酸い味がした。料理は、山海ではなく山河の珍味だった。鯉の丸煮、水牛の焼肉まではよかったが蛙の姿煮となると、春田政子は絶叫して外へ飛び出した。

「春田先生!　春田先生……」

友次郎はあわてて春田を追った。

そんな一幕もあったが、久しぶりの気晴らしで誰も彼も楽しく飲み食い、そして語り合った。

「三国時代（二二〇年頃）のことだが、諸葛孔明が南蛮といったこの地方を平定するために軍を進め、首領の孟獲を七度捕えて七度放したという話がありますが、ありゃ、どのへんのことなんですかな」

「三国志演義は小説だからどこと決められんでしょうが、濾水を渡ったとか、泉の水を飲むと唖になる唖泉や柔泉、滅泉、黒泉があるとかといえば大理の北あたりの山地じゃないですかね」

「へぇ、飲むと体が柔かくなって死んでしまう泉って、本当にあるの？」

「さあね、それは作者の創作じゃないですかね」

教師の天童進が説明する。

「ね、おねえさん！」

「なんでしょ」

「ここの水は、飲むと口がきけなくなるんかい？」

「いいえ、飲んでも浴びても身体がきれいになるいい水です」

わっはっは……、そうら乾杯だ、の誰かの音頭で盃を合わせ、健脚坊が踊り始めた。

宴が終わり、みなが帰ったあと友次郎はバルコニーに出て天を仰いだ。乾期の夜空はどこまでも深かった。川角村で見るよりは、星の数も多く感じた。

後片付けを終えた少女二人が、「ご主人さま」と友次郎の背に声をかけた。ロウソクの光に映しだされた二人の少女は、丸い顔に太い眉とつぶらな眼をした可愛らしい少女だった。

「お床の用意ができました」

「や、ありがと……」

絹の布団にくるまって眼を閉じると、名古屋へおいてきたふさの白い顔が浮かんだ。

次の日からいよいよ小室、いや、比企小次郎顧問団の本格的な活動が始まった。三々五々朝飯をすませると、八時にはそれぞれの部署に赴く。

友次郎の日課は、まず政庁で安仁と打合わせをすることだった。この打合わせは、いわば閣議ともいうべきものだった。安仁が正面に座し、左右に閣僚ともいうべき長老が居並び、友次郎は通訳の謝とともに安仁の正面に座を占める。

あらかじめ決められた打合わせの内容によって、同席する団員の顔触れは変わる。軍事となれば花咲中佐をともない、通商路の調査であるとなれば山本安太郎、岩本千綱が席につらなる。今朝の閣議は田代、有田が列しての会議だった。

「比企大人にはご説明してあるのですが、ここから西にジンポー、アチャンという二つの民族の『郷』があります。二つの民族とも同盟会の革命運動には共鳴しておりますが、さらに確固とした連携を目指さなければなりません。そこで田代、有田両大人に日本のお話をしていただき、両民族を啓蒙していただきたいのです」

安仁の話しぶりには、統治しているとはいえ民族の違いによる微妙な意識のずれがあり、それを匡正したいという意志がありありと見えた。

「使、ジンポー族とアチャン族の特徴はどんなところにありますか？」

有田の質問にこたえて、長老の一人が説明を始めた。

「ジンポー族はチベットから移住してまいった民族で、焼畑耕作で陸稲や粟を作っていたのですが、この頃は豊富な水を利用して棚田を造り水稲栽培を主としています。

アチャン族はフラサ平原に定住しているのですが、水稲耕作のほかに「戸撒刀」という刀を造っています。その鍛冶技術は雲南でも評判です。刀は中国全土に売れています」

「ほほう！　ここには鉄や銅、錫の鉱山があるとは聞いていましたが、そんな技術もあるんですか、これは見逃せませんね」

有田が、ため息まじりに言う。

「有田さん、干崖は思いもよらぬ資源の宝庫なんですな」

田代と有田は、顔を見合わせて頷いた。

その両族を視察・啓蒙する仲間に友次郎も加わることになった。

干崖から西へ五十キロ、横断山脈の一つの支脈の頂上に立つと眼下にゆるやかな平原が拡がっていて、そのほとんどは棚田になっていた。そこがアチャン族のフラサ平原であった。ゆるい坂道を下っていくと、鍬をかついだいくつもの農民の群に出会った。互いに挨拶をかわすのだが、アチャン族の目から見ると日本人は珍しい人種と映るらしく、日本人三人の袖を引いて親愛の情を表すのだった。山の中腹に集落が見えてきた。三百戸ほどあるだろうか、段々に整地された百坪ほどの敷地に土壁の家が建っている。その中心に、ひときわ目立つ二層の家があり、それがこの集落の長の家だった。

長老は長い顎鬚を生やした六十がらみの老人で、円い眼を細めて一行を迎えてくれた。

「ほう！　倭から来られたか」

「いえ、いまは倭とはいいません、日本国といいます」

田代の言葉に、長老は深く頷いた。

「そうか、倭から日本へな、ここも清から中華に変わらねばならん。刀安仁宣撫使に伝えてくれ、戸撒刀の職人をいつでも干崖へ送るからとな」

安仁の使いを代表して田代が、長老と固く肩を抱き合った。

こうしていくつかのアチャン族とジンポー族の村に革命の意義を説いて、一行の一週間に及ぶ行脚は終わった。

「それにしても、刀使の名望はすごいもんだな」

と、いうのが一行の感慨だった。

今朝の千崖は深い霧に覆われている。遠くインド洋から吹き上げてくる暖かい風が山にぶつかって霧になるのである。

「比企大人、密報が入りました。光緒帝と西太后の亡きあとの清は慶親王が取り仕切っているのですが、同志・汪兆銘君が中華のために王暗殺の決死隊を組織しました。この計画が成るか成らないか、注視しています」

「そうですか、汪さん、いよいよ業を煮やされましたか」

友次郎は、汪兆銘とは顔を合わせたことはないが、汪のことは自然と耳に入ってくるので、こんどの行動はよくわかる。汪のこの決死隊組織は、近頃分裂ぎみの同盟会内部を結束させる目的をもっていたのである。

政庁を出た友次郎は、この頃完成したばかりの武道館に足を運んだ。

「小次郎先生!」

館内に一歩入ると、武術の稽古に励んでいる少年少女がどっと友次郎を取り囲む。

「よーし、きょうはうんと厳しくやるぞ!」

そう気合をかけて、友次郎は子供たちの渦の中に入っていった。どれくらいの時間が経ったのだろうか、床にのびている子供たちを一人ずつ助け起こしながら、ふと出入口に目をやると、ランファが小さい男の子の手をとって立っていた。

「ランファちゃん！」

友次郎は駆けよって声をかけた。

「小父さま、柔道って面白そう」

「面白い、面白い、ランファちゃんもやってみるかい？」

「わたしはダメだけど、保四には教えてもらいたいわ」

と言って、ランファは手をつないでいる幼児に目をうつした。

保四？　友次郎はしばらくその幼児の顔をじっと見つめた。……そうだ、この子こそ滔天さんの三男駿造君だ、と思い至った。

三年前のことである、安仁夫人が日本で男の子を産んだ。その出生の手続き全般を滔天が面倒をみた。戸籍の手続きでは、滔天・ツチ子の三男として役所へ届け出た。

「そうだ、保四ちゃんだ」

友次郎は、しゃがみこんで保四の頭を撫でた。その彼の顔がよほど面白かったのか、保四はいきなり手をのばして友次郎の髭面を撫で回した。

「駿造くん、大きくなったな」

友次郎は駿造を抱き上げると、高々と頭上にかかげた。保四はきゃっきゃと声を上げて喜んだ。

「刀使、駿造……いや、保四ちゃんも大きくなって使も心強いですな」

幾日かののち、政庁で顔を合わせたおり友次郎はそう話しかけた。

「それもこれも、大人や滔天さんのおかげです。ところで大人、滔天さんの消息おわかりですか」

そう問われても、この雲南にまで滔天の動きは伝わってこない。

——滔天はこの年(一九〇九・明治四十二年)の正月、のちに中国の大西郷と呼ばれる黄興の誘いで、宋教仁を加えた三人で「西郷様の墓参り」に鹿児島の旅に出ている。その旅から帰って、こんどは金を稼ぐため「滔天会」という浪曲一座を率いて地方巡業の旅に出る。初舞台の甲府桜座での公演こそ犬養毅や黄興など名士の後援もあって大盛況だったが、新潟や福井の公演はさんざんの体たらくとなる。

「私にもさっぱりわかりませんが、あの牛さんのことです、自在に振舞っているに違いありません。使、安心してください」

それを聞いて、刀安仁も安堵したようだった。

二月だというのにここ干崖は一〇度を超える気温で、風もおだやかである。バルコニーで起き抜けの大欠伸をした友次郎は、いつものように街を眺めわたした。農夫が鍬をかついで棚田へ急ぐ、馬帮の列が東から西へ、西から東へと行交う。せかせかと歩いているのは商舗の主でもあるのだろう。そんな風景の中に、疾駆してくる一騎が見えた。

「比企大人、今日の閣議は軍事となりますので、よろしくご手配ください、との首領の言伝てです」

「よしわかった、刀使によろしく伝えてくれたまえ」

使いが帰ったあと、友次郎は花咲中佐、岩本千綱、田代、有田の宿舎を駆け巡った。

定刻八時、一同が政庁へ集ると安仁と長老はすでに顔を揃えていた。

「ご存知のように、孫先生はインドシナを追われて、いまシンガポールにおいでなのですが、同盟会の組織強化および資金調達のため偽名をもって日本に潜入いたしました。革命を成し遂げるには、なによりも理念がなければならないのはもちろんですが、もう一つ……武器が欠かせません。孫先生はいま、日本において資金調達に奔走されております。ここ干崖でも武器は不足しています。そこで、比企大人に武器調達をお願いいたしたいというのが、われら一同の希望なのであります」

刀安仁の提言に反対する者はなかった。

「刀使、お任せください、日本の同志とともに資金を集め、武器を調達してまいります」

友次郎は、なんの屈託もなくこたえた。

こうして一九〇九（明治四十二）年二月の初め、友次郎は日本へ向かった。

神戸へ上陸した友次郎は、かねて手配しておいた計画に沿って名古屋へ向かった。なにはともあれ、妻ふさのもとへ走った。ふさとゆっくり過ごすいとまもなく、次の日から資金集めやら武器調達に奔走する。かねて名古屋へ呼び寄せておいた乾分の熊田定次こと毒水と佐野鎌作とに会い、佐野の口利きで小間物商小鹿増太郎、糸問屋梶尾直次郎ら中国革命に肩入れする富商から相当額の寄付金を集めた。この裏には、頭山満や滔天のひそかな協力があったのはいうまでもない。そして東京へ飛び、兄健次郎の協力も取り付けた。

こうしてともかく調達した武器を六艘の汽船に積み込んで三月二十一日、ふたたび干崖へ向かった。

――ここに、友次郎が出港した三日前の三月十八日附『秘発第四一号』という愛知県知事・深野一三から内務大臣・平田東助宛の報告書がある。その報告書は、次のように述べている。

「清国革命党員の動静については厳しく監視していますが、この十日、旅館『鶴鳴館』に佐野鎌作という者が止宿しますと時を移さず熊田定次という者がやってきて、長い時間なにごとか密談していました。これは怪しいと睨み、佐野を呼び出だしいろいろと訊問いたしましたところ、佐野の口より、雲南の土司刀安仁は日本人小室友次郎なる者を政事上の顧問として招聘し、小室は頭山満、宮崎虎蔵等と謀議の上、東西相呼応して一大革命軍を起こすことと決し、佐野は小室の密使であると判明いたしました」

この報告書はさらに、孫文が鈕永建という偽名で名古屋へ現れた、ということも述べている。孫文と友次郎が名古屋で会っているかどうかは文献上明らかでないが、二人はどこかで会っていたに違いない。

二カ月ぶりで踏んだ干崖の土は、すっかり暖かくなっていた。見渡す限りの棚田は青々と伸び、椿の葉は艶を増し、つつじ、サクラソウ（報春花）、モクレンが開花の時を間近にしていた。

「大人！」

刀安仁が、感極まった面持ちで友次郎を迎えた。そんな安仁に、友次郎は苦渋の面を向けた。

「刀使、済まぬ！　こんな仕儀だ」

友次郎は、かろうじて運び込んだいくつかの荷駄を振り返って安仁に詫びた。それというのも、六艘の船に積んだ武器は上海、香港と寄港するたびに清国政府の臨検を受け、一つ二つと没収された。そうして半分近くを失ってしまったのである。

「大人！」

詫びる友次郎の手をとって、安仁はそっと涙をぬぐった。その夜、友次郎と安仁の二人は盃を重ねて屈託を洗い流した。

「比企さん、お帰りなさい」

朝めしを摂っているところへやってきたのは、農夫の天田稲造だった。

「どうです、この棚田の見事なこと……」

稲造の指し示す棚田には、稲が波打っている。

「ここではみんな直播きなんですがね、こっち（日本）風に苗を育てて田植えをしたらどうなるかと、実験を始めてます」

「稲造さん、それはいいことだ。どっちがいいかは二年か三年先にならないとわからないが、日本の米作技術を教えるということは干崖にとっても大いに勉強になるでしょうよ」

「頭領！　これでおいらが雲南までやって来た勤めが、少しは果たせるのかね」

「果たせるもなにも、刀使は、なにはともあれ先進国の実情を領民に見せることで、干崖を新しい国にしようとしているのだよ」

稲造は、よっしゃと膝を叩いて立ち上がった。

「ところで頭領！　雨季になる前にポー・スイ・ジィエという祭があるらしいんですが、知ってますか？」

「いや、知らんですよ」

「村の人はいま、その準備でとても忙しいですよ」

ポー・スイ・ジィエ、ポー・スイ・ジィエと反芻しながら友次郎は政庁へ向かった。歩きながら辺りを見回すと、街中がなんとなくあわただしく見える。長い竹を三、四本も束ねた重い荷を担いで運ぶ者もいれば、材木を積んだ車を曳く馬列もあった。

政庁へ着くと、申長老がうやうやしく迎えてくれた。

「おはようございます。刀先生は今朝早く昆明へ向かわれました。雲南に陸軍講武堂という学校が創られることになり、その視察に行かれたのです」

「そうですか、刀使の任務もますます重くなりますな」

友次郎は、「革命軍事学校」のことを思い浮かべた。学生は僅か十四名だったが、「満州族から漢族の中国を回復しよう、そして民主国家を作ろう」というスローガンの下に集まった学生は皆選りすぐりの者たちだった。

あんな学校が、雲南の省都昆明にできるのか……。友次郎は、鼻下の髭をねじった。

「それで、刀使は、いつごろ帰られるのですか」

「さあ……、昆明は往復一万里ですから、ポー・スイ・ジィエまでに帰ってこられますかどうか」

「その、ポー・スイ・ジィエというお祭り、いつなんですか？」

「雨季に入るまえの日ということで、毎年ちがうんですが、あと一ヵ月半ぐらいと踏んでいます」

それを聞いて友次郎は、もういちど髭をねじった。祭の日を気候に合わせて決めるなど川角では考えられんな、というのが彼を驚かせたいちばんの理由だった。

領主がいないとなれば、会議の開かれる数はぐっと減る。そのぶん顧問団は自分の任務に励んだ。

植物を集める者、子供たちに一所懸命日本語を教える春田政子、東西南北の交易路を探索する健脚坊と山本安太郎、そして友次郎は兵術の指導に励んだ。

「おい、剣禅さん！」

呼びかけられて振り返ると、そこに立っていたのは村人二、三十人に囲まれた健脚坊だった。

「やあ、坊！」

「剣禅さん、ここでは雨季に入るまえに四方八方へ商売に出かけるそうだ。僕はチベットへ茶を運ぶ隊といっしょにチベットへ行くけど、剣禅さん、どうする？」

チベットと聞いて、友次郎は息を呑んだ。干崖から大理、大理からチベットへ通ずる交易路のあることは聞き知っていたが、その路の嶮しいことも聞いていたので、思わず身震いしたのである。

「坊、チベットなんて私には無理だ、もっと楽な隊にするよ」

いちばん楽な隊は、大理へ薬草や綿花、ヒスイなどを運ぶ隊だった。健脚坊がチベットへ向かった二週間ののち、大理行きの隊に加わって、友次郎は干崖をあとにした。

ビルマ・ルートと呼ばれる街道は、拓けているとはいえ横断山脈の峠をいくつも越えなければならない。大理まではおよそ二百五十キロ、中国里でいえば五千里の道程である。荷駄四十頭、それを御する者二十人ともなれば一日の行程は十キロそこそこである。

「よーし、小休止だ」

隊長の号令で、隊員はバラバラと散った。水を汲む者、馬の餌を刈る者、木の実を集める者、火を焚く者、なかに一人、ヒヨコの餌を刻む者がいた。彼の籠には百羽に余るヒヨコがいる。ピーピーと籠の中で暴れている。

「そんなヒヨコ、どうするのかね？」

「ターリーに着くころには、とってもいい鶏になって高く売れますよ」

男は、にっこり笑った。

担いできた米を大鍋で煮て、そこへ川で獲れた魚やら、野草や木の実を入れて食事の用意ができた。味付けは、塩と味噌だけであるが、山河の珍味とでもいうのだろうか、十数種に及ぶ食材から滲みでる味で、粥はうまかった。

旅はゆっくり進む。怒江の渡河は慣れているせいもあって、なんなく渡り終えたが、瀾滄江を渡る時は両岸のバーツに居住するドアン族の手を借りなければならなかった。無事に渡り終えたところで、今夜はドアン族の村で一夜を過すことになった。ドアン族は、もともとビルマ（現・ミャンマー）の北部の山地が本拠であり、仏教信仰が厚く、どの集落にも仏寺の僧侶がいる。水田耕作と茶の栽培が彼らの生活を支えている。

このドアン族のバーツも、刀安仁の支配下にあり、彼らは一行を歓待した。

「ここには『祭穀娘』という祭があるんですよ、雨季が終わったらぜひ見に来てください」

席を隣り合わせた長老が、友次郎に話しかける。よくわからないままに聞いていると、どうやらその祭は収穫を祝い、そして若い男女が愛を囁き交わす祭のようだった。

「そりゃ、いいですね、私みたいなもんでも入れてもらえますかい？」

「ここの者は、他国の人をもてなすのが礼儀だと教わっていますよ」

長老の言葉に、友次郎はすっかり酔った。

ドアン族のバーツを出発して、こんどはペー族のバーツに近づいた。

ペー族は、歴史的に漢族の影響を強く受けており、水稲耕作を主とするかたわら木彫工芸も盛んで、その工匠集団は中国中に知れ渡っている。匠の技は木工だけにとどまらず、大理石の工芸品にまで及んでいた。

見事な木彫飾りの門のある宿で一夜を明かした一行は、あとわずかに迫った大理へ向かって出発した。

「比企さん、比企さん……」

隊長と並んで先頭を歩いている友次郎は、そう呼び止められた。

「なんだい、どうしたんだ?」

「どうしたもないでしょ、あたしの鶏見てくださいよ」

男は隊列の後ろを指していう。

「あっ、そうか、そうか」

友次郎は立ち止まって、男の馬が来るのを待った。

「どうです、これがあのヒヨコですよ」

男は自慢げに鳥籠をかかげて見せた。あの小さかった黄色いヒヨコが、嘴も鋭い若鶏に育っていた。出発する時は一つだった籠が十いくつにも増えていた。

「これが帰りには絹の着物になるんです」

それにしても、ヒヨコを積んで若鶏に育て、それを交易の具にするという雲南の生き方に友次郎は驚嘆した。

思いかえしてみれば、ヒヨコの餌はみんな路傍の草や木の実だった。河原で野宿をする時は、囲いをつくってヒヨコを自由に遊ばせていた。ヒヨコが大きくなって一つの籠に入りきらなくなる頃には、一行の食糧を積んだ馬が一頭、二頭と空き、その馬に鳥籠を荷わせた。

大理に着いた。交易市場は大理の街から五キロ、中国里で十里ほど南の下関という街だった。ここに東の昆明からは綿糸、タバコ、薬材などが、南のタイ・ビルマからは象牙、茶、真珠、虎皮、鹿の角袋、貝などが、北のチベットからは麝香などの薬材が運び込まれてくる。

友次郎は、なにはともあれ市場を歩き回ってみた。仲買は漢族が多いらしい、取引は主に銀貨が使われていたが、少数民族同士では貝貨が使われているのも目撃した。

街は、ざわめきを越えて沸き立っている。川角村の市でも旅芸人の歌やら踊りがあったが、その規模が違っていた。ここでは市の広場にいくつもの民族が、それぞれ自慢の衣裳をまとい、楽に合わせて舞い踊っている。ふと気付くと、干崖の一団がどこにどう持ってきたのか、頭に錦の冠、身には色彩豊かな衣をまとって踊りに加わっていた。先頭に白い長髯の長老、あのヒヨコの男も交じっていた。友次郎は、いつのまにかその後について、右に左に水を撒く仕草の踊りを踊っていた。

「長老、ここの祭りはいつまでです?」

宿で友次郎は訊ねた。

「大人、ここは一年中祭りですよ」

「え!」

「交易の場は友好の場でもありましてな、友好とくれば芸ですよ、芸……」

ごくり、と息を呑んで友次郎は、長老の盃に酒を注いだ。

「交易がすんだら、洱海《じかい》へ行ってみましょうや」

長老は目を細めて、そう言った。

その洱海は、奇岩怪石に囲まれた大きな湖だった。そそり立つ大理石の巨岩を割ってブナの巨木が葉を茂らせ、岩という岩には松が根をはっていた。それは、息を呑む絶景だった。

だが、絶景に酔ってばかりはいられない、こんどの交易の旅は長老の思いやりで洱海を回ったため、いつもより一週間ほど帰りが遅れてしまった。

「比企さん、見てくれよ、仕入れた子豚がすっかり親豚になってるでしょ」

往きにはヒヨコを鶏にして売り、復りには子豚を親豚にして帰ってくる、友次郎は唖然として、かえす言葉もなかった。

こんな隊商の旅が終わって、まもなく干崖は雨季を迎える。ポー・スイ・ジュエの祭が始まろうとするとき、刀安仁が帰ってきた。領主の無事な姿を見て、干崖中が沸いた。

——昆明の陸軍講武堂というのは清朝の学校である、それは革命軍に対する挑戦ではないのか、というのが同志たちの一致した見解だった。そんなことがあって、安仁はひそかに視察の旅に出発したのだった。もしや、暗殺でもされないかという危惧さえ抱く者もあった。

そんな危惧を覆して、安仁は無事な姿を村人の前に現したのである。領主を囲んで、群衆は歓呼の声をあげた。友次郎は、真っ先に駆け寄って安仁の肩を抱いた。

ところが、そんな様子をじっと窺う数人の男があった。彼らは素知らぬふりで、革命軍はいつ出発するのか、その数は？　などと同志のふりをして聞き回っていた。彼らは友次郎のところへもやって来て、日本のことをあれこれと聞きただすのだった。

「……なあに、日本は支那が無事に治まってくれるのを願っているだけでさぁ」

ポー・スイ・ジュエ（水掛祭）が始まった。老いも若きも、男も女も色鮮やかな民族衣裳をまとい、水辺の広場で歌い踊り、思い思い手にした器に汲んだ水を掛け合う。

「そうれ、そうれ！」

水を掛ける方も掛けられる方も、そう掛声をかけ合って水の恵みを祝い合う。顧問団の一行は、専ら水を掛けられる役に回ったが、この祭の起源には次のような伝説があるという。

――昔、凶暴な魔王がいて、次々と女をさらっては妻にした。その妻のなかに賢い女がいて、魔王を酔い潰してその首を刎ねた。ところが、魔王の首は火の玉となって女たちに襲いかかった。女たちはその火を消そうと必死になって水を掛けた、というのである。

すると、顧問団はその魔王の代役ということになる。それが村人に受けたのか、祭はいっそう盛り上がった。

「大人を魔王にしてしまって、まことにどうも……」

「刀使、いいことよ――、善神も魔王も紙一重という諺もあるくらいですからね」

友次郎は、肩をゆすって笑った。

「おーい、ドラゴン・ボートがはじまるぞ」

それを聞いて、人々はどっと川岸に集まる。川岸は、たちまち人で埋まった。

竜頭をかたどった舳先の舟が五艘、いっせいに漕ぎ出した。舳先にしぶきが上がる。すさまじい応援の声を破るかのように、背後の高台から竹のロケットが打ち上げられる。ロケットは、火薬が尽きるとゆらゆらと揺れながら落ちてくる。この竹は魔除けになるというので、小さく割られて皆に配られる。

――これで今年の豊作はまちがいないとなって、祭は終わる。

友次郎ら一同は、生まれて初めて見る異国の祭にすっかり酔った。酒にばかりではない、日本人と見ると、村人は寄ってたかって祭の主役にする、そのなんともいえない心遣いに酔ったのである。

「この祭に、健脚坊の阿呆陀羅経が聞けなかったのは残念だったな」

それぞれの宿舎に帰る道すがら、健脚坊岩本千綱がいなかったのを残念がる声があがった。もし、彼がいたならば祭をもっと盛り上げて、あるいは祭に新機軸を生みだしたのではないかという想いもある。友次郎も、阿呆陀羅経の文句の中に領主刀安仁の革命思想の一端でも入れられたのではなかろうか、という思いはあった。

その健脚坊が戻ってきたのは、雨季も真っ盛りの九月だった。

雨季といっても、毎日雨が降るわけではない。隊商の帰ってきたその日は、太陽がさんさんと降り注ぐ爽やかな日だった。領主安仁が、政庁の玄関で一行を迎える。隊長を務めた長老が部厚い仏書を捧げる。受け取った安仁は、その書を押し戴く。

その夜の友次郎の宿舎は、遅くまで賑わった。一人一人に小さい石が贈られた。それには阿呆陀羅経ならぬ仏の『喝』が彫られているという。

「朝になったら拝みなさいよ」

健脚坊は、こっ、こっと笑った。

十月になった。そろそろ雨季も終わりである。どの棚田も黄金色の穂を見事に揺らしている。これからが、農民たちの正念場だ。

「大人、しばらくは全村あげての収穫作業になります。私も籾運びをしなければなりません」

「刀使、領主のあなたまでが、籾を運ぶのですか……!」

友次郎は言葉を失った。

棚田の収穫はすべて人手である。刈り、その場で脱穀し、籾を袋に詰め、その袋を担って坂を上り、穀倉に納める。それは村総出の作業だった。友次郎もほぼ半月の間、学堂の少年少女たちと籾運びに励んだ。

それが終わると「開門祭」だ。開門祭はいわば、農閑期に入ったことを示す祭で、家々の裏庭に祀られている「精霊ピー」に供物を捧げ、収穫に感謝する。精霊ピーは神であり、鬼であり、妖魔であったりするという。目に見えない、ピーであるからこそ、人々は畏れ敬うのである。

「開門祭も終わったので、次の閉門祭まで村人は自由に暮らします。結婚式をあげたり、家の普請をしたりするのもこの季節です」

そう教えられて、友次郎は頷いた。なるほど農繁期には、村人総出で援け、助けられて耕作に精を出さなければ、この棚田は維持できないだろう。開門祭、閉門祭は、そんな村落共同体のけじめをつける祭だったのだ……。

にわかに政庁は忙しくなった。婚姻の届けを受けたり、租税の台帳を点検したり、時には、領民同士の争いを裁く裁判所も開かなければならなかった。そして、革命戦争への準備――。

刀安仁は同盟会の組織固めに奔走し、友次郎は軍事教練に没頭した。

そんな時、事件が発生した。花咲中佐がいなくなったというのである。中佐は友次郎の片腕というより、軍事作戦の教官だった。ゲリラ戦の戦い方、総攻撃の仕方など、凡そ作戦という作戦を地図上で教え、身の伏せ方や前進の仕方など、自分の体験した日本軍の戦術を教えていた。実をいえば、友次郎も中佐の戦術を安仁の兵といっしょに学んでいたくらいなのであった。

中佐の行方は一週間経っても二週間経っても、杳としてつかめない。もしや革命軍の秘密を清軍や日本軍に洩らしているのではないか、という疑惑まで政庁では議論となった。が、政庁の探索力では、ついに中佐の行方はわからなかった。

「刀使、まさかのための警戒は厳重にしましょう」

天性、ものにこだわらない友次郎も、この事件に関してはこだわらざるを得なかった。彼は安仁始め長老の前に、深々と頭を下げた。

「大人、同盟会の連帯は強固なものになっています。私はむしろ、中佐がいなくなって大人の負担が重くなるのが心配です」

安仁は、胸のうちの不安を押し隠してそう友次郎をねぎらった。

花咲中佐失踪事件の対応に追われているうちに一九〇九年は暮れた。

一九一〇（明治四十三）年に入ると、胡漢民を支部長とする香港の「同盟会南方支部」から情報が頻繁に届くようになった。

――清国広東新軍の小隊長倪映典が三千余の同志を新軍内に獲得し、蜂起の準備を進めています。広東が立てば、広西、武漢もただちに呼応するでしょう。

――胡支部長の要請で、黄興将軍が一月二十九日香港に到着しました。蜂起の時期は二月二十四日の元宵節とすると決まりました。

「大人、広東新軍の蜂起が成功すれば、それこそ革命のあらたな第一歩です」

安仁は、黄興に軍資金を届ける使者を送り出しながら、興奮気味に言った。

それにつけても、刀安仁は思い出すのだった。光緒二十二（一八九六）年、イギリス軍が雲南へやってきた。彼らは自国の強さを頼みに、この地方を占領しようとした。それに対し、雲南の土司たちは国土を守るために戦った。若き刀安仁も、その一員であった。

時の清朝雲南総督は劉萬勝だったが、イギリス軍の前になす術もなく敗れた。干崖の人民は徒手空拳で抵抗したが、いたずらに死者を出すだけだった。こうして干崖は五百里の地を失った。

刀安仁は、イギリスの止まることのない侵略の野望を何度も清朝政府に上書して訴えたが、清朝は、なんらの防衛策もとろうとしなかった。清朝の無為無策を知り、彼は己の道を歩み始めたのだった。己の道、それが革命だった。

黄興率いる広東新軍の動きと呼応して、刀安仁は雲南の革命勢力を結集し、いつでも出撃できる準備を整えつつあった。友次郎が教鞭をとる軍国民学堂には精鋭三百がある、すると、騰越全部を合わせれば七、八千の兵力になるだろう、と安仁は計算した。

ところが、旧暦の大晦日（一九一〇年二月九日）、新軍の兵士の一人が広州の書店でトラブルを起こし、巡警に連行されるという事件が起こった。それに激高した新軍士卒数百人が、元旦早々というのに警局を襲撃して仲間を奪還し、その勢いで反乱の狼煙を上げた。指揮官の倪映典は、蜂起の日が二十四日であるのを知りながら、この士卒の威勢には抗しきれず千数百の手兵を率いて清軍を攻撃した。

だが、清軍当局は、広東新軍のそんな動きを察知していて、すでに城内に重砲を備えた二千の兵を配備していた。激戦一時間余り、重砲のまえに革命軍は百数十の死者を出して敗退した。倪も馬上に青天白日旗を振りかざして奮闘したが、頭を射抜かれて即死した。

この報は、その日の深夜、香港の黄興のもとにもたらされた。黄興はただちに救援に駆けつけようとしたが、清軍によって鉄道が閉ざされていたため万事休してしまった。

第九次起義として知られる、「広東新軍蜂起」はこのようにして敗北のうちに幕を閉じたのだった。


この頃、宮崎滔天を座長とする浪曲一座「滔天会」は、巡り巡って九州柳川で公演を打っていた。二月十五日のことだった、東京から一通の電報が届いた。開いてみると、「ツチ子危篤」とあった。妻の危篤とあらば公演どころではない、滔天はとるものもとりあえず東京へ駆け戻った。小石川原町の自宅の玄関をガラリと開けて、滔天は仰天した。そこに見たのは、危篤のはずのツチ子の元気な姿だった。

「黄興さんから、広東で蜂起するという報せが届いたのよ」

ツチ子が言う。

「お預かりしている息子（黄一欧）さんをこの革命戦に参加させたいというのよ。それで、あなたにはどうしても帰ってきてもらわなければならないんで、芝居を打ったのよ」

ツチ子は、前掛けで口を覆って笑った。

「そうだ、一欧君も十八だったな、東斌学堂で学んでいるだけあって、立派な軍人の風貌が備わってきた。黄興将軍も一欧君がいれば心強いだろう」

こうして滔天夫妻は、予備役砲兵大尉定平伍とともに黄一欧を香港へ送り出した。


こちらは干崖である。広東新軍蜂起失敗の報は三日後にもたらされた。

「黄興将軍は、『がっくりするな、しこしことまたやろうぜ』、と同志を励ましています」

ということまで伝わった。

「そうだ、あわてず騒がず、態勢を立て直しましょう」

安仁と友次郎はそう言い交わした。

静かな夜だった。夕食と入浴を終えた友次郎はカンテラの灯の下で明日の学堂の授業計画を練っていた。練り終えて一息ついていると、窓の外に異様な気配を感じた。そっとうかがってみると、丸い大きな動物がそそくさと去っていくのが、月のあかりの中に見えた。次の日の朝、給仕の小女になんという動物かい、と聞いてみた。小女は、たぶん野猪でしょ、とこともなげに答えた。

その日、友次郎は学堂の全生徒を講堂に集め、広州起義失敗の顛末を説明し、固く軽挙妄動をいましめた。「しこしこいこう！」と黄興の口調を真似て諭した。

学堂を出たあと、生徒にはしこしこいこうと諭したが、自分の胸はとてもしこしことはいかず、勢い込んで刀安仁の執務室へとびこんだ。

「刀使、火薬工場はどうなっていますか？」

「順調にいっています。日本から買ったドイツ製の蒸気機関が活躍しています。いちど見てください」

こうして数日後、刀安仁を先頭に友次郎、岩本千綱、山本安太郎ら火薬工場視察の一行は街から十キロほど離れた山峡の工場へ向かった。干煉瓦造りの頑丈な工場は、蒸気機関の轟音に揺れていた。山から掘り出された硫黄が次々と砕かれ、火薬の原料になっていく。隣接する別棟では、この火薬を使った手榴弾やダイナマイト爆弾が造られていた。かつて清軍の兵器工場で、銃弾や爆弾製造にたずさわっていたという数人の漢人がいわば職長で、彼らの指揮のもとに何十人もの工員が働いていた。

友次郎も、こと火薬や銃弾についてはいっぱしの専門家である。工程のうちで気付いたことを、なにかと助言した。陶製手榴弾の信管の位置について細かく教える彼を見て、安仁も東京西大久保の小室銃砲製造所のありさまを思い浮かべていた。

「大人、実験してみて下さいませんか」

「そうですな、試してみましょうか」

二人は、職人や見学者を引き連れて廃坑の実験場へ向かった。暗い洞穴に向かって手榴弾を投げ込む。二人のほかにも、何人かが実験に加わった。

「うーん、十発に七発か……」

友次郎は唸った。成功というべきか、不成功というべきか、十発のうち三発の不発弾というのは、いざ戦闘となってどんな結果をもたらすだろうか——。

だがしかし、干崖にこれだけの兵器工場があるというのは、革命戦争の大きな力になるだろう、孫文先生もこれを見れば喜ぶに違いない……、友次郎は一人頷いた。

陽がヒマラヤの山稜に落ちてゆく。インド洋からの南風がぴたりと止んで、嶺おろしの北風が吹き始める。視察を終え、政庁に戻った一行はしばし議論を重ねた。

政庁を出た友次郎は、そこでの一献にいささか酔ったか、危なげな足取りで宿舎へ向かった。手摺に寄りかかり一歩階段に足をかけたときパ・パンと乾いた銃声が響いた。その銃声で、我知らず足を滑らせて倒れた頭の上を弾がかすめ飛んだ。それは、ほんの一瞬の出来事であったが、彼は立ち上がって闇に眼を据えた。闇の中に、黒い大きな影が逃げ去るのを見た。

——野猪だ！——

それが、日本と清の官憲が結託して放った暗殺者であるのを知るのは、もう少し後のことである。

二月の広東新軍蜂起の失敗は、同盟会内部の士気を大いに失わせたが、四月になるとまたしても悲報が届いた。清朝の摂政王戴灃暗殺を企て、北京に潜入した汪兆銘と喩培倫が暗殺に失敗し、逮捕されたというのである。

汪兆銘は、「そもそも革命とは、明日の糧にも困っている四億の国民の生活を支えることであり、早くいえば飢えに泣く民衆にうまい飯を食べてもらうことなのだ。だから、革命党員は自らを殺し、飯を炊く薪となるか釜とならなければならない」との決意をもって清朝打倒の一布石として戴灃暗殺を企てたのである。

北京に潜入して、戴灃が参朝する経路を入念に調べ上げた汪ら暗殺団は、銀錠橋という橋を決行の場と決めた。深夜ひそかに、橋の下に爆弾を仕掛ける穴を掘り、一キロメートル四方を爆破できる西瓜型の爆弾を埋めた。この爆弾は、千葉医科専門学校に留学し、友次郎の小室銃砲製造所で爆弾製造の法を習得していた喩培倫が造ったものだった。

深夜にまぎれての作業だけに、誰にもさとられていないと思っていたのだが、あにはからんや、一人の男に見られていた。その男というのは近くに住む車夫の男で、夫婦喧嘩のはてに妻に追い出され、行くあてもなく銀錠橋をうろついていて、はからずも汪ら暗殺団の仕事を盗み見たのである。

不審に思った男は、巡警へ通報した。巡警に追われた汪ら暗殺団は、かろうじて導火線だけを持ってアジトへ逃げ帰った。それが一九一〇（明治四十三）年三月三十一日のことだった。そして翌月の十六日、汪と喩は逮捕、投獄された。

そんな事件があったからかどうか、清の官憲が革命派を監視する眼はいちだんと厳しくなった。

「汪同志の摂政王暗殺計画は、革命派の意識を高めようとしたものでしたのに、失敗したのはまったく残念です」

この事件を知った刀安仁は、暗い面持ちで語った。閣議の席でそれを聞いた一同は、深い沈黙に陥った。

「刀使、汪さんの計画が失敗したのは残念ですが、それだからこそ同盟会の結束はますます固めなければならんでしょう」

「大人、まったくそのとおりです。私も臍を固めて新中国建設に立ち向かいます」

それを聞いて、議場は拍手に沸いた。

そうこうしているうちに、雨季に入った。閉門祭も終わって、農事は忙しくなるばかりだった。友次郎が指導する軍国民学堂の教練も一日おき、二日おきとなった。

こうして手薄になった軍国民学堂に、便衣の清国軍兵士数人が襲ってきたのは、六月の中旬だった。

学堂の練兵場で幹部学生と射撃訓練をしていると、数人の村人が菅笠を目深く被って、その訓練を眺めている。いつもと違う雰囲気に気のついた友次郎は、軍刀をふりかざして、にわかに駆け出した。その彼に向かって銃弾が飛んできた。銃は、鍬に偽装されていたのだった。咄嗟に身を伏せた彼は、素早く学堂に隠れ、敵の動きを追った。

学生も思い思いの方向に散開して、敵と対峙した。敵は、一団となって銃を乱射してくる。その銃声を聞いても、村人はなんのことかわからなかったらしいが、そのうちの一人が異変を感じて政庁に飛び込んだ。安仁の指揮で、兵が学堂へ駆けつけた。わずか二、三十分の戦闘であったが、敵は二人の死者を残して逃亡した。二人の懐からは、比企小次郎こと「小室友次郎」の似顔絵が出てきた。

「剣禅大人――！」

顧問団と長老会議の席上、刀安仁は喉をつまらせて絶句した。

その会議の結論は、顧問団の誰かに万一のことがあれば大変だ、顧問団の皆さんにはご帰国願おう、というものだった。なに、狙われたのは剣禅さん一人なのだから、ご入用とあらば私は残りますよ、と健脚坊は弁じたが、商業上の調査をしたいという金子安太郎の他は日本へ帰ることになった。

――ここに、明治四十三（一九一〇）年七月十一日付「清国革命党に関する件」という北京公使館付警部大喜多定次郎の報告書がある。大喜多は、清朝民政部探訪局の者に探りを入れ、清朝が作成した「革命党員その他注意人物」という表題の名簿を手に入れた。その名簿には、次のような名が並んでいる。

〈在横浜孫文、在東京犬養毅、竹越与三郎、宋教仁、康有為、宮崎虎蔵、萱野長知、黄興、在シンガポール陳白、在塘沽小室剣禅、熊田定治……〉

この報告書は北京公使館から陸軍省へ、さらに八月十日には外務大臣小村寿太郎にまで進達されている。なお、この文書は記録として今も外務省に保管されている。また、熊田定治というのは毒水のことである。

顧問団が村民の盛大な見送りを受け、安仁の兵に守られて干崖を離れたのは、日本が朝鮮を併合しようとする八月のことだった。

無事にバモーに着いて、一夕、惜別の宴が開かれた。

教師の春田政子は、ランファちゃんから贈られた手作りの布人形を胸に、さめざめと泣いた。

終章　光芒消えず

東京新聞　1993年(平成5年)10月13日(水曜日)　(第3種郵便物認可)

県ゆかりの「日野・小室式」短銃 80数年ぶり"里帰り"

きょうから県立博物館で公開

80数年ぶりに里帰り、公開される日野・小室式短銃

現在の毛呂山町出身で、中華民国の祖・孫文とも親交が厚かった小室友次郎（一八七一―一九五二）が製造・販売した短銃が、十三日から大宮市高鼻町の県立博物館で公開される。三重県内で今年初めに短銃が発見されたことを紹介した中日新聞の記事を、友次郎の兄の孫にあたる会社員小室健二さん（[illegible]）が目にしたのがきっかけで、明治末期以来、八十数年ぶりの"里帰り"となる。

短銃は「日野・小室式」と呼ばれる32口径の自動短銃で、発射時の反動を前方にも逃がすユニークな「銃身前進式」。徳川好敏大尉とともに日本人初の飛行に成功した軍人日野熊蔵（一八七八―一九四六）が発明し、明治三十七年、友次郎と連名で特許を取得した。

友次郎は入間郡川角村（現在の毛呂山町川角）に生まれ、明大在学中から大隈や孫文らと交流。特許取得後は兄康次郎とともに短銃製造・販売に携わった。短銃は孫文率いる中国革命軍に提供されたという。

健二さんは康次郎の孫にあたり、三重県鈴鹿市に単身赴任中。今年一月、中日新聞のコラムに、同県名張市の民家の物置で、日野・小室式短銃十七丁が発見されたと伝えられたのを読んで保管先の警察に照会、自宅にあったのと同型であることを確認した。

地元での保存を望んだ健二さんが、友次郎の業績に詳しい毛呂山町の郷土史家岡野恵二さんに相談、県立博物館の知るところとなり、県警本部を通じて三重県警に照会、このほど一丁が寄贈された。

同館によると、銃身前進式は日野・小室式のほか、世界でもドイツに一例あるだけで、この十七丁を加えても、日本で現存するのは二十八丁のみという珍しい短銃。公開は来月二十八日までの予定だが、その後も郷土人物関連の資料として、必要に応じて公開される。同館は東武野田線大宮公園駅下車。入館料大人二百円、学生百円（十九日からは特別展開催のため、同四百円、二百五十円）。月曜休館。

東京新聞記事

一　友次郎帰る

雲南の爽やかな気候にくらべると、名古屋の残暑は重苦しかった。

「ふさ、土産だ」

友次郎は、卓袱台にザラザラと翡翠の原石を撒いた。その石を弄びながら、ふさは宿した子のことを思い浮かべていた。子は、産声を上げることは無かった。これは、なんの罪の報いなのだろうか……、この人になんと申し開きすればいいのか、と思い悩むふさだった。

「おみゃあさま！」

ふさは名古屋弁で呼びかけた。ふさから死産の顛末を聞いて、友次郎は黙って眼を閉じた。

ふさのもとで二週間ほど身体を休めた友次郎は、東京へ向かった。なにはともあれ、兄健次郎に引上げてきた報告と、今後のことを相談しなければならなかった。

牛込矢来町の事務所は、一年前と少しも変わっていなかった。

「兄さん、帰りやした」

友次郎は、羽織の襟を正して、健次郎に深く頭を下げた。

「おお――」

友次郎からの電報で、彼を待っていた健次郎は鷹揚に椅子から立ち上がった。

「少し早いが、行くか」

二人は、行きつけの西洋料理屋へ足を運んだ。

そこでの二人の相談事は、とてもスムーズというものではなかった。なにしろ、莫大な金がからんでいるのである。今の友次郎は無一文といっていい、が、兄に頼るどころか兄に負わせた負債を少しでも埋めなければならないと腹を括っている。

「工場の整理はついた」

小室銃砲製造所は看板をおろし、工場は売却した。自働拳銃はそこそこの注文もあり、なんとか採算はとれていたのだが、なにしろ日野大尉がいなくてはな……、と言って健次郎は葡萄酒をぐっと飲み干した。

明治三十六（一九〇三）年、アメリカでライト兄弟が世界初飛行に成功すると、世界に飛行機ブームが起こった。日本でも、飛行機を軍用に使うべく、明治四十二（一九〇九）年「臨時軍用気球研究会」という会を陸海軍合同で設立した。そして翌年、つまり今年の四月、日野熊蔵陸軍大尉をドイツへ、徳川好敏工兵大尉をフランスへ、それぞれ飛行機の研究と購入のために派遣した。

そのことを聞いた健次郎は、万歳をして送り出しはしたものの、川角村の営農のこともあり、父から引継いだ土木請負業のこともあり、工場の売却を決意したのだった。

「日野大尉がドイツへ……」

友次郎は髭をひねった。数えてみれば日野大尉がドイツへ向かったのは、つい三、四ヵ月前のことである。

――俺のおらんうちに、兄さんはえらい苦労をしたもんだ、と友次郎は腹の中で謝った。

「友！　おまえこれからどうするつもりだ」

「名古屋で、なにか事業を起こそうと考えていますがね」

「そうか」

二人の間に、工場がいくらで売れ、帳尻は合ったのか合わなかったのか、そうした金銭の問題が出ることはなかった。ありていにいえば、互いに意識して避けていたのである。

次の日、友次郎は川角へ向かった。かつては乾分の一人や二人引き連れていたものだが、今は一人である。

何年ぶりかで見る生家は、門も母屋も馬屋もそのままだったが、よく見ると藁屋根は黒ずみ、馬屋に馬はいなかった。あれほど小作人の出入りで賑わっていた庭も、今はひっそりしている。

「おっかさん！」

戸を開けて、奥へ向かって叫んだが、囲炉裏の鉄瓶が湯気を立てているだけで、奥からは誰も出てこなかった。靴を脱ぎ捨てて座敷に上がり、仏間の襖を開けてみたが、やはり誰もいなかった。仏前に膝を落とし、しげしげと仏壇を見やると、古びたいくつもの位牌の前に父・清五郎の真新しいそれが、金文字も鮮やかに据えられていた。我知らず線香を点し、掌を合わせていた。

——おまえは次男坊だから田畑をやるわけにはいかんが、都へ出て身を立てるというなら金は惜しまんぞ、と言った父の声がまざまざと蘇った。

「おや、友次郎かえ？」

背後から声をかけられて、はっと振り向くと、そこに立っていたのは手拭の頬被りに手甲という母とくの姿だった。

「おっかさん！」

友次郎は、我になく畳に手をついて身をかがめた。

「みっともない、頭をお上げなさい」

そう声をかけられて、頭を上げてもういちど見直すと、奥方と呼ばれたかっての母ではなく、今は一介の農婦だった。

「よく来てくれましたネ、さぞ疲れましたろゥ、茶を淹れましょ」

とくは、そう言って囲炉裏端へ友次郎をいざなった。母子のあいだに、しばし沈黙が続いた。自家の茶はやはり旨いな、雲南の茶も格別だったが、自家製ともなるとやはり違う、と縁側越しに茶畑を眺めていると、子供を連れた若い農婦が門を入ってくるのが見えた。

「あら、お客さま？」

子供の手を引いた農婦が、とくに問いかけた。

「友次郎ですよ」

「あっ、友次郎さま！」

女はあわてて被きを脱いだ。

「これは、これはお義姉さま——」

友次郎は、崩した膝をあわてて直した。

「三郎、叔父さまですよ」

母親に背を押された幼児は、友次郎のいかめしい八字髭におそれをなしたか、わっと泣き出した。

甥に泣かれてみて、友次郎はふと「干崖軍国民学堂」開校式の情景を思い浮かべた。学堂には学制というほどのものはなく、四、五歳の幼児から二十歳を超える青年までが、土司刀安仁の呼びかけに応じて集まったのである。安仁は壇上から今の雲南がおかれている状況を語り、日本国から来た顧問団の紹介をした。紹介された「比企小次郎」こと友次郎は、ゆったりと壇上に立つと、学堂中を眺めわたし、しばし無言ののち気合するどく腰の扇を天にかざした。ゆっくりゆっくり扇で顔をかくし、何秒かの間をおいて、さっと扇を下げ顔を見せると、いちばん前に座っていた幼い子の何人かが友次郎の髭面に身を伏せて泣き出したのである。

「おっかさん、私の顔そんなにこわいかね」

「顔よりなにより、おまえさんの心根にびっくりしたのですよ」

「心根って?」

「それは……」

とくは、使い放題に金を遣い、支那くんだりにまで足を伸ばし、いっぱしの志士気取りでいる我が子に愛想をつかし、同時に感嘆しているのだった。

祖母と母になだめられて、三郎は泣き止んだ。やがて夕餉の膳もととのい、団欒のひとときとなった。友次郎は、酔いにまかせて雲南の水掛祭りの踊りを踊った。そんな友次郎にくっついて、早くも友次郎になついた三郎も楽しげに踊るのだった。

次の日の朝早く墓参りをすませた友次郎はその足で牛込へ帰った。矢来町の事務所でしばし休んだあと、西大久保の工場を見に行った。なつかしい工場を一巡し、門前に立って内をうかがった。今は他人の工場であってみれば、勝手に入るわけにはいかない、別棟の住いは取り壊されてなかった。

逗留三日目、思わぬ客がやって来た。今は立派な医師になっている小室太一だった。

彼は、友次郎の祖父・七左衛門の妹登起の孫で、清五郎を看取った小室潜庵の子である。今は青山に居をかまえ、順天堂病院へ通っている。そんな縁で、太一はしばしば矢来町を訪ねていたのである。

「ほう！　太一さん……」

太一の来訪を聞いた友次郎は、しばし首をかしげていたが、そうかと叫んで二階を駆けおりた。

「おー、太一さん」

「えっ、えーと……」

こんどは太一が首をかしげた。咄嗟には友次郎とわからなかったのである。

「あっ、友次郎さん！」

八歳しか歳の違わない友次郎であるが、太一にはずいぶんな大人に見えた。それというのも少年の頃だったが、友次郎は赤い裏のついた外套を見せて、これは海軍の服なんだぞ、君もこういう服を着たければ海軍になるんだな、と得意気にひけらかしたのを思い出したからである。

「お父っつぁんの看病じゃ、潜庵先生にたいへんお世話になりましたな」

「いえ、そんな、あたりまえのことですよ」

事務所ではなんだからというので、二人は二階へあがった。少々の酒が入り、ゆったりとしたところで友次郎は床の間に立てかけてあった尺八を取り上げた。

「吹けるかえ？」

尺八など手にしたこともない太一だが、物珍しさに手にとって見ると、尺八には刀痕も鮮やかに一聯の詩が刻まれていた。

衆鳥高飛尽　　鳥は空高く飛去り
孤雲獨去閒　　孤雲も去りて静かだ

李白の詩、見事な彫である。

「これはどなたが彫ったんですか？」

「俺が釘で彫った」

友次郎は、得意そうに言ってニヤニヤしている。そらまたあの病気が始まった、と太一は腹の中で嗤った。……釘で彫ったなんて子供でもわかるような大法螺をふいて、得意になっている稚気だけは買うか、と太一は素晴らしい彫だと褒め上げた。

「どれ、吹いてみるか」

友次郎は尺八を構えた。緩急自在な音色は太一を酔わせたが、それが正調なものであるかどうかはわからない。

「ところで、ずいぶん久しく見えなかったようですが、どこかへ旅行でもされていたのですか」

太一が訊く。

「おう、雲南へ行ってきた」

「えっ、雲南？　あの、支那の奥地の？」

「そうだよ」

「……で、遊びですか」

「雲南に干崖という国があってな、そこに法律顧問として招聘されたのさ」

太一は、友次郎の髭面をしげしげと眺めた。友次郎が法律を学んだなんどと聞いたこともない。いくら雲南の山奥の国とはいえ、この人を法律顧問にすることなんて考えられもしない、と太一は思ったが、あえて話を続けた。

「雲南ですか、さぞや面白い話があるでしょうね、聞かせてくださいよ」

「あるよ、あるよ、雲南の話をすると、こっちの人にはまるで嘘のように聞こえることばかりさ」

「はぁ？」

「川角にも棚田はあるがな、むこうの棚田はこっちの千倍も万倍もあってな、収穫期ともなれば国王も稲運びをするよ」

「………」

「太一さんは医者だから知ってるだろうが、田七とか冬虫夏草なんどという薬草の宝庫でね、あっちは医者いらずなくらいだ」

こんな話から始まって、隊商のこと、洱海の風景のすばらしさ、イ族やタイ族の珍しい祭など、手振り身振りで語った。

「雲南では、茄子の木などどこにでも生えてるよ」

「えっ、あの野菜の茄子ですか？」

「そうだよ、日本じゃ野菜だが、向こうでは野生でね、二、三メートルにも伸びて、実だって西瓜ぐらいある」

だから雲南では飢えることはないんだ、と友次郎は語った。

どこまでが本当で、どこからが嘘なのか太一にはわからなかったが、友次郎の立派な八字髭と堂々たる美男子の風貌に魅せられて、彼は矢来をあとにした。

二　日野大尉、日本初飛行に成功

名古屋へ戻った友次郎は、ふさの身内が営む建材業の一端を担うことになった。一日でも早く独立して自分の店をもつべく、彼は持前の何事にも屈託しない商才を発揮して飛び歩いている。

ある商談を終え、師走の風の中を家へ戻る途中、駅で買った新聞に驚くべき記事を発見した。一段組みの小さな記事だったが、彼にしてみれば大事件だった。

「ふさ、日野大尉が空を飛ぶそうだ」

この四月（一九一〇年）、ドイツとフランスへ渡った日野大尉と徳川大尉は、半年間の留学を終えて十月に帰国すると、それぞれ日本での飛行実験の準備を進めていた。その準備がととのって、十二月十四日から代々木練兵場で飛行実験が公開されることになった。

はじめ小さかった記事が二段になり三段になりして、ついに一面に載るという大ブームを巻き起こした。飛行機が飛ぶ！　それだけで国中は沸いた。世界に追いつけ、追い越せというナショナリズムに酔ったのかも知れない。

十二月十四日、初めて飛行機が民衆の眼に触れる日がきた。「地上滑走試験」だけだというのに、開放された代々木練兵場（現・代々木公園一帯）には数千人の見物人が集まった。

午後四時、ドイツ製グラーデ単葉機が姿を現した。七、八メートルの鉄棒の先端にプロペラが付いており、エンジンはプロペラのすぐ後ろに取り付けられている。鉄棒の機体は一メートル半ほどの、ゴムタイヤのついた二本の脚に支えられている。その上に幅二メートルほど、長さ十メートルぐらいの主翼が左右に伸び、操縦席はその主翼の下に吊られた布一枚である。主翼から三メートルほども離れて後部車輪があり、その後ろに尾翼が付いている。

日野大尉が吊り輪を引くと、エンジンがかかった。プロペラが勢いよく回り始める。と、機はゆっくりと前へ進み始めた。少しずつスピードが上がる。凸凹の草地に、翼が左右に揺れた、その瞬間、機は地上を離れた。一メートル、二メートルと浮上して一〇〇メートル先の地上に着陸した。

それは、あっという間の出来事だった。見物人はぽかんと口を開けて、飛行機を眺めるばかりだった。

日野大尉は機首をかえし、次は一〇メートルの高さを飛び、続いて六〇メートルの飛行に成功した。にわかに見物席から溜息交じりの歓声が上り、練兵場をゆるがした。これが日本航空史上、初の飛行記録である。

この新聞を読んだ友次郎は、じっとしていられなかった、次の日の一番列車に飛び乗って東京へ向かった。

十九日、代々木練兵場は軍楽隊の行進曲と一万人にも及ぶ見物人で沸きかえっていた。友次郎は見物席のいちばん前に陣取って、今か今かと日野大尉の現れるのを待った。

午前八時、制服に身を包んだ日野、徳川両大尉が群衆の前に姿を現した。二人は割れんばかりの拍手と歓声のうちに、飛行実験にうつった。日野大尉は先に公開したドイツ製グラーデ単葉機、徳川大尉はフランス製のファルマン複葉機、見た目にはファルマン複葉機の方が大きく、操縦席もゆったりとしていた。

初めに飛んだのは、徳川大尉だった。エンジンの音も高らかに一〇〇メートルほど滑走すると、機は地上を離れた。見物客から歓声があがる。機はしだいに高度を上げながら練兵場を左旋回し、高度七〇メートル、距離三〇〇〇メートルの飛行に成功した。

次はいよいよ日野大尉の番である。すでに初飛行に成功した余裕からか、友次郎の眼には日野大尉のほうがゆったりした態度に見えた。彼は観客に手を振り、機首に立つと深々と頭を下げた。離陸した日野機は、翼を振るなどの曲技を交じえ、練兵場を三周して着陸した。

「熊蔵さん！」

友次郎は絶叫した。しかし、彼のそんな絶叫は群衆の喝采にかき消されて、熊蔵の耳に届こうはずはなかった。

この快挙を成し遂げた二人だったが、それからの運命は大きく変わる。

徳川大尉は、旧将軍家につながる名門の出とあって累進し、陸軍航空士官学校長・中将で敗戦を迎え、その後も日本航空機操縦士協会名誉会長などの栄誉をうけて昭和三十八（一九六三）年に没した。

一方の日野熊蔵大尉であるが、大正七（一九一八）年、中佐で軍を退き、そののちは飛行機研究に没頭したが、ことごとく失敗し、ついにその志を遂げることなく、貧窮のうちに昭和二十一（一九四六）年、栄養失調でこの世を去った。

このように運命を分けた二人であるが、この二人はいま、「日本航空発始之地」の碑とともに胸像となって代々木公園の一隅に立っている。

地下鉄千代田線・代々木公園駅から歩いて四、五分の南門を入ってすぐ左手に、碑と胸像はある。日野大尉の台座の裏面には、「翁は熊本の産豪放磊落英仏独語に通じ数理に秀で選ばれて独逸に飛行操縦を習得し一九一〇年十二月十九日此地に於て発動機の不調を克服してグラーデ式を駆り一分間一〇〇〇米の飛行をした不屈の精神は現代の青少年の範とすべきである」という松野頼三の銘板が嵌め込まれている。

三　辛亥革命

日野大尉の初飛行成功に拍手を送った友次郎だったが、日野大尉と会うことはできなかった。なにしろ彼は、今や日本の寵児といってよかった。彼の身は公務にしばられ、自由になる時間などなかった。

そんな心残りを背負って、友次郎は名古屋へ帰った。今年もあと幾日もない、決着をつけなければならない商取引も二、三にとどまらずあった。

年の瀬も押しつまった三十一日の夜、一人の男が日本を離れて広州へ向かった。宋教仁である。彼の目的は、黄興と革命戦争の準備をすることだった。そんな宋教仁を内田良平、北一輝らは赤坂の料亭に迎えて送別の宴を張った。が、名古屋に蟄居する友次郎の知るところではなかった。

年が明けた。明治四十四（一九一一）年である。

北緯二十三度、北回帰線の真下であるといっていい広州は暑いさかりだった。

洙江河岸の民家の一室で、両腕を捲り上げた数人の若者が密議をこらしている。

「ともかく、軍資金がなくてはどうにもならん、孫先生はいまどこにいる?」

「コロラド州デンバーというところだ」

「よし、孫先生に電報を打とう」

アメリカの孫文に軍資金の調達を依頼すると同時に、黄興と宋教仁を中心とする同盟会幹部は、来るべき革命戦争の準備に走り回った。

「どうやら準備も一段落かな」

「ここ(広州)の準備はそうだが、ぼくは日本へ帰って留学生たちを糾合するよ」

「宋君、頼むよ」

「黄さん、任せてくれ」

黄興と宋教仁は、二沙島を臨む洙江の土手に座って誓い合った。

ところが、日本へ帰った宋教仁は、過労と気候の激変が重なって体調を崩し、田端の山田病院に入院する羽目になった。その山田病院へ、同じ留学生の黄尊三が見舞いにやって来た。尊三は、どちらかというと日本文化に興味を持っていて、毎日のように裏長屋や銭湯を巡り歩いていた。

二人は、互いに身近なことを語り合った。宋は広州での革命準備の模様、黄は巡り歩いた場末の銭湯の姿など、話の内容はかけ離れていたが留学生同士、なにがしか共感するところがあった。

「黄君、同盟会に入ってくれよ」

「ぼくは駄目だ、政治に首をつっ込みたくないんだ」

そう言って黄は帰っていった。

病癒えた宋教仁は、機会あるごとに健筆をふるって革命を説いた。そして四月、上海で発行されている「民立報」誌上に社会主義を主張する一文を載せるに至った。

宋教仁は去る一九〇七年、「亜州和親会」という日本と中国の革命家が東京で結成した会に加わっていた。この会には、幸徳秋水、山川均、堺利彦、片山潜、大杉栄などそうそうたる社会主義者が名を連ねていて、しばしば会合を開いては社会主義の啓蒙に努めていた。その席上で、彼は社会主義の理解を深めていったと思われる。

こちらは広州である、宋教仁を見送った黄興は四月二十三日、同志百二十人を率いて広州城内に潜入した。武器といえば、銃が四十五丁あるだけだった。この潜行を察知した両広総督・張鳴岐は、軍隊を広州北部の観音山に陣取らせた。そこは市内を一望できる絶好の場所だった。

二十六日午後六時、革命軍は攻撃を開始した。最初の目標は総督署だった。門前に数十人の衛兵が守っているところへ、数人の同志が手榴弾を投げ込んだ。すさまじい爆発音とともに衛兵の何人かが吹き飛んだが、たちまち激しい銃撃戦になった。三、四名の同志がバタバタと倒れた。しばし激戦ののち、革命軍は総督署に火を放って第二の目標である総督練兵公所に向かった。途中の戦闘で何人かの同志が戦死した。

総督練兵公所は、観音山に陣を張る駐屯軍からは丸見えの場所だった。黄興を先陣とする革命軍は観音山の敵陣に向かって手榴弾攻撃を敢行したが、圧倒的兵力をもつ駐屯軍の一斉射撃の前にあえなく敗北した。負傷した黄興は、とある洋品店に隠れ、そこの少年店員に助けられた。

戦いが終わって帰還できた黄興の兵は、百二十名のうちの半数にも満たなかった。この戦いが、歴史にいう「黄花崗の役」である。

戦闘が終わったあとの、清国軍の報復は残忍なものだった。城内に隠れて捕まった同志は、「蜂起するのは壮士の志だ。事が成らなかったのは天命だ（陳可欽）」、「国のために命を捧げるのなら、それは望むところだ（李徳山）」、「数年経たずに国は滅びる。百年経たずに、民族は滅びる。口の中へ弾を撃て！（李雁南）」というように、己の志のままに処刑された。

五月一日、この役で命を断った七十二名の遺体は、沙河に沿った紅花崗と呼ばれる青々と草の生い茂る地に埋葬された。この「七十二烈士の墓」は、広州市内の景勝地として知られ、今は市民の散策と憩いの公園となっている。

この役で負傷した黄興は香港へ逃れ、傷の治療に専念している。孫文はアメリカへ行ったきりである。こんな現状に業を煮やした湖南派と呼ばれる留学生は、揚子江中流域で武装蜂起しようという構想を立てた。

一九一一年七月、宋教仁、譚人鳳、陳其美など湖南派の留学生は揃って帰国すると、上海で「中部同盟会」という秘密結社を組織した。彼らは南京、武漢を中心に活動している革命勢力に大同団結を呼びかけた。

宋教仁は香港へ飛び、黄興に「中部攻略大構想」を説明し、蜂起の指揮をとってくれるよう要請した。黄興は、指揮はともかく、すぐさまアメリカの孫文に軍資金の調達を促す電報を打った。

湖北省には、一万五千の兵力を擁する湖北新軍があった。この新軍というのは、日清戦争のあと各省で募集された新式の軍隊で、土着の者しか入れなかった。が、土着農民のうち土地を持たない多くの者が兵になったためか、新軍全体の空気は清朝の政治に対して批判的だった。その湖北省の省都武漢には「共進会」と「文学社」という二つの革命団体があり、湖北新軍の兵士に革命思想を吹き込んでいた。その結果、五千名ほどがこの二つの団体に加盟していた。

中部同盟会は、革命派の新軍による武漢蜂起の日を十月六日と決めた。ところが湖北新軍は、四川省で起きた鉄道国有化に反対する保線暴動の鎮圧に向かうことになった。そうなれば五千名にのぼる新軍中の革命派は武漢からいなくなることになり、蜂起の成功はとてもおぼつかない。そこで宋教仁ら幹部は、止むなく、十月六日の決起を延期することにした。

あらためて、決起の日をいつにするか協議している矢先の十月九日のことだった、漢口ロシア租界安善里十四番地の革命軍アジトで思いがけない爆発事件が起こった。爆薬調合中に、誰かが誤って火薬にタバコの火を落としてしまったのである。この事件は全くの過失によるものであったが、ロシア官憲が駆けつけ現場検証をするとともに革命派の決起計画や同盟会会員名簿を押収し、三名を拘束して清朝の湖北総督に報告した。

明くる十日、総督府は逮捕した三名を公開処刑した。これを見た新軍中の革命派は、中隊長の呉兆麟を指揮官として総督府に攻撃を仕掛けた。

一進一退の戦況が続いたが、夜戦に入って、清国軍は総崩れとなり総督の瑞澂は逃亡してしまった。

夜が明けた。十一日である、勝敗はすでに決していて、武昌城内の革命軍は総督府と武器庫を占拠した。朝九時、陸軍中学堂の兵士一千名が銃を肩に、隊列を組んで楚王台に整列した。こうして武昌は完全に革命軍に制圧されたのである。革命軍は、呉兆麟の推した黎元洪将軍を都督とした。

黎元洪は、清国第二十一軍の将軍だった。革命軍側としては、ともかく肩書きのある人物を必要としたので、彼を都督にしたのである。その夜、武昌に「中華民国湖北軍政府」が樹立された。国号を「中華民国」、清国の年号「宣統」を廃し、黄帝紀元四六〇九年として高々と十八星旗を掲げた。

革命成功の報は、都督の名で全国へ打電された。この情報は日本へももたらされた。十三日になって、日本政府も辛亥革命について言及することになるが、民衆の耳にまでは届かず、友次郎も知る由はなかった。

十三日の夜である、上海から中部同盟会の居正が到着し、湖北独立を賞賛し、黄興と宋教仁がまもなくここへ来て、皆さんのお手伝いをするとともに他省へも呼応を働きかけます、と演説した。黄、宋二人の名を聞くと会場に歓声が上がった。

武昌蜂起をきっかけに、各地の革命組織と新軍が結んだ革命軍は、次々と独立宣言をする。二十二日「陝西軍政府」、二十三日「江西軍政府」という具合である。そして二十八日、黄興と宋教仁が武昌に到着した。革命軍の歓呼に迎えられて、二人はそれぞれ一場の演説をして革命軍を励まし、宋は直ちに革命軍内部の秩序を規定する法令の起草に取り組んだ。

十月三十日、雲南省で蔡鍔が率い、刀安仁の兵が主力となった革命軍が昆明の総督府を落とし、「雲南軍政府」を樹立した。その後も「貴州軍政府」、「江蘇革命軍政府」、「福建軍政府」というように続々と省が独立していった。

十一月四日には、上海も革命軍の手に落ち「上海軍政府」が誕生した。

この頃になると、日本の新聞にも革命戦争の記事が載るようになった。雲南独立を知った友次郎は、刀安仁にひそかな喝采を送ると同時に、自分がその場にいられなかったことを悔んだ。

日本では犬養毅、頭山満、内田良平らの有志が「有隣会」という団体を結成して、中国革命を援助することになった。孫文、黄興を支援するため有隣会の有志は中国へ渡ることとなり、十月一日、汽船北野丸で東京を出航して上海へ向かった。宮崎滔天も、犬養から渡支の誘いを受け、旅費の工面もついたので神戸から出発することにした。この渡支計画を知らされた友次郎は、名古屋から神戸へ飛んだ。

「よう、剣禅さん！」

「牛さん！」

神戸の旅宿で顔を合わせた二人は、どちらからともなくそう呼び合って肩を組んだ。立襟の洋服に蝶ネクタイを締め、立派な八字髭を生やした友次郎と、襟をはだけた和服姿で無精髭をのばした滔天が、互いに肩を叩き合っている姿に周りの者は目を瞠った。

「逸仙さんによろしくな」

「剣禅さんが見えないとなると、孫さんもがっかりするだろうが、今日のことはよく伝えるよ」

そう言って宮崎滔天が神戸を発ったのは十一月十六日であった。この日、清朝の慶親王は総理大臣の椅子を袁世凱に渡していた。

上海に着いた滔天は、東京日日新聞に「清国革命談」の連載を始めた。

十二月に入った。一日、革命軍は清国国旗「黄龍旗」を掲げる南京城攻撃を開始した。城をはさんで両軍は激しい戦火を交じえたが、二日午前十時、革命軍はついに南京全市を制圧した。翌三日、黄興、宋教仁ら中部同盟会幹部は市民に向けて革命成功の演説をし、それに呼応して市民から多額の軍資金が寄せられた。翌四日、中部同盟会は勝利を宣言し、ここに「南京政府」が成立した。宋教仁が法制院院長に就任した。

十二月二十一日午前七時、孫文の乗った英国船デンバー号が香港に着いた。十一月二十四日、マルセイユを出航してから一ヵ月に及ぶ長旅だった。孫文は、同盟会員をはじめとする万余の市民に迎えられた。その出迎えの人の中に宮崎滔天もいた。その日の午後五時、デンバー号は上海に向けて出港した。そして二十五日、孫文と滔天が乗船したデンバー号は上海に着いた。

午前九時四十五分、船が岸壁に接岸すると甲板には孫文を中にした広東都督・胡漢民、滔天など数十人が立ち並んでいた。埠頭には革命を成功に導いた英雄の姿を一目見ようと、大勢の市民が集っていた。タラップが下ろされ、孫文が上海の地を踏むと、地をどよめかせる大歓声があがり、同盟会の同志が走り寄った。その後ろに犬養毅と頭山満の二人が笑顔で控えていた。二人を見ると、孫文は脇目もふらず二人に駆け寄り、手を握り合って男泣きに泣いた。

十二月二十六日、休む間もなく孫文を囲んだ革命党員は列車で南京に向かった。孫文は、南京でも市民の大歓迎を受けた。

政庁に入った革命党首脳は、新政府の政体をどうするかを議した。孫文はアメリカ型の大統領制を主張し、宋教仁は議院内閣制を唱えた。二人の間に意見の相違はあったが、二十九日の会議で孫文十七票、黄興一票という結果で孫文が臨時大総統に選出された。

明けて明治四十五(一九一二)年である。一月一日、「中華民国」が成立し、孫文の臨時大総統就任式が政庁で執行された。宮崎滔天も来賓として招かれた。

今、孫文は南京にいるが、首都を南京にするか北京にするかで孫文と袁世凱のあいだで政治的な駆け引きが起こった。臨時大総統に就任して間もない孫文であったが、一月の二十日、孫文は袁に対して皇帝の退位と引き換えに臨時大総統の地位を譲ると言明した。そして、二十二日には中国同盟会を解散して新たに「国民党」を発足させた。

二十九日、宣統帝の退位が決定し、二月十二日宣統帝溥儀の「清定遜位の詔」によって二百六十八年に及んだ清朝の歴史が終わった。

二月十三日、孫文が臨時大総統辞任を表明し、十五日袁世凱が大総統に選出された。三月八日「中華民国臨時約法（憲法）」が可決されると十日、北京で袁が大総統に就任した。

大総統に就いた袁は、各省代表を北京に招集した。雲南では省議ののち、刀安仁を代表として北京へ送った。ところが刀安仁は袁の北京政府によって［土匪］とされた。これは北京政府の陰謀によるものであったが、ともかく彼は内乱罪で捕えられてしまった。それを知った孫文、黄興、宋教仁は北京政府に彼の冤罪であることを立証し、無事に無罪放免させた。出獄した刀安仁は、あらためて陸軍部の諮議に任用された。諮議となった刀安仁は、病没するまでの一年に満たない期間、新国家のために身を砕いたのだった。

袁世凱に政権を譲った孫文は、みずから懇請して鉄路督弁公司（鉄道大臣）についた。その時の孫文の瞼には、滔天の息子龍介と震作が模型列車で遊んでいた、あの新宿番集町の光景が映っていたのではなかろうか。副大臣は黄興である。

七月も終わろうというある日、孫文と黄興は役所の一室で茶話にふけった。思えば、こんなおだやかな時があろうとは思いも及ばなかったな、と二人は思い思いの感慨に耽るのだった。

「黄さん、日本へ行ってくれませんか」

「孫さん、望むところですよ」

二人の頭の中には、ここへくるまでに惜しみなく力を貸してくれた日本人の顔が次々と浮かんだ。

「ところで黄さん、小室剣禅さんを知ってますよね」

「知ってるどころですか！」

黄興は、童顔にいっぱいの微笑をたたえて答えた。

「じつは、滔天さんの話によると、剣禅さんの父君の七回忌だというんですよ。そこで、犬養先生、頭山さんなど政界の要路の方々と会ったあと、小室家を訪ねてくれませんか」

孫文は、犬養邸で初めて会った友次郎の異様といえばいえる風貌を思い描きながら言った。

四　黄興、清五郎の墓碑を揮毫

黄興の、この日本訪問は私的な旅として、鉄道副大臣の任地である上海からちょっと足をのばすというかたちで実現した。

東京に着いた黄興は、犬養毅はじめ日本の要人と会談し、頭山満からは盛大な歓迎を受けた。ホテルには、上海に止まって啓蒙雑誌の編集に携わっている宮崎滔天から、小室家にはたしかに知らせたという電報が届いている。

その電報を手にした次の日の七月三十日、明治天皇が崩御し、日本は明治から大正の時代へと移った。

しばらく国内の静まるのを待った黄興は、八月初めの暑い一日、二人の部下をともなって川角村へ歩を運んだ。七年前の葬儀のときとくらべて、鉄道が川越まで開通して便利になった以外、山野のたたずまいは全く変わっていなかった。

黄興を迎えた小室家は、一家をあげてもてなした。友次郎は三日前に名古屋から着いていて、真っ先に黄興を門前に迎えた。

黄興は、清五郎の仏前に香華を手向け、墨痕も鮮やかに［清涼院雅量高致居士］と清五郎の戒名を書き上げた。書家としても一家を成している黄興だけに、見事な筆致である。この年の十二月、健次郎によって建てられた墓碑の戒名は、中国名士黄興の書であると側面の碑文に記されている。

一家のもてなしの座に着いた黄興は、「孫文は、小室一族の方々からいただいたご恩は決して忘れてはおりません。今、曲がりなりにも革命が成就したのは、小室一族の皆様のご支援があったればこそです」と、孫文の伝言を伝えた。それを聞いて、座につらなる者はみな黄興の前に手をついた。

据風呂を浴びて浴衣に着替えた黄興は、留学生時代にかえった思いで、川角の一夜を送った。


時代は明治から大正に移ったとはいえ、庶民の生活は少しも変わらない。名古屋へ帰った友次郎は、この頃はじめた瓦製造工場の金策やらなにやらに追われている。

「おみゃあさま、川角ではどうでした?」

と問いかけてくるふさにろくな返事もせず、仕事を口実に名古屋の繁華街「栄」で遊んで

帰ってこない日もある。そんな友次郎が、

「おい、ふさ、名古屋城へ行こう」

と言い出した。名古屋城など、笠寺から汽車に乗ればたった三駅で、あらためて行こうなどというほど大袈裟なところではない、がふさは手を打って喜んだ。

久しぶりに着飾った二人は、名古屋城を仰ぎ見た。天守のシャチ鉾は、秋の陽に輝いている。どこから集まったのか、見物人がひしめいている。友次郎は、迷わず二の丸の武道館に足を向けた。武道館も人で溢れていた。秋恒例の武術大会の日だったのである。

「ふさ、玄一郎もだいぶ腕を上げたぞ」

「おみゃぁさん、玄は武術もやってたんですか」

「そうよ、わしが叩き込んだ神道流だ、敵なしだろうぜ」

友次郎は、髭をひねりひねり自信ありげに言った。だが、玄一郎は二回戦であえなく敗れてしまう。

「玄は駄目だったですね」

名古屋駅構内の料理屋の一席で、ふさは溜息をついた。

「なあに、一回でも勝てば立派なもんだ、玄一郎はおまえさんの甥だけあって、根性だけは立派なもんだ」

ふさの兄の子玄一郎は、今友次郎のもとで働いている。十七歳だというのに、瓦造りにも商売にも精を出し、いっぱしの力になっている。

「どうだ、玄一郎を養子にしようぜ」

ふさは、自分の腹を痛められない無念さは残ったが、友次郎の言葉に喜んだ。

玄一郎を養子に迎えることが決まると、友次郎はにわかに饒舌になって川角の話を始めた。いまや中華民国建国の大立者である黄興が、武州くんだりまで足を運んでくれたことを誇らしく語り、その黄興が父の戒名を揮毫してくれたことなどを「将軍」を連発して語った。

「それはよかったこと……」

ふさは、黄興がどんな偉人であるのか友次郎ほどにはわからない、そっけなく答えた。

「それより、お母さんどうでした？」

「えっ、おふくろ？」

そう問われて友次郎は息をのんだ。あれほど厳しかった母であったが、もうそんな面影はなく、何も言わずにただただ立働く母の姿を思い浮かべていた。

「すっかり老けてな、ただの婆さんになっていた」

「まあ！」

ふさは、息をのんだ。

こうして大正元年は暮れた。

五　刀安仁没す

年があらたまった。松の内も過ぎて、さてこれからだというところへ飛び込んできたのは、とんでもない悲報だった。刀安仁が、北京で病没したというのである。新聞の片隅に載った小さい記事でそのことを知った友次郎は、八方に手を尽くして詳しいことを知ることができた。「土匪」の汚名を着せられ、袁世凱によって投獄された心身の疲れと、慣れない北京の寒さに耐えられず病にかかり、徳国医院で手厚い治療を受けたが、ついに帰らぬ客となったのであった（革命先烈先進伝）。遠い北京のこととて、友次郎は後日を期しつつも、今は西の空に向かって掌を合わせるしかなかった。今四十歳の友次郎より一歳上の四十一歳だった。

六　宋教仁暗殺さる

刀安仁の死を悼む間もなく、またまた悲報が飛び込んできた。宋教仁が暗殺されたというのである。

前年（一九一二年）十月十八日、袁政権下の唐内閣で農林総長に就いた宋は、八年振りに湖南省桃源県の故郷へ帰ることになって北京を出発した。その時袁から帰郷の土産を贈ろうという申し出を受けたが、袁の皇帝になろうという野望を見抜いていた宋は、それをやんわり断った。断られた袁は宋に殺意を抱いた。

宋は北京から南下しながら、各地で理事長代理を務める「国民党」の政策を説いた。故郷へ着いた宋は、およそ三ヵ月のあいだ桃源県に滞在したが、翌年の二月、故郷を離れた。十日、武漢で袁政権の封建制を非難する演説をし、十五日上海に着いた。上海に着いた彼は、国民党の組織強化をはかりながら南京へ向かった。三月八日、街頭に立った宋は、民主的な政党政治がいかに将来の中国の発展に寄与するか、それに反して、独裁政治は民意を無視して権力者の私腹を肥やすだけの、およそ非人道的な政治であるか、と暗に袁を非難する演説を打った。聴衆からは割れんばかりの拍手を受けたが、聴衆の陰に隠れた密偵も彼のまわりにまとわりついていた。南京から上海へ帰った宋は、黄興をはじめとする党員の誰彼となく握手を交わして、北京へ向けて出発しようとしていた三月二十日午後十時四十五分、上海駅のホームにただならぬ銃声が響いた。腹部に数発の銃弾を受けた宋教仁はばったり倒れた。病院に運ばれた彼は、弾丸を取り出す切開手術を受けたが二十二日午前四時四十分、満三十一歳の誕生日を二週間後にひかえて息を引き取った。下手人は二十二歳の元軍人武士英だった。彼は一千元の懸賞金に目がくらんで犯行に及んだのである。

その頃、孫文は日本にいた。

上海から汽船山城丸で日本へ向かった孫文は二月十四日、新橋に着いた。時の宰相桂太郎と会談したり、東京谷中の臨済宗全生庵（現存・第七世住職平井正修師）で営まれた山田良政（一九〇〇年の恵州起義で戦死した唯一の日本人）の追悼式に出席したりしていた。三月十九日には、革命の成功に寄与してくれた謝礼にと、九州荒尾の宮崎滔天の実家を訪ねていた。実に、宋教仁が暗殺されたのはその次の日だったのである。

孫文に宋教仁の悲報が届いた。彼はすべての予定を取り消して二十三日、長崎から帰国の途についた。もちろん滔天も随行した。

四月十三日、上海で「宋教仁追悼大会」が執行され、彼の死を悼む二万人の民衆が集まって彼の墓前に香華を捧げた。

清朝を倒して、いったんは成功した辛亥革命だったが、革命はそれだけでは終わらなかった。独裁色を強める北京の袁政権に、その職を奪われた江西都督李烈鈞が反袁闘争に立ち上がったのである。孫文、黄興も加わったこの第二革命は、南京陥落によってあえなく敗北してしまう。この敗北で孫文と黄興は、日本への亡命を余儀なくされた。

孫文と黄興が日本へ亡命し、孫文は赤坂霊南坂の頭山満の隣家に落ち着き、黄興は芝の高輪南町に岡本という偽名で無事に居を構えたと知っても、名古屋の友次郎はかつてのように二人と接することはできなかった。仕事が忙しいせいもあったが、孫文も黄興も、今や友次郎をはるかに凌ぐ中国の中心人物であり、袁と孫・黄の政争は友次郎の思考の域をはるかにこえていたからである。

十月六日、日本は英・露・仏・独とともに袁世凱の中華民国を正式に承認する。

時は過ぎる。友次郎四十一歳の大正三(一九一四)年八月十五日、第一次世界大戦が勃発し、日本はドイツに宣戦布告する。日本の参戦は、ドイツが握っていた山東半島の利権を狙ったものだった。

大正四年の一月、大隈内閣は袁世凱大総統に「対華二十一ヶ条要求」を突きつける。この要求に対し、中国では激しい抗議運動が起こる。が、五月二十五日、日本の要求どおりそれは調印される。

そんな最中の十月二十五日、孫文は梅屋庄吉の援助のもとに宋慶齢と二十七歳の年齢の差を克服して結婚する。

そして十二月には、袁世凱が皇帝に推戴される。それと同時に梁啓超が「護国軍」を編成して討袁の軍を起こす。皇帝に推戴された袁世凱は、半年後の大正五（一九一六）年六月六日五十六歳で死ぬ。

七　黄興没す

袁の死からわずか四ヵ月後の十月三十一日午前四時三十分、こんどは黄興が胃潰瘍のため上海で没する。四十二歳だった。

黄興の死を新聞で知った友次郎は、思わず天を仰いだ。今の友次郎には、右から左へすぐ情報が入ってくるという状況ではない、二日遅れ、三日遅れの新聞記事で動静を知るくらいのことしかできなかった。

そんなところへ、宮崎滔天から手紙が届いた。

「——黄興将軍が死んだ。参った。自棄酒も呑めぬほど参った。一欧（黄興の長男）は半狂乱で目も当てられず、こっちも男泣きに泣いた。ああ、頭が痛い」

日付けは十一月十一日、この、なんの飾り気もない魂の叫びそのものの手紙を読んで、友次郎もがつんと頭を撲られた思いだった。

……牛さん、私ぁ、どうすればいい？

そう叫んでみても、どうすることもできなかった。

あとで知ったことだが、その時滔天は上海にいて、十月一日には孫文、黄興を囲む宴席に連なっていた。その三日後、彼は杭州に遊んだ。

「滔天さん、九日までには帰ってきてくださいよ、国慶節の祝いをしますからね」

黄興は、上機嫌で滔天を送り出した。しかし、滔天はその約束を果たせなかった。西湖畔の秋瑾女士の墓に詣でて杭州に入ると、そこでは日本からの珍客ということで、歓迎の宴につぐ宴でもてなされた。そうして約束に二日遅れて上海に帰ると、そこに待っていたのは黄興重態という悲報だった。

十二月二十二日、北京政府は黄興の葬儀を国葬とすると布告した。翌二十三日、霊柩は上海を出発し、沿道の民衆に見送られながら次の年の一月五日長沙に到着した。そして四月十五日、国葬の礼をもって岳麓山に葬られたのである。

友次郎は、はるかな空から湖南省長沙に向かって掌を合わせるしかなかった。

その年、大正六（一九一七）年の秋、友次郎のもとに一通の招待状が届いた。十一月一日、湖南省長沙で「黄興一周忌追弔会」を執り行うので、ご参列願いたいというものだった。

岳麓山での追弔会は、盛大なものだった。全国から集まった弔問の客は二万を超え、童顔ともいえる柔和な黄興の肖像に一人一人花を捧げた。友次郎も滔天も、万感を胸に頭を垂れ、花を捧げた。

黄興の一周忌法要に参列して心の落着きを取り戻した友次郎は、名古屋へ帰ると家業にいそしんだ。瓦を中心とする建材業は、玄一郎の才腕もあって順調にのびている。

友次郎は、暇を見つけては仕事仲間と碁を打ったり、二の丸の武道館で剣を交じえた。

黄興の死からほぼ一年経った大正七年十一月、ドイツが降伏して第一次世界大戦が終わった。

年が明けて大正八年一月十八日、パリ講和会議が開かれ、日本は思惑どおり山東の利権を獲得した。

――こんなことで、黄興将軍の目指した中国革命はどうなるんだ?

そんな疑問を抱いても、もはや友次郎にはなす術もなく、その年の五月に始まった北京大学の学生たちが反政府・反日のスローガンを掲げて起こした「五・四運動」のニュースに見入るばかりだった。

八　滔天没す

それから三年後の大正十一（一九二二）年十二月六日、宮崎滔天が五十二歳でこの世を去る。

友次郎が「チチシスリュウスケ」という電報を受け取ったのは、六日の夕刻だった。彼は一献傾けていたが、電報を読むやいなや盃を投げ捨てて電報局へ走り、「アスイクトモジロウ」と返報を打った。

――父はこのところ熱心な宗教研究家になって、心霊の革命を策していました。身体が丈夫になったらもう一度シナに渡って大伽藍を建立し、シナの青年と大いに談じて精神革命をやるといっていました（東京朝日・十二月七日）。

東京へ向かう車中でこの記事を読んだ友次郎は、いつか滔天からちらと聞いた大宇宙教とかいう宗教の話を思い出していた。

西池袋の自宅で執行された滔天の葬儀は、しめやかというより賑やかだった。

「死因は腎臓と膵臓をやられ、最後は尿毒症に侵されるという、いわば多臓器不全だったのだな」

と、滔天の死因に思いをかける一団があるかと思えば、こちらでは中国の政情について論じ合う一団があり、滔天会一座の芸人一座もあった。

「トウテンメイケイ（盟兄）ノシオカナシムソンイッセン」

という孫文からの弔電が届くのは死の二日後だったが、それが披露されると、座にいた者はいっせいに合掌した。

滔天の遺体は九州に運ばれ、生まれ故郷の荒尾に埋葬された。戒名は、「一玄大聚生居士」である。

九　孫文没す

滔天が逝って三年目の、大正十四（一九二五）年三月十二日、こんどは孫文が幽冥境を異にする。

前年の十一月二十八日、孫文は神戸高等女学校で、「日本は中国を助けて不平等条約を廃除すべし」という大アジア主義の演説をして、十二月四日天津に帰ってきたその夜、倒れる。診断は、肝臓癌だった。年の瀬も迫った三十一日、北京のロックフェラー病院に入院のため天津を離れた。北京では十万人を超える市民の出迎えを受けた。

ロックフェラー病院では手厚い治療を受けるが、一月二十四日には何も咽喉を通らなくなり、二十六日腹部切開手術を受ける。そんな孫文の病状を知った宮崎滔天の兄民蔵は、二月十日北京へ飛んで、孫文を見舞う。

三月十一日、すでに死を覚悟したのか、孫文はベッドを囲む誰彼にとなく「和平」「奮闘」「救国」の遺言を残し、十二日午前九時三十分息を引き取った。彼の臨終には妻宋慶齢ほか数人が立ち会ったが、ただ一人の日本人として山田良政の弟純三郎がいた。

死因は肝臓癌、享年五十九歳だった。

孫文の遺体は三月十九日中央公園の祭壇に移され、二十五日二十万人の市民の前で葬儀が営まれた。この葬儀には宮崎民蔵、萱野長知、山田純三郎など多くの日本人が参列したが、小室友次郎が参列したかどうかは記録がないのでわからない。

日本では五月九日、犬養毅、頭山満、萱野長知、宮崎龍介（滔天の長男）らが主催して芝・増上寺で「孫文追悼会」が執行された。案内の葉書を懐に、友次郎が増上寺に急いだのはいうまでもない。

刀安仁、宋教仁、黄興、宮崎滔天、孫文と幽冥の境を異にした友次郎は、市井に戻るほかなかった。

増上寺で犬養毅と短い挨拶を交わして名古屋へ帰った友次郎は、まだ五十二歳という壮気を奮い起こして家業に取り組んだ。

その年も暮れようとする十二月二十五日、大正天皇が没して、時代は大正から昭和へと移ってゆく。

昭和四（一九二九）年六月一日、南京で故孫文の移霊式があり、孫文の遺体は南京紫金山の中山陵に改葬され、この式典に犬養毅が参列したことを友次郎は新聞で知った。

昭和六年十月十八日、関東軍が謀略的に柳条湖で満鉄路線を爆破、これを中国軍の仕業といいつのり、総攻撃をしかけて満州事変が始まる。

十二月十一日、時の若槻内閣が崩壊し、十二日、犬養毅に大命が降下し、十三日犬養内閣が発足した。

「おい、玄一郎、犬養先生が総理大臣になったぞ。これで日本は戦争のない静かな国になるぞ」

友次郎は、養子の玄一郎相手に祝杯を上げた。だが、あにはからんや翌年五月十五日、事件が起こる。

一〇　五・一五事件

その日は日曜日だった。犬養木堂が官邸でくつろいでいるところへ警備の警官が飛び込んできて、「暴漢です、お逃げ下さい！」と叫んだ。しかし犬養は逃げようともしない、たちまち数人の暴漢が彼の前に立ちはだかった。見ると若い海軍士官だった。彼らは手に手に拳銃を構えていた。

「まあ待て、話せばわかる」

犬養は悠然と立ち上がると、暴漢を別室へ誘った。さて、なんじゃ、と問いかけると同時に、「問答無用」とばかりに銃口が火を噴いた。

事件はその日のうちに号外となって、街頭に舞った。「犬養首相狙撃さる、頭部に命中し重態！」「官邸日本間へ侵入、我勝ちに首相へ発砲、二発命中」。号外にはそんな見出しが躍った（東京朝日新聞・五月十五日）。

だが、犬養首相は即死ではなかった。運び込まれた病院のベッドで、「七発打って二発しか当たらんとは、駄目じゃのう」と舌打ちしてその日の夜半息を引き取った。

葬儀は十九日、首相官邸で党葬として執行され、二万を超える市民が弔問に訪れた。名古屋から駆け付けた友次郎は、木堂の霊柩に掌を合わせ、誰はばかるところなく涙を流し、かつての恩師を送った。

五・一五事件のあと、日本は軍国化の歩を速め、昭和八年三月には国際連盟から脱退する。

一一　報知新聞社の取材

長い冬も終わり、伊勢湾から吹き上げてくる暖かい風に身を任せて愛剣の手入れをしているところへ、一人の男が訪ねてきた。通された名刺には「報知新聞記者」とあった。

「これは、とんだところへお伺いいたしました」

記者は、白身の刃に驚いて口走った。

「いやぁ、これはこれは、おたくの社から通知はいただいていたが、驚かせてすまなかったのう」

友次郎は、ゆっくり刀を鞘におさめて居を正した。

記者は型のごとく友次郎の出自から始めて、号剣禅の由来、支那浪人となって唐才常の革命軍に加担しようとしたいきさつ、孫文との出会い、日野熊蔵大尉との拳銃製造の苦心談、宮崎滔天との日々、千崖の珍話などを質し、最後に、今の日本はどうですか、と聞いた。

「うーん、この老いぼれのわしに今のことは論じられんわ」

友次郎は、めっきり白い毛の交じった髭をしごきながらそう答えた。

この記事は、昭和十一（一九三六）年四月二日の報知新聞中京版に「東亜の革命を夢見し老志士今は語らず、日支関係を静視する小室翁」という見出しで載った。友次郎六十三歳のことである。

時局は、友次郎の想像をはるかに超えて変転する。昭和十二年七月七日、盧溝橋事件を発端に、日中戦争が始まる。同十六年十二月八日、日本の空軍がハワイの真珠湾を奇襲攻撃し、アメリカ、イギリスに宣戦布告して第二次世界大戦が勃発する。

緒戦は日本軍の圧勝であったが、十七年六月五日のミッドウエー海戦で空母四隻を失って戦況は傾く。十八年四月十八日、連合艦隊司令長官山本五十六が戦死する。

一二　大塚鳳山

そんな敗色が濃くなった昭和十八（一九四三）年秋のことである、孫文とともに歩いた日本の浪人志士の記録をこつこつと蒐めていた「中京往来社」という出版社の大塚鳳山という者が、友次郎に会見を申し込んできた。

鳳山の表現を借りれば、そのときの友次郎は、「ギラリと光るおかし難い眼光に、壮年の余力をとどめた老志士」であった。

「まあ、粗茶だ」

七十歳の友次郎が若い大塚鳳山に差し出したのは、今では容易に入手できないコーヒーだった。目を丸くした鳳山だったが、記者魂のおもむくまま取材に入った。

——犬養先生が孫文を初めて知ったのはいつ頃ですか？

「犬養先生が文部大臣になったときで、大臣の機密費で宮崎滔天と平山周の二人を支那視察に行かせた。（明治）三十二年七月、支那各地を調査して帰ってきた宮崎が先生に『報告は往々にして自分の主観によって間違うから、生きた報告書を連れて参りました』といって孫文を紹介した。これは、宮崎の『孫文報告書』といって、有名な言葉だ」

――宮崎滔天はどういう方でしたか？

「十一人兄弟の末っ子だったが、宮崎の家系は革新の血が流れていて、長兄の八郎は自由民権を提唱し、西南の役には薩軍に投じ戦死している。ともかく宮崎は他の浪人どもから一目おかれていたよ」

――その滔天が浪曲師になったのはどうしてですか？

「（明治）三十五年三月二十三日、芝愛宕下町の寄席八方亭で桃中軒雲右エ門に弟子入りして名を牛右エ門と名乗った。その牛右エ門から『唱わんかな落花の舞歌、奏せんかな落花の曲、武蔵野の花も折りたし……』という手紙がきた。わしはすぐ犬養先生に相談し、滔天に考え直すよう説得してもらうことにし、わしは薪炭米塩を送って慰撫したよ。ともかく糧道絶えた滔天の生活はひどく、板塀をはがし床板を外して薪とし、布団は皮を売って食に代え、戸棚の中で綿にくるまって寝ていたよ。訪ねた人に、『貧乏の国に行きたし、旅費はなし』と嘆息していた」

――犬養木堂翁はどういう方でしたか？

「犬養先生はどんな問題でも即戦即答主義者で、執拗と冗言は先生の最も嫌うところだった。

物事を相談に行っても、いずれ考えておこうという返事をする者がいるが、あれは偽者の言うことだ。そんな奴に限ってちゃんとした返事のあったためしがない。こういう奴に三拝九拝する者を馬鹿者というのだ、とよく聞かされたものだ。

ある時な、君の郷里は埼玉県だねと聞かれた。日頃なんとなくイモの話が出ていたもんだから、郷里に帰ったある日のことサツマ藷を十俵ほど届けておいた。その後、滔天に会った時、『小室には下手なことは話せぬよ』と犬養夫妻が会う人ごとに話していたということを聞いた。ともかく犬養夫妻は、金や物には恬淡たるところがあった」

――ところで、兵器製造所はどこに造られたのですか？

「あれは日露戦争がたけなわの頃でな、当局の監視が厳しかった。いろいろ考えた末、灯台下暗し！　の古諺にならって新宿警察署の裏手に土地を買って工場を建てた。職工のなかには革命党員もいたよ。

この日野・小室式拳銃は殆んど支那革命の志士の手に渡ったんだが、無償供与ときているから出入りが多く、数ヵ月のうちに官憲に嗅ぎつけられてしまった。日に日に監視は厳しくなるし、不意打ちの家宅捜索も受けたよ。わしの身辺には専属の刑事が二名、いつも付きまとっていたよ」

――湖南の大西郷とうたわれた黄興という人は、どんな経歴の人なのですか？

「孫文がハワイからアメリカに渡って『中国問題の真の解決』という理論を展開していた頃、清国の留学生として東京高等師範学校で学んでいたのだが、卒業を期に同志の宋教仁、陳天華などと帰国して長沙で『華黄会』という結社を組織して革命思想の普及に尽力した。この頃、秘密結社『哥老会』の首領である馬福益と相携えて長沙で挙兵の準備をしていたが、湖南の当局に知られ、大捜索を受け宋教仁とともに日本へ亡命してきた。

まあ、黄興は理論より実践を尊び、彼の胆力は在日留学生から大西郷の尊称を受けていた。彼はとても日本人に似ていて、しばしば日本人に間違えられたほどだ」

——孫文の挙兵は南清に限られていますがどんな理由からでしょうか？

「南清に限るべし、という孫文の信条はたしかにあったけれど、かつて孫文がシンガポールに滞在中に雲南省干崖の宣撫使・刀安仁と密約を結んでいるんだ。この刀安仁は土司領のなかでは稀に見る人物で、付近の十土司に隠然たる勢力を持ち、先進国の文明を仰いでいる。そこで清兵を牽制するために雲南省方面に火の手を上げようとしたのだな」

——干崖土司刀安仁にいろいろとお世話をいたしたそうですが？

「孫文先生の紹介状があったからな、世話をしたというより顧問官として干崖へ招かれて月給五百円をもらったよ。干崖の土司領は、雲南省とビルマの国境に跨がっているシャンステート一帯の土司領で、中央政府の干渉の殆んど及ばないという半独立国のようなところだった」

――そうしますと、この新聞記事はやはり小室翁の事跡の一つですね。

と言って鳳山がかざした記事というのは、大東亜戦争さなかの昭和十七年十月八日、千崖を占領した「渡辺兵団」が日の丸を揚げたところ、住民の多くが日本語を話すのに驚き、調べたところ小室友次郎という人の名が出た、というものであった。

「君、ひとつわしの記録をまとめてくれよ」

そう言って友次郎は、長持に仕舞っておいた文献を鳳山に見せた。

その鳳山も召集され、戦後五年間シベリアに抑留された。帰国後の昭和三十五年「支那革命伝説」という一書になったが、友次郎は目にする術もなかった。

一三　友次郎永眠す

病室の窓から見える二宮海岸は、ゆったりとした波頭を浜辺に寄せている。

「おみゃあさま、先生の診察ですよ」

ふさに声をかけられて、友次郎は眼を開いた。

「そのまま、そのまま……」

ベッドに半身を起こそうとする友次郎を、医師はやさしく押し止めた。脈をとり、聴診器を胸に当てて医師は一人頷き病室を出ていった。ここ数日、痛みも息苦しさもなく、人心地にかえっている。

「おじいちゃん！」

「おお、由香か」

白髭に覆われた唇をわずかに動かして、友次郎は孫娘の名を呼んだ。

「外は寒いだろ？」

「うん」

「風邪なんか引くなよ」

「あたしは大丈夫よ。……はい、お茶」

由香は吸飲みにぬるめた茶を注いで、友次郎の唇にもっていった。友次郎はその茶を一口、二口旨そうに飲んだ。

「由香、名古屋とここととどっちがいい？」

「どっちもいいわ、だって、おじいちゃんと一緒だもの」

……そうかい、という安堵の表情を口元に漂わせて友次郎は静かに目を閉じた。

容態の急変はその夜起きた。いつもと違う息遣いに、寝ずの看病をしていたふさが気付いて看護婦を呼んだ。緊急治療室に運ばれた友次郎は、手厚い治療を受けたが、ついに再び眼を開くことはなかった。

時に、昭和二十六（一九五一）年十一月二日、終焉の地は神奈川県中郡二宮町山西三一九番地、七十八歳二ヵ月の生涯だった。

墓地は東京音羽の護国寺、神葬のため戒名はない。

一四　日野・小室式拳銃の里帰り

平成五（一九九三）年一月、三重県鈴鹿市に単身赴任していた小室健二さんが、何気なく中日新聞に目をやると、小さいコラム欄に名張市の民家の物置から短銃十七丁が発見され、警察に押収された、という記事が目についた。掲載されている写真を見ると、それは埼玉県の実家にあった拳銃とそっくりだった。健二さんは折を見て警察へ足を運び、事情を説明して実物を見せてもらうことにした。はじめは渋っていた警察だったが、健二さんの熱心な懇請に動かされ、手に触れないということを条件に、見せてもらうことに成功した。一見して健二さんは、この短銃が祖父健次郎とその弟友次郎が造った「日野・小室式自働拳銃」に違いないと確信した。

かつて家にあったこれと同じ短銃が、今はどうなってしまっているのかまるで見当はつかないが、せめて一丁ぐらい地元の埼玉県に保存されないものかと考えた健二さんは、かねて知り合いの毛呂山町の郷土史家岡野恵二さんに新聞の切抜きやら警察での実見報告やらを送った。

「我が家の歴史の一産物なので、なんとか地元で保存されればと愚考いたします」の一文も忘れずに認めた。

これを受け取った岡野恵二さんは、埼玉医科大学病院勤務という忙しい合間を縫って東奔西走した。まず、毛呂山町郷土資料館に足を運んだ。

「館長さん、こんな発見があったのですが」と、岡野さんは小室健二さんから送られた一件資料を館長の机上に並べた。

「吹上の小室家といえば由緒ある名家と聞いていますが、ほほう……」

館長は、資料を手にとってつくづくと眺めた。

「小室健二さんは、先祖の残したこの遺産を是非とも毛呂山に帰したいと望んでいるのです」

「それは町としても望むところですが、なにしろ物が物ですからね、おいそれといくかどうか……」

明治の世ならいざ知らず、平成の今となっては「銃砲刀剣等所持取締法」の対象とならざるを得ず、いかに実用にならないからといって、司法手続きを踏まないわけにはいかなかった。

「これは、文化遺産といっていいんじゃありませんか」

岡野さんが力を込めて説く。

「それはそうですね、よし！　わかりました、県へ掛け合ってみましょう」

こうして毛呂山町郷土資料館から、話は県へと進展していった。話を受けた埼玉県立博物館では「日野・小室式自働拳銃」の文化的価値を認めて、さっそく三重県警へ拳銃の提供を求めた。この申し出を受けて、県警は名張警察署に保管してあるうちの一丁を埼玉県立博物館へ引き渡すよう命じた。

こうして拳銃は、小室健二さん、岡野恵二さんはじめ、たくさんの関係者の努力によって、埼玉県立博物館に収められた。博物館で調査したところ、銃身前走式は世界でもドイツに一例あるだけの珍しい形式で、日本で現存するのは二十八丁だけだということがわかった。

埼玉県立博物館ではその年、平成五年十月十三日から十一月二十八日まで「日野・小室式自働拳銃」を公開した。

「県ゆかりの『日野・小室式短銃』八十数年ぶりに里帰り」という記事が、東京新聞に掲載されたのは十三日の朝刊だった。

あとがき

私がこの物語を書こうとしたきっかけは、日本大学教授・文学博士片倉芳和先生に、今住む町の異色人物として小室友次郎のお話を聞くと同時に、たくさんの資料を見せて頂き、興味半分に読み進むうちに明治という時代のただならぬ肌触りに感動を覚えたからである。

郷土史家岡野恵二氏が言うように、今の人からみれば破天荒すぎる人生で、とても本当とは思えないぐらいのものである。しかし、片倉先生から頂いた資料を整理しているうちに、この破天荒な人生が実録として歴史に残っていることを知った。

私は歴史の専門家ではないので、史実を実証することはできないのだが、小室友次郎をめぐる多彩な人物に底知れぬロマンを感じ、ともかく身近な同人誌に断片的な作品としていくつか発表した。それらを再編したのがこの作品である。

現今の日本と中国の状況をみると楽観できないものがあり、百年前のこの歴史がこれからの両国の融和に、いささか示唆するところがあれば幸いだと念じている。

この作品は、一応史実をもとにしてはいるものの、半ば以上はフィクションであり、とても歴史小説、伝記小説と呼べるものではない。そこで「歴史伝奇小説」と銘打った。読者のご了解をいただきたいところである。

もうひとつ、今では使ってはならない差別用語とされるものも、敢えて使わせていただいた。さらにお詫びしなければならないのは、至るところで敬称を略させていただいたことである。

最後に、本書の出版にあたり懇切なご指導と助言をいただいた「さきたま出版会」会長・星野和央氏及び編集にたずさわってくださった春田高志氏ほか同社の皆様、また装丁を担当された横山典子氏に深甚の謝意を表する次第です。

平成二十七（二〇一五）年二月二十五日

金井未来男

小室家系図

1 この系図は、岡野恵二編「あゆみ」、小室太一著「記憶をたどりて」の記述をもとに作成したものです。
2 小室友次郎の婚姻関係については資料的に確証がありません。
3 敬称は略させていただきました。

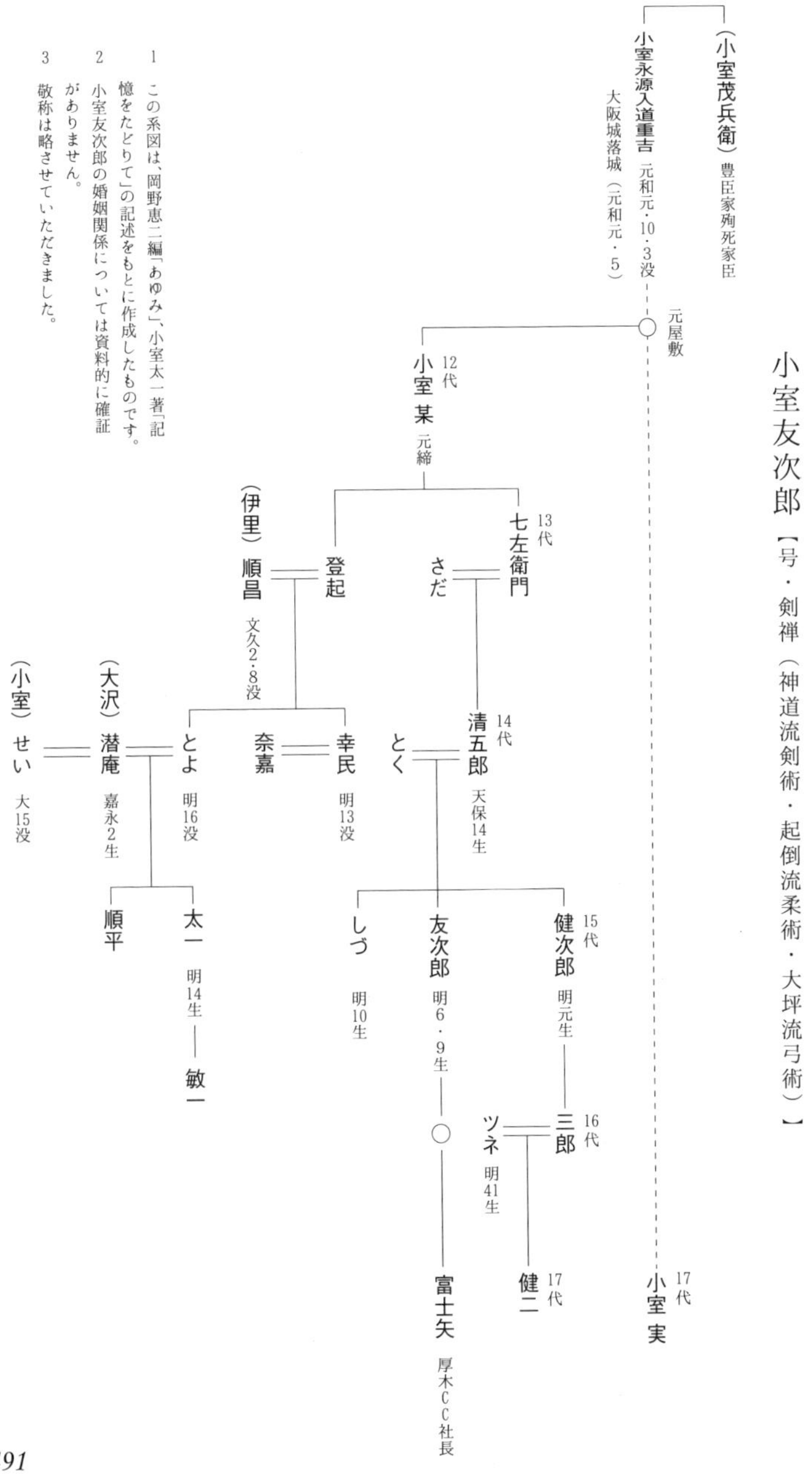

主要参考文献

上村希美雄著『宮崎兄弟伝（アジア篇中・下）』一九九六年　葦書房
宮崎龍介・小野川秀美編『宮崎滔天全集一〜五巻』一九七六年　平凡社
片倉芳和著『宋教仁研究——清末民初の政治と思想——』二〇〇四年　清流出版
毛呂山郷土史研究会機関誌『あゆみ』第一号〜第三十五号
久保田文次編『近代日中関係史人名辞典』二〇一〇年　東京堂出版
岩村三千夫・野原四郎著『中国現代史』一九六四年　岩波新書
野沢豊著『孫文と中国革命』一九六九年　岩波新書
天児慧著『中華人民共和国史』二〇〇三年　岩波新書
岡野恵二編『川角地誌考』一九九五年　私家版
文部省編『学制百年史』一九七五年　文部省
野沢豊著『辛亥革命』二〇一〇年　岩波新書
毛呂山町歴史民俗資料館『ミニ資料館だより——小室式拳銃について』同資料館
孫文著・安藤彦太郎訳『三民主義（上・下）』一九五七年　岩波文庫
栗原悟著『雲南の多様な世界』二〇一一年　大修館書店
臼井勝美編『日本近現代人名辞典』　吉川弘文堂
湯本豪一編『図説・明治人物事典』　日外アソシエーツ
小室太一著『記憶をたどりて』発行年不詳　私家版
片倉芳和著『辛亥革命と日本人志士』二〇一一年　日本大学文理学部学術研究会
片倉芳和著『片倉芳和寄稿論文集』二〇一一年　創英社・三省堂書店
村本達郎編『写真集　明治・大正・昭和　越生・毛呂山』一九八〇年　国書刊行会
エプスタイン著・能智修弥訳『アヘン戦争から開放まで』二〇〇二年　新読書社
尾崎秀樹編『人物中国の歴史⑩』一九八二年　集英社
司馬遼太郎著『街道をゆく　中国・蜀と雲南のみち』一九八七年　朝日新聞社
堀川哲男著『人類の知的遺産・孫文』一九八三年　講談社
岩淵辰雄著『日本宰相列伝・犬養毅』一九八六年　時事通信社

譚璐美著『日中百年の群像　革命いまだ成らず(上・下)』二〇一二年　新潮社
安住恭子著『「草枕」の奈美と辛亥革命』二〇一二年　白水社
辛亥革命百周年記念論集編集委員会編『総合研究・辛亥革命』二〇一二年　岩波書店
横山英・中山義弘著『人と思想・孫文』一九六八年　清水書院
深町英夫編訳『孫文革命文集』二〇一一年　岩波文庫
川島真著『近代国家への模索　シリーズ中国近現代史②』二〇一二年　岩波新書
宮崎滔天著『三十三年の夢』二〇一一年　岩波文庫
岩本千綱著『シャム・ラオス・安南　三国探検実記』一九八九年　中公文庫
舛添要一著『孫文――その指導者の資質』二〇一一年　角川書店
保阪正康著『孫文の辛亥革命を助けた日本人』二〇〇九年　ちくま文庫
岩波講座『世界歴史二二・二三』一九六九年　岩波書店
久保田文次著『孫文・辛亥革命と日本人』二〇一一年　汲古書院
小林惟司著『犬養毅』二〇〇九年　ミネルヴァ書房
会田勇次監修『中華帝国の崩壊』一九七四年　世界文化社
黒龍会編『東亜先覚志士紀伝　上・中・下』一九七四年　原書房
石瀧豊美著『玄洋社・封印された実像』二〇一三年　海鳥社
中嶋嶺雄編『中国現代史』一九九六年　有斐閣
上村希美雄著『龍のごとく・宮崎滔天伝』二〇〇一年　葦書房
川野明正著『雲南の歴史』二〇一三年　白帝社
萱野長知著『中華民国革命秘笈』二〇〇四年　アイシーメディクス
崎村義郎著・久保田文次編『萱野長知研究』一九九六年　高知市民図書館
久保田文次編『萱野長知・孫文関係資料集』二〇〇一年　高知市民図書館
笠原哲哉編『雲南イ族写真集』二〇一六年　私家版
辛亥革命武昌起義記念館編『黄興画冊』一九九一年　湖北教育出版
倉山満著『嘘だらけの日中近現代史』二〇一三年　扶桑社

【図版出典】

カバー・帯　毛呂山郷土史研究会 編『あゆみ　第六号』一九八〇年
口絵　一頁（上段）　宮崎滔天 著『東洋文庫100　三十三年の夢』一九六七年　平凡社
口絵　一頁（下段左）　金井未来男 撮影
第一章扉　金井未来男 撮影
第二章・五章扉　毛呂山郷土史研究会 編『あゆみ　第六号』一九八〇年
第四章扉　国民新聞　一九一〇年十二月二〇日付
第六章扉　笠原哲哉 撮影
終章扉　東京新聞　一九九三年十月十三日付

＊特記のないものは、インターネット上にある再使用が許可された画像を掲載させていただきました。

著者略歴

金井未来男（かない・みきお）

1931年、東京生まれ。埼玉文芸家集団会員。

著書に長編小説『みつ』、短編小説集『バイ・バイ・ジョン』。

住所　〒350-0461　埼玉県入間市毛呂山町中央1丁目15-3

毛呂山の志士　剣禅・小室友次郎

黎明《れいめい》の炎《ほのお》

2015年2月25日　初版第1刷発行

著　者　金井　未来男

発行所　株式会社 さきたま出版会

〒336-0022 埼玉県さいたま市南区白幡3-6-10

電話　048-711-1223

振替　00150-9-8041

印刷・製本　関東図書株式会社

 ISBN978-4-87891-416-4 C0093